Wolf S. Dietrich

Letzter Sommerabend am Meer

Handlung und Figuren dieses Romans entspringen der Phantasie des Autors. Ebenso die Verquickung mit tatsächlichen Ereignissen. Darum sind eventuelle Übereinstimmungen mit lebenden oder verstorbenen Personen zufällig und nicht beabsichtigt. Nicht erfunden sind bekannte Persönlichkeiten, Personen der Zeitgeschichte sowie Institutionen, Straßen und Schauplätze in Cuxhaven, Bremerhaven und im Umland sowie auf Helgoland und in Portugal.

Originalausgabe August 2020
Zweite Auflage Oktober 2020

Tel.: 0561/766 449 0, Fax: 0561/766 449 29

Titelfoto: ©Hendrik, adobe stock
Druck: OSDW Azymut Sp.z o o., Lodz

ISBN: 978-3-95475-206-5

www.prolibris-verlag.de

Wolf S. Dietrich

Letzter Sommerabend am Meer

Cuxland-Krimi

Prolibris Verlag

Der Autor

Wolf S. Dietrich studierte Germanistik und Theologie und arbeitete als wissenschaftlicher Mitarbeiter an der Universität Göttingen. Dann war er Lehrer und Didaktischer Leiter einer Gesamtschule. Er lebt und arbeitet heute als freier Autor in Göttingen und Cappel-Neufeld bei Cuxhaven.
»Letzter Sommerabend am Meer« ist sein neunzehnter Krimi im Prolibris Verlag und der siebte, der im Cuxland spielt. Der Autor ist Mitglied im Syndikat, der Autorengruppe deutschsprachiger Kriminalliteratur.

Mehr Informationen zum Autor unter: www.literatur-aktuell.de

Kapitel 1

»Komm! Lass uns ein Stück in die Richtung gehen!« Julia griff nach der Hand ihrer Tochter und deutete in Richtung Kugelbake. »Da ist es nicht so voll.« Tausende Menschen füllten die Grimmershörn-Bucht. Die meisten saßen auf Decken oder anderen mitgebrachten Unterlagen, andere im Gras. Auch die Strandkörbe waren besetzt. Der Boden war trocken, die Sonne meinte es gut mit dem *Sommerabend am Meer*, wärmte die Besucher noch am frühen Abend. Ein Geräuschteppich aus Stimmengewirr, Gelächter und Musik lag über der Bucht.

»Ich möchte aber lieber hierbleiben.« Leonie zog einen Flunsch und ließ sich nur widerwillig am ausgestreckten Arm vorwärts ziehen. Ihr Blick hing an den bunten Karussells und Verkaufswagen, die sich auf der Stadtseite unterhalb des Deichs in langer Kette aneinanderreihten. Ein sanfter Lufthauch wehte Düfte von gebratenem Fisch und Fettgebackenem, gerösteten Mandeln und Süßigkeiten über die Menschenmenge.

»Außerdem habe ich Hunger«, fuhr die Siebenjährige fort. »Ich möchte ...«

»Wir essen später, Leonie«, unterbrach ihre Mutter sie. »Nachher kannst du dir etwas wünschen. Erst suchen wir einen Platz für unsere Decke. Dann darfst du deine Jacke ausziehen. Es ist wärmer, als ich dachte.«

»Und die Schuhe?«

Julia seufzte. »Meinetwegen auch die Schuhe.«

Die Aussichten schienen das Kind zu besänftigen. »Aber nicht mehr so weit«, forderte es nur noch halblaut und verringerte den Widerstand gegen die mütterliche Hand.

»Ich sehe einen Platz für uns«, rief Julia kurz darauf und steuerte auf eine Lücke zwischen den Besuchern zu, die sich auf dem Gras niedergelassen hatten. »Hier ist es nicht so eng. Und wir haben einen schönen Blick auf die Schiffe.«

Wenig später hatte sie die Decke ausgebreitet, die Jacke ihrer Tochter und ihre eigene in der Tragetasche verstaut, sich gesetzt, die Arme um die Knie geschlungen. Während Leonie damit beschäftigt war, die Verschlüsse ihrer Schuhe zu öffnen, sah Julia sich um. Einige Schritte entfernt lagerte eine Gruppe junger Leute, die eine Flasche kreisen ließen und bereits in Feierstimmung zu sein schienen. Zum Glück hielt sich ihr Geräuschpegel in Grenzen. Auf der anderen Seite saßen zwei ältere Ehepaare auf Klappstühlen. Die Frauen unterbrachen ihr Gespräch und nickten ihr freundlich zu, die Männer hatten den Blick auf die Nordsee gerichtet. Weiter unterhalb hatte sich eine Familie mit zwei kleinen Kindern niedergelassen. Die Eltern waren damit beschäftigt, die Kleinen, deren Bewegungsdrang unübersehbar war, im Zaum zu halten.

»Darf ich zum Wasser?« Leonie hatte sich ihrer Schuhe entledigt und sah ihre Mutter erwartungsvoll an.

»Aber nur so weit, wie du mich noch sehen kannst.« Julia deutete zum Ufer. »Und ich dich. Wenn ich winke, kommst du zurück.«

»Okay.« Leonie rannte los, umkurvte im Zickzack die lagernden Menschen und stoppte an der Wasserlinie, wo sie vorsichtig die Zehenspitzen eintauchte. Dann drehte sie sich um und winkte ihrer Mutter zu.

Julia nickte, lehnte sich zurück, richtete den Blick in die Unendlichkeit des blauen Himmels und streckte sich auf der Decke aus. Sie beobachtete ein paar kleine, nahezu unbewegliche Wolken, schloss dann die Augen und lauschte auf die sie umgebenden Klänge. Die Mischung aus menschlichem Geraune, dumpfem Dröhnen entfernter Schiffsmotoren und Musik von den Veranstaltungsbühnen hatten eine entspannende Wirkung. Die Geräusche und Gerüche des Sommerabends am Meer entrückten sie aus dem Alltag. Obwohl sie nur einige Hundert Meter von der Stadt, ihrer Wohnung und ihrem Arbeitsplatz entfernt war, fühlte sie sich wie in einer anderen Welt, genoss eine Leichtigkeit, die sie lange nicht empfunden hatte.

Allzu gern hätte sie den Augenblick gedehnt, aber sie musste Leonie im Auge behalten. Die Vorstellung, sie unter Tausenden Menschen suchen zu müssen, war beängstigend. Sie richtete sich auf. Ihre Tochter hockte an der Wasserlinie, hatte offenbar einen gleichaltrigen Spielkameraden gefunden, dem sie mit großer Geste etwas erklärte, das mit dem Wasser zu tun hatte, in dem die Kinder knöcheltief standen. Meine Tochter ist manchmal etwas altklug, dachte Julia. Vielleicht liegt das daran, dass sie fast nur mit mir zusammen ist, keine Geschwister hat und ohne Vater aufwächst.

Julia war selbst vaterlos aufgewachsen. Gelegentlich hatte sie sich gefragt, ob es eine Gesetzmäßigkeit gab, nach der sich Familienverhältnisse fortsetzten. »Du bist doch eine attraktive Frau«, hatte ihre Mutter bemerkt. »Bei den Ärzten im Krankenhaus müsstest du gute Chancen haben.«

Tatsächlich hatte sie sich – nach einem unschönen Erlebnis auf Helgoland – viele Jahre auf keine dauerhafte Beziehung eingelassen. Leonies Vater hatte sie an ihrem Arbeitsplatz kennengelernt. Er war weder Arzt noch Kollege gewesen, auch kein Patient, sondern der Mann einer Patientin. Ein Fehler.

Den Gedanken an den Erzeuger ihres Kindes schob sie rasch beiseite. Noch gab sich Leonie mit der Erklärung zufrieden, dass es unterschiedliche Familien gab. In manchen gab es einen Papa, in anderen nicht. Ihre Erfahrungswelt in Kindergarten und Grundschule bestätigte diese Aussage. Doch Julia war klar, dass ihre Tochter eines Tages eine eindeutige Antwort verlangen würde.

Zu den spielenden Kindern gesellte sich ein drittes. Es war etwas jünger, eine Frau stand nur wenige Schritte entfernt und beobachtete die Gruppe. Beruhigt lehnte Julia sich zurück und gab sich wieder dem Gefühl des unbeschwerten Augenblicks hin.

Sie schreckte hoch, als ein Schatten auf sie fiel und etwas ihre Schulter berührte. »Mama, ich habe Hunger.« Leonie zerrte an ihrer Bluse. »Du hast mir versprochen ...«

»Bin ich eingeschlafen?«, stieß Julia hervor und starrte auf ihre Uhr. Mindestens eine halbe Stunde war vergangen. Dreißig Minuten, in denen sie nicht auf ihre Tochter geachtet hatte. Was hätte in dieser Zeit alles passieren können! Unwillig schüttelte sie den Kopf.

»Doch«, beharrte Leonie. »Versprechen muss man halten. Ich will eine Waffel. Mit Himbeermarmelade.«

Benommen richtete Julia sich auf. »Ich weiß nicht, ob es das hier gibt. Aber wir schauen mal. Du bekommst jedenfalls was zu essen.«

Nachdem sie die älteren Damen gebeten hatte, ein Auge auf ihre Decke und die Tasche zu haben, zog sie ihr Portmonee heraus, nahm die Hand ihrer Tochter und suchte einen Weg durch die Menge der lagernden Festbesucher. Schon nach wenigen Augenblicken stieg ihr der Duft von frischen Pfannkuchen in die Nase und weckte auch bei ihr den Appetit. Kurz darauf bissen sie und ihre Tochter in warme Crêpes – mit Schokolade für Leonie und Apfelmus für sie.

Während sie genussvoll kaute und sich am glückstrahlenden Ausdruck ihres Kindes erfreute, wanderte ihr Blick über das farbenfrohe Treiben in der Grimmershörn-Bucht. Es erinnerte an die Wimmelbilder aus einem von Leonies Kinderbüchern. Obwohl die meisten Besucher auf dem Rasen lagerten, gab es überall Bewegung. Vom Strichweg strömten noch immer Menschen heran, vor den Imbissständen drängten sie sich ebenso wie an den Fahrgeschäften. Viele waren in Gruppen unterwegs oder als Paare, nur wenige Einzelpersonen schlenderten über das Festgelände. Der Anblick eines Mannes in einer schwarzen Cargo-Hose und schwarzem T-Shirt an einem Bratwurststand löste ein ungutes Gefühl in ihr aus. Seine Gestalt und die Art seiner Bewegungen erinnerten sie an einen Menschen, den sie niemals hatte wiedersehen wollen. Unwillkürlich schüttelte sie den Kopf. Nein, er konnte es nicht sein. Vor siebzehn Jahren war er verschwunden, mit dem Segelboot auf der Nordsee gekentert. Er und die gemeinsame Freundin waren ertrunken. Das hatten Polizei und Seenotrettung festgestellt. Allerdings waren ihre Leichen nie gefunden worden. Nur die der dritten Person, die mit an Bord gewesen war.

Ihr war, als hätte sich die gesamte Küste verdunkelt. Hatte sich eine Wolke vor die Sonne geschoben? Gleichzeitig sank der Geräuschpegel, die Bewegungen der Menschen schienen sich zu verlangsamen. Wie in Zeitlupe wandte sich der Mann um. Julia erstarrte. Fast wäre ihr die Crêpe aus der Hand gefallen.

Er trug einen Bart. Aber es war *sein* Gesicht. Ihr Gehirn weigerte sich, die Botschaft der Augen anzunehmen. Es konnte nicht sein, durfte nicht sein. Ein Zwillingsbruder? Oder nur eine verblüffende Ähnlichkeit?

Der Schock schnürte ihr Hals und Magen zu, angeekelt betrachtete sie den Rest des gerollten Teigfladens in ihrer Hand. *Essen wirft man nicht weg*, hatte sie ihrer Tochter beigebracht. Leonie mampfte vergnügt vor sich hin, Schokoladenspuren reichten von einem Ohr zum anderen. Julia schloss die Augen und atmete tief durch. Vielleicht hatte sie sich geirrt. Eine Sinnestäuschung. Ohne es zu wollen, richtete sie den Blick erneut zum Imbiss. Der Mann nahm eine Bratwurst entgegen, wandte sich zur Seite, beugte sich vor und biss vorsichtig hinein. Sein Profil war deutlich zu erkennen. Die linke Hand strich über den Oberschenkel. Eine für ihn typische Bewegung. Es gab keinen Zweifel.

Julias Puls hatte sich beschleunigt, jeden Herzschlag spürte sie bis zum Hals. Schweiß rann ihr in den Nacken. »Mama«, meldete sich Leonie, »schmeckt dir deine nicht?« Sie hob ihr die verschmierten Hände entgegen. »Meine ist alle.«

»Möchtest du noch ein bisschen von mir?« Ihre Tochter nickte begeistert und griff mit beiden Händen nach der Crêpe.

Während das Kind den Rest des dünnen Pfannkuchens vertilgte, suchten Julias Augen nach dem Mann. Er wandte ihr den Rücken zu, war offensichtlich mit der Bratwurst beschäftigt. Wenig später ließ er die Pappschale zu Boden fallen, zog eine Getränkedose aus der Tasche seiner Cargo-Hose, öffnete den Verschluss und leerte den Inhalt in einem Zug. Dann warf er die Dose in einen Abfallbehälter und schlenderte in Richtung Hafen davon.

Es gelang Julia nicht, den Blick abzuwenden. Erst als Cargo-Hose und T-Shirt in der Menge verschwunden waren, wandte sie sich Leonie zu, die an ihrem Ärmel zupfte. »Durst!«

Statt ihre Tochter daran zu erinnern, dass sie in ganzen Sätzen sprechen sollte, nickte sie nur und deutete auf einen Getränkestand. »Da drüben gibt's was.«

Entgegen Julias Grundsätzen bekam Leonie eine Limonade, sie selbst blieb bei Wasser, registrierte die hohen Preise nicht, verzichtete aufs Wechselgeld und folgte ihrem Kind, das mit schlafwandlerischer Sicherheit zu ihrem Platz zurückfand. In Julias Kopf kreisten Bilder aus der Vergangenheit, die sich nicht vertreiben ließen.

2002

»Nach Helgoland? Mit dem Segelboot?« Julia war skeptisch, fragend sah sie ihre Freundin an. Katharina zuckte mit den Schultern. »Warum nicht?«

»Ich kriege die neue Yacht von meinem Alten«, hatte Erik großspurig verkündet. »Am Wochenende machen wir einen Törn zu Deutschlands schönster Hochseeinsel.«

»Gibt ja nur die eine«, lachte Benny und reckte beide Daumen in die Höhe. »Ist aber 'ne coole Idee! Da können wir billig einkaufen. Whisky, Aquavit, Gin ...« Er brach ab und fing die Dose auf, die Erik ihm zuwarf.

Ungewöhnlich warme Tage hatten in Cuxhaven, Döse, Duhnen und Sahlenburg für volle Strände gesorgt. Auch das Freibad Steinmarne war gut besucht. Julia und ihre Freunde lagen etwas abseits des Beckens auf ihren Handtüchern und ließen das Duschwasser auf der Haut trocknen, mit dem sie das Meersalz abgespült hatten. Erik hatte kaltes Bier vom Kiosk geholt, das er jetzt verteilte.

»Auf der *Seeteufel* gibt es genug Platz«, fuhr er fort, nachdem er seine Bierdose geöffnet und einen Schluck genommen hatte. »Geräumige Kabine, sechs Kojen. Pantry mit Kühlschrank. Toilette, Dusche – alles vom Feinsten. Wir können auf dem Boot übernachten.«

»Und die Mädels können was Leckeres kochen.« Benny kicherte. Julia warf ihm einen unwilligen Blick zu. »Das glaubst du. Aber mal abgesehen davon, dass Kathi und ich euch sicher nicht bedienen werden, weiß ich nicht, ob ich überhaupt mitkommen will. Ich fühle mich auf einem Boot nicht besonders wohl.«

Katharina sah sie an. »Wirst du seekrank?«

»Das wohl nicht. Jedenfalls nicht auf einem größeren Schiff. Aber wenn es zu sehr schaukelt ... Ich weiß nicht. Wir können doch mit der *Wappen von Hamburg* fahren.«

»Langweilig.« Erik winkte ab. »Stundenlang zwischen Rentnern sitzen? Auf der *Seeteufel* sind wir unter uns. Außerdem ist es richtig geil, wenn die Yacht gut im Wind liegt und mit fast zehn Knoten durch die Wellen schießt. Wir könnten in fünf Stunden auf der Insel sein.«

»Und wenn kein Wind ist? Oder zu viel Wind? Sturm? Regen? Gewitter?«

»Ach Jule,« stöhnte Erik. »Miesmachen gilt nicht. Ohne Wind können wir natürlich nicht segeln, da bleiben wir im Hafen. Bei schlechtem Wetter auch. Dann fahren wir eben eine Woche später. Oder im nächsten Monat. Aber die Seewettervorhersage fürs Wochenende ist richtig gut.«

»Wir könnten erst mal einen kleinen Törn machen«, schlug Katharina vor. »Zur Insel Neuwerk oder ... nach ... Brunsbüttel. So 'ne Art Probe. Ohne Übernachtung. Dann sehen wir weiter. Vielleicht gefällt es Jule ja. Nach Helgoland können wir immer noch.«

»Aber nicht zu lange aufschieben«, wandte Benny ein. »Zollfreien Einkauf gibt's nur da. Jeder kann eine Stange Zigaretten mitbringen. Und die Flasche *Jack Daniel's* gibt's für unter zwanzig Mark. Für die Mädels ...«

»Mark?« Erik grinste. »Ich musste gerade das Bier mit dem Teuro bezahlen. Neunzig Cent die Dose. Letztes Jahr waren es noch eine Mark zwanzig.«

Benny verdrehte die Augen. »Ja, ich meine natürlich *Euro*. Beim Umrechnen haben die bestimmt was draufgeschlagen. Aber der Einkauf ist immer noch günstig. Auch für euch.« Er nickte Katharina und Julia zu. »Parfüm zum Beispiel. Meine Mutter hat neulich auf Helgoland ihr *Chanel soundso* für unter hundert ... äh, Euro gekauft. Letztes Jahr hat mein Alter in Cuxhaven dafür hundertfünfundsiebzig Mark hingeblättert.«

»Wir machen aber keine Einkaufstour«, wandte Katharina ein. »Oder?«

Erik leerte seine Bierdose und drückte sie zusammen. »Nee. Ich dachte mehr so an ein ... Gemeinschaftserlebnis.« Sein Blick streifte Julia. »Wo man sich ein bisschen näherkommt. Drei Tage auf einem Boot – das schweißt zusammen.«

Julia befiel die Ahnung, Erik könnte dabei weniger an Kameradschaft gedacht haben. Er war schon länger mit Katharina zusammen. Aber hin und wieder hatte sie Blicke von ihm registriert, in denen mehr als nur freundschaftliche Verbundenheit zu lesen gewesen war. Andererseits – wenn sie zu viert auf der Segelyacht wären, gäbe es keine Möglichkeit …

»Wie ist das eigentlich auf dem Boot?«, fragte sie. »Haben Kathi und ich eine eigene Kabine?«

»Es gibt drei mal zwei Kojen«, erklärte Erik. »Die sind durch einen … Also die sind getrennt.« Er grinste anzüglich. »Aber man könnte ja mal was ausprobieren.«

»Wie meinst du das?« Katharina hatte sich aufgerichtet und warf mit einer Handbewegung ihr langes dunkles Haar über die Schultern.

»Nur so. Ganz allgemein.« Erik zuckte mit den Achseln. »Wer welche Koje kriegt, entscheiden wir, wenn es so weit ist. Natürlich haben die Damen den Vortritt. Ich dachte allerdings, dass jedes Pärchen …«

»Das hat doch Zeit«, unterbrach Benny ihn. »Ich finde Kathis Vorschlag gut. Erst mal auf 'ne kürzere Fahrt und danach den Trip nach Helgoland. – Braucht man dafür nicht einen Hochseeschifferschein? Hast du den überhaupt?«

»Klar«, gab Erik zurück. »Jedenfalls so gut wie. Donnerstag mach ich die Prüfung.«

»Und einen Tag später willst du mit uns nach Helgoland schippern?« Julia konnte ihre Bedenken nicht verbergen.

Erik winkte ab. »Die Prüfung ist nur theoretisch. Mehr oder weniger Formsache. Mit meinem Sportküstenschifferschein kann ich jetzt schon überall hinfahren. Ist ja eine private Fahrt auf 'ner privaten Yacht. Genug Praxis habe ich. Mach dir keine Sorgen!« Sein Lächeln war strahlend und entwaffnend zugleich. »Wir machen einen Ausflug zur Insel Neuwerk, und wenn es dir nicht zusagt, findet der Helgoland-Törn ohne dich statt. Einverstanden?«

»Okay.« Julia nickte erleichtert. »Tagesausflug ohne Übernachtung – da bin ich dabei.«

Dennoch blieb bei ihr eine Spur Skepsis zurück. Sie nahm sich vor, Katharina zu fragen, was sie von Eriks Plänen hielt. Die Freundin verhielt sich in seiner Gegenwart anders als sonst. Ruhiger und zurückhaltender. Darum musste sie unter vier Augen mit ihr sprechen. Von Benjamin konnte sie kein unvoreingenommenes Urteil erwarten. Er bewunderte seinen Freund und stand ein wenig in dessen Schatten. Das hätte er zwar nie zugegeben, aber ihm fehlte es an Selbstbewusstsein, um sich Eriks Führungsanspruch entziehen zu können. Er kam aus kleinen Verhältnissen; seine Mutter war Verkäuferin in einer Filiale des Bäckers und Konditors *Itjen*, der Vater arbeitete als Monteur bei der *CuxStahl* in der Turbinenproduktion. Erik dagegen war mit dem sprichwörtlichen silbernen Löffel zur Welt gekommen. Seine Eltern führten ein großes Hotel, das zu einer bekannten Kette gehörte. Ihnen gehörte eine Villa in Duhnen und ein Geschäftshaus in der Fußgängerzone. Die Mutter, hieß es, hätte hochwertige Immobilien in Hamburg geerbt. Sie hatten viel Geld, aber wenig Zeit für ihren Sohn. In Benny hatte er einen Freund gefunden, der sich seiner schon in der Grundschule angenommen, ihm den Weg durchs Amandus-Abendroth-Gymnasium geebnet und mehr als einmal vor dem Scheitern bewahrt hatte. Dafür musste Erik ihm dankbar sein. Vielleicht war er das auch, andererseits hatte Julia gelegentlich das Gefühl, dass Erik seinem Freund die besseren Noten und das Glück einer intakten Familie neidete.

Katharina unterbrach ihre Gedanken. »Mir ist heiß. Ich geh' ins Wasser. Wer kommt mit?«

Eine gute halbe Stunde verbrachten die Freunde im klaren Meerwasser des Freibades. Während sie schwammen und tauchten, sich gegenseitig jagten und unter die Wasseroberfläche drückten, fing Julia hin und wieder Eriks Blick auf. Er war schwer zu deuten, eine Mischung aus Bewunderung und neugieriger Erwartung. Obwohl sie sich nun schon länger kannten, hatte sie diesen Ausdruck so noch nie bei ihm gesehen.

Unter der Dusche deutete Julia mit einer Kopfbewegung in Richtung Toiletten und sah ihre Freundin fragend an. Katharina nickte. »Ich komme mit.«

»Wie findest du das?«, fragte sie auf dem Weg. »Ich meine die Idee mit Helgoland.«

»Nicht schlecht«, antwortete Kathi. »War schon lange nicht mehr da. Und so ein Trip zu viert ist bestimmt krass. Wir, also Erik und ich, waren schon ein paar Mal mit der Yacht unterwegs. Zu zweit ist es nicht sooo spannend, weil er ständig mit den Segeln und dem ganzen Zeug und mit Navigation beschäftigt ist. Aber er kann das, hat alles im Griff. Du brauchst dir keine Sorgen zu machen. Auf dem Deck in der Sonne zu liegen und aufs Meer hinausschauen – das ist schon megacool. Wenn wir zu viert fahren, haben wir bestimmt jede Menge Fun. Außerdem ...« Sie brach ab und sah sich um.

»Außerdem?«

»Ich möchte Erik den Spaß nicht verderben. Er will die neue Yacht seines Vaters vorführen und zeigen, was er kann. Wenn ich dagegen bin, ist er wahrscheinlich sauer. In letzter Zeit lief's nicht so gut bei uns, wir hatten ein paar Mal Streit. Nach dem Helgoland-Trip ist er bestimmt wieder besser drauf. Ich habe nächste Woche Urlaub, dann wollen wir uns ein paar schöne Tage machen.«

»Dann soll das so eine Art Paartherapie werden?« Julia schüttelte unbewusst den Kopf. »Ich glaube nicht, dass es funktioniert.«

»Vielleicht doch.« Kathi sah ihre Freundin bittend an. »Es ist jedenfalls eine Chance. Für Erik ist diese Tour total wichtig. Auch dass ihr dabei seid. Zusammen werden wir unseren Spaß haben. Komm mit, Jule! Es ist nicht gefährlich. Und es kostet nichts.«

Julia spürte, wie sehr Katharina am Gelingen des Vorhabens lag. »Also gut«, sagte sie schließlich, »ich überleg's mir. Wenn es mir bei unserer Probefahrt auf dem Boot gefällt, komme ich mit.«

Am Abend vor dem geplanten Ausflug nach Neuwerk rief Katharina an. »Wegen unseres Segeltörns«, erklärte sie. »Wir fahren doch schon morgen nach Helgoland. Es gibt nur noch drei schöne Tage. Danach wird es kühl und regnerisch und bleibt voraussichtlich längere Zeit unbeständig. Wann wir dann noch fahren können, ist ziemlich ungewiss. Deshalb möchte Erik nicht warten. Mit Benny hat er schon gesprochen, er ist dabei. Du kommst doch auch mit, oder?«

Julia zögerte mit einer Antwort. Einerseits reizte sie das Abenteuer. Die Wettervorhersage fürs Wochenende war gut. Eigentlich sprach nichts gegen den Törn. Andererseits war ihr die Vorstellung, zwei Nächte in der Koje einer Segelyacht zuzubringen, nicht ganz geheuer. »Ich weiß nicht, Kathi. Das kommt jetzt ein bisschen überraschend.«

»Du hast es mir versprochen«, drängte Katharina. »Bitte, Jule. Lass mich jetzt nicht hängen!«

Julia atmete tief durch und schob ihre Bedenken beiseite. Was sollte schon schiefgehen? Sie waren zu viert. Erik besaß einen Segelschein und konnte mit der Yacht umgehen. Zur Not konnten sie ja immer noch umkehren. »Also gut. Ich bin dabei. Wann und wo treffen wir uns?«

Katharina stieß einen kleinen Freudenschrei aus. »Um halb zwei am Yachthafen. Wir wollen pünktlich los. Wegen der Tide. Man muss kurz vor Hochwasser starten, damit einen das fallende Wasser mitnimmt. Sonst dauert die Überfahrt zu lange. Erik und ich sind schon früher da und bereiten alles vor. Du brauchst nichts weiter mitzubringen. Nur ein bisschen Kosmetik und was zum Anziehen.« Sie kicherte. »Abends landen wir garantiert bei Krebs.«

Die Erinnerung an ihren ersten Besuch in einer Diskothek ließ Julia lächeln. Während eines Schulausflugs hatten sie, Kathi und eine dritte Freundin sich heimlich in die Helgoländer Disco abgesetzt, bei Falcos *Out oft the dark* laut mitgesungen und sich bei *My heart will go on* mit Celine Dion romantischen Gefühlen hingegeben. Sogar auf eine heftige Knutscherei hatte Julia sich eingelassen. Mit einem Typen, an dessen Namen sie sich nicht mehr erinnerte. Nur daran, dass er nach Leberwurst geschmeckt hatte.

»Okay. Alles klar. Ich bin pünktlich am Yachthafen.« Julia verabschiedete sich von Katharina und wandte sich ihrem Kleiderschrank zu. So wenig wie möglich mitzunehmen und trotzdem gut auszusehen, war nicht so leicht. Auch auf die Frage, was sie ihrer Mutter erzählen sollte, hatte sie noch keine Antwort. Die Wahrheit würde sie ihr nicht zumuten. Am besten wäre wohl die bewährte Ausrede, ihre Freundin Steffi in Bad Bederkesa besuchen und dort übernachten zu wollen.

Kapitel 2

2019

Der *Sommerabend am Meer* in der Grimmershörnbucht war längst nicht zu Ende, als Julia ihre Tochter zu sich rief und begann, ihre Sachen zusammenzupacken. Auf den krönenden Abschluss des Festes, das Höhenfeuerwerk, würde sie nicht warten können. Es fand zu später Stunde statt, Leonie würde nicht rechtzeitig ins Bett kommen.

»Ich will aber noch hierbleiben«, erklärte das Kind. »Wir spielen gerade so schön. Es ist doch noch hell.« Sie deutete zum Wasser. »Schau mal, die Schiffe!«

Julia sah auf. Obwohl sie solche Abende schon mehrfach erlebt hatte, empfand sie den Anblick als erhebend. Im Hintergrund zog ein beleuchtetes Kreuzfahrtschiff entlang, davor bewegten sich Fischkutter, kleinere Motorboote und Segelyachten. Die Strahlen der tief stehenden Sonne tauchten alles in ein warmes Licht und gaben der Szene den Charakter eines maritimen Gemäldes. Für einen Moment bedauerte sie, das Fest verlassen zu müssen. Doch wenn sie bis zum Feuerwerk bliebe, käme Leonie kaum vor Mitternacht ins Bett. Zwar waren Sommerferien, und sie selbst hatte Urlaub, aber ihr Kind würde irgendwann einschlafen. Dann müsste sie das Mädchen nach Hause tragen. »Ja«, seufzte sie. »Ein schöner Anblick. Aber wir müssen trotzdem aufbrechen. Es tut mir leid, mein Schatz. Sonst wird es zu spät.«

Ihre Tochter verzog das Gesicht und schob die Unterlippe vor. »Das ist gemein. Die anderen Leute bleiben noch hier.«

»Wir richten uns aber nicht nach anderen Leuten«, erklärte Julia. »Zieh jetzt deine Schuhe an! Wir gehen an den Buden längs und schauen, ob wir noch etwas für dich finden. Ich glaube, es gibt dort auch Eis.«

Leonie strahlte. »Ich mag Erdbeer und Schokolade.« Eifrig packte sie ihre Sachen zusammen.

Mit dem süßen Angebot verstieß Julia gegen ihre Grundsätze. Aber sie mochte jetzt nicht mit ihrer Tochter diskutieren. Sie hatte Erik Börnsen gesehen, den Mann, der Benjamin Wedemeyer auf dem Gewissen hatte. Vielleicht auch Katharina Blessing. Oder hatten die beiden gemeinsame Sache gemacht? Die Ermittlungen waren damals im Sande verlaufen. Bennys Leiche war wenige Tage nach dem verhängnisvollen Segeltörn angespült worden. Nach den Erkenntnissen der Rechtsmedizin war er ertrunken. Unklar war geblieben, ob seine Kopfverletzung durch einen bewusst geführten Schlag mit einem stumpfen Gegenstand verursacht worden war oder ob ihn der Baum des Segelboots getroffen hatte. Am Ende hatten sich die Behörden auf einen Unfall festgelegt.

Was auch immer sich an Bord abgespielt haben mochte – für Julia war Erik Börnsen dafür verantwortlich. Er hatte das Boot besorgt, er war der Skipper gewesen, er hatte auf der Fahrt den Ton angegeben. Und er hatte sie in seine Koje gezerrt. Die Erinnerung trieb ihr Tränen in die Augen, verschleierte ihren Blick. Zum Glück war Leonie mit ihrem überdimensionierten Eis beschäftigt, zeigte für nichts anderes Interesse und lief klaglos neben ihr her. Julia zwinkerte heftig, fuhr hastig mit einem Taschentuch über ihre Augen und versuchte, Ordnung in ihre Gedanken zu bringen. Gleichzeitig wanderte ihr Blick über die Menschen, die sich mit ihr in Richtung Stadt bewegten oder entgegenkamen. Sie zuckte zusammen, als sie vor sich einen bärtigen Mann in schwarzen Jeans und mit einem schwarzen T-Shirt entdeckte. Und atmete tief durch, als sie feststellte, dass er sonst keinerlei Ähnlichkeit mit Erik Börnsen hatte.

Sie fragte sich, was sie tun würde, wenn sie ihm tatsächlich begegnen sollte, stellte sich vor, ihm in der Fußgängerzone in die Arme zu laufen. »Hallo, Erik? Wo kommst du denn her? Ich dachte, du bist ...« Nein. So unbefangen würde sie wohl nicht reagieren. Und dass sie ihn für tot gehalten hatte, mochte ihr wohl auch nicht über die Lippen kommen. Wahrscheinlich würden ihr die passenden Worte fehlen. Benjamin konnte durch einen Unfall ums Leben gekommen sein. Aber wenn ihn der Baum des Segelboots getroffen hatte – warum hatten Erik und Katharina ihn nicht gerettet? Was sagt man jemandem, den man für den Tod seines Freundes verantwortlich macht? Hast du Benny ertrinken lassen? Hast du ihn umgebracht? Damals hatte es auf diese Fragen keine Antwort gegeben. Auch heute würde er wohl nicht darauf eingehen. Jedenfalls, wenn sie die Fragen stellte.

Ob sich die Polizei noch für Erik Börnsen interessierte? In den Cuxhavener Nachrichten hatte sie von einer neu eingerichteten Sonderkommission gelesen, die sich mit »Cold Cases« befassen sollte, mit nicht aufgeklärten Fällen aus der Vergangenheit. Aber die würde in den nächsten Tagen erst eingerichtet werden. Sollte sie sich trotzdem an die Polizei wenden? Würden die ihr überhaupt abnehmen, dass sie Erik gesehen hatte? Sie konnte sich geirrt haben. Vielleicht hatte sie sich wirklich getäuscht. Bärtige Männer Ende dreißig gab es viele. Allein in der letzten halben Stunde hatte sie mindestens ein Dutzend gesehen. Wenn Erik wirklich zurückgekehrt war – wer konnte davon wissen? Seine Eltern! Sie nahm sich vor, den Börnsens einen Besuch abzustatten, nachdem sie Leonie zu ihrer Großmutter gebracht hätte.

*

Das Hotel *Alte Liebe* war Anfang der neunziger Jahre renoviert, erweitert und aufgestockt worden. Eine Bürgerinitiative war gegen den Neubau von Bettenburgen am Deich auf die Barrikaden gegangen, aber am Ende wurde es doch ausgebaut. Alles, was durch die Proteste erreicht wurde, waren ein paar Auflagen wie die Anpassung der Fenster an den Stil des ursprünglichen Altbaus. An die Auseinandersetzungen erinnerte sich Julia nur vage; sie war damals zwölf oder dreizehn Jahre alt gewesen und hatte Demonstrationen und Sprechchöre aus sicherer Entfernung bestaunt. Inzwischen war das Haus noch einmal vergrößert und modernisiert worden. Durch einen weiteren Anbau mit Gesellschaftsräumen und ein großzügiges Penthouse, in dem die Inhaber wohnten. Es gehörte jetzt zu den von zahlungskräftigen Gästen bevorzugten Hotels.

Ralf Börnsen hatte die Leitung des Hotels übernommen, nachdem sein Schwager, der Hotelier und Ratsherr Christopher Hansen, wegen Mordverdachts unter Anklage gestellt und zu einer langen Gefängnisstrafe verurteilt worden war. Da hatten ihm auch die besten Beziehungen nichts genutzt, die man der Familie Börnsen in der Stadt nachsagte. Nach dem Verschwinden von Ralfs Sohn war allerdings gemunkelt worden, dass bei den Ermittlungen persönliche Kontakte zum Staatsanwalt eine Rolle gespielt haben könnten.

Obwohl Julia die Hotelhalle kannte, flößte sie ihr Respekt ein. Schwere Teppiche auf Marmorfußboden, Möbel aus edlen Hölzern und indirektes Licht aus Designerlampen vermittelten den Eindruck gediegener Eleganz. Dezente Musik aus unsichtbaren Lautsprechern unterstrich die extravagante Atmosphäre. Den älteren Herrschaften, die hier in schweren Polstermöbeln saßen, in Zeitungen blätterten oder verstohlen Neuankömmlinge musterten, war ihr finanzieller Hintergrund anzusehen. Allein der Schmuck einiger Damen, den diese nicht gerade sparsam angelegt hatten, dürfte ein kleines Vermögen wert sein. Am Empfang waren zwei junge Frauen und ein Mann mit einer kleinen Reisegruppe beschäftigt, die offenbar gerade eingetroffen war. Das Personal trug farblich auf das Interieur der Lobby abgestimmte Kleidung, die sie an Uniformen von Flugbegleitern erinnerte. Am Eingang tauchten zwei ebenso gekleidete junge Männer mit einem goldfarbenen Rollwagen auf, der mit zahlreichen Koffern und Reisetaschen beladen war. Sie machten sich am Empfang bemerkbar, bekamen offenbar eine Auskunft und verschwanden dann in einem der Aufzüge.

Julia durchquerte die Halle. Am Empfangstresen wurde sie von einer der perfekt gestylten und geschminkten Damen begrüßt. »Guten Tag. Willkommen im Hotel Alte Liebe. Was kann ich für Sie tun?« Sie lächelte geschäftsmäßig.

»Ich möchte Herrn Börnsen sprechen.«

»Haben Sie einen Termin?«

Julia schüttelte den Kopf. »Nein. Es ist ... hat sich ... gerade erst ergeben.«

Die Angestellte musterte sie kritisch. »Wen darf ich melden, und worum geht es?«

»Mein Name ist Julia Jacobs. Die Angelegenheit ist privat.«

»Ich glaube kaum, dass Herr Börnsen Sie empfängt. Wir haben Hochsaison, es ist viel zu tun. Ich kann versuchen, einen Termin für Sie zu finden. Aber bis dahin werden Sie sich eine Weile gedulden müssen.«

Der Tonfall der Empfangsdame und ihr skeptischer Blick vermittelten Julia den Eindruck, als lästige Bittstellerin wahrgenommen zu werden, die davon abgehalten werden musste, den Hoteldirektor zu stören. Für einen kurzen Moment geriet ihr Selbstbewusstsein ins Wanken. Doch dann erschienen die Bilder vom Vortag vor ihrem inneren Auge. Sie brauchte Gewissheit.

»Es geht um Börnsens Sohn«, stieß sie rasch hervor. »Erik.«

Ungläubig starrte die Empfangsdame sie an, öffnete den Mund und schloss ihn wieder. »Einen Augenblick«, murmelte sie schließlich, »ich bin gleich wieder da.« Sie verschwand durch eine Tür im Hintergrund, die Julia zuvor nicht wahrgenommen hatte. Nach weniger als einer Minute kehrte sie zurück, bedeutete Julia, den Empfangstresen zu umrunden und ihr zu folgen. Sie führte sie in ein Büro, dessen Einrichtung sich auffallend vom gediegenen Stil der Lobby unterschied. Sie hatte nur einmal einen Blick hineinwerfen können, damals entsprach die Einrichtung noch dem Geschmack früherer Generationen. Ein großer Schreibtisch aus Chrom und Glas mit einem modernen Chefsessel, davor mit hellgrauem Leder bezogene Freischwinger, gegenüber eine passende Sitzgruppe. Auf dem Schreibtisch stand eine gerahmte Fotografie. Christina Börnsen mit ihrem halbwüchsigen Sohn. Die Angestellte deutete auf die Stühle. »Bitte nehmen Sie Platz! Herr Börnsen kommt gleich.«

Julia ließ sich nieder, warf einen Blick auf die Fensterfront, hinter der sich die Cuxhavener Deichlandschaft ausbreitete, und betrachtet die Bilder an den Wänden. Maritime Motive in Acryl. Meereswellen, auf denen Boote tanzten, unterschiedlich stark abstrahiert, sodass bei einigen erst auf den zweiten Blick erkennbar war, was sie darstellten. An der gegenüberliegenden Wand hingen großformatige Fotos. Sie zeigten Szenen vom Duhner Wattrennen. Rasende Galopper mit schlammbespritzten Jockeys, Trabrennfahrer, deren Sulkys Fontänen aus Meerwasser erzeugten. Vage erinnerte sich Julia an Zeitungsberichte, wonach Börnsen früher selbst daran teilgenommen hatte. Die Veranstaltung war umstritten, weil Tierschützer das Rennen als Tierquälerei betrachteten.

Sie wurde aus ihren Betrachtungen gerissen, als die Tür aufsprang und Ralf Börnsen eintrat. Er nickte ihr zu. »Hallo ... Julia. Ich bin bisher davon ausgegangen, dass wir uns nicht wiedersehen. Du wolltest das nicht und ich fände es auch besser. Aber jetzt bist du hier. Hat meine Mitarbeiterin dich richtig verstanden? Du weißt etwas über Erik?« Er ließ sich hinter seinem Schreibtisch auf dem Bürosessel nieder. Sein Blick war voller Zweifel.

Obwohl Julia plötzlich wieder unsicher war, nickte sie. »Ich habe ihn gesehen. Gestern. Beim *Sommerabend am Meer.*«

Börnsen kniff die Lider zusammen. »Das kann nicht sein. Erik ist 2002 auf hoher See verschollen, die Yacht ist gesunken. Laut amtlicher Untersuchung hat er das Unglück nicht überlebt. Du kannst ihn also nicht gesehen haben. Was willst du von mir?«

Energisch schüttelte Julia den Kopf. »Ich will nichts. Ich dachte nur, wenn Erik noch lebt und nach Cuxhaven zurückgekommen ist …«

»Ist er nicht«, unterbrach der Hotelier sie grob. »Sonst hätte er sich bei mir gemeldet.« Er warf einen Blick auf seine Uhr. »Und nun muss ich dich bitten, zu gehen. Ich habe zu tun.«

Julia erhob sich zögernd, sah zur Tür, die von außen geöffnet wurde, sah wieder Börnsen an. Seine ablehnende Haltung verunsicherte sie. Mit Vorbehalten gegen sie und Zweifeln an ihrer Beobachtung hatte sie gerechnet, nicht aber mit einer derart harschen Reaktion. »Ja«, murmelte sie. »Dann gehe ich wohl wieder.« In der Tür drehte sie sich noch einmal um. »Erik trägt jetzt einen Bart.«

Auf der Straße verharrte Julia unschlüssig. Schließlich wanderte sie zum Deich, erklomm die Deichkrone und wanderte ohne Ziel drauflos. In einiger Entfernung blieb sie stehen und sah sich um. Vor dem Haupteingang des Hotels fuhren Taxen und andere Autos vor, andere verließen den Parkplatz. Auf einigen der Balkone saßen oder standen Menschen, den Blick auf die Bucht gerichtet. Urlauber, die wahrscheinlich keine größeren Sorgen hatten als die Menüfolge der nächsten Mahlzeit. In den seitlichen Fenstern der Penthouse-Wohnung spiegelte sich die Sonne. Julia fragte sich, ob Eriks Mutter ebenso abweisend reagiert hätte. Sollte sie versuchen, zu ihr Kontakt aufzunehmen? Eine Mutter würde die Hoffnung nicht aufgeben, ihren verschollenen Sohn eines Tages doch noch wiederzusehen. Aber wahrscheinlich würde ihr Mann ihr berichten, dass eine Frau bei ihm gewesen sei und von Erik gesprochen habe. Eine Verrückte, die man nicht ernst nehmen musste. Aber sie war nicht verrückt. Oder doch? Hatte die Begegnung mit Eriks Vater sie derart durcheinandergebracht, dass ihre Wahrnehmung gestört war?

Unablässig sprangen ihre Gedanken zwischen Gegenwart und Vergangenheit hin und her. Der Mann am Bratwurststand, Erik am Ruder der Segelyacht, das Gespräch mit Ralf Börnsen, die Szene in der Kabine der *Seeteufel*, das Foto von Christina Börnsen auf dem Schreibtisch ihres Mannes, Benny auf Helgoland.

Irgendwann wurde ihr bewusst, dass sie sich im Yachthafen befand. Sanft schaukelten Boote an den Anlegern, hier und da waren Segler und Skipper mit Takelage oder Ausrüstungsgegenständen beschäftigt. Was will ich hier, fragte sie sich, während ihr Blick über die Yachten wanderte. Suchte sie unbewusst nach Erik Börnsen? Unwillig schüttelte sie den Kopf. Doch dann drängte sich die Idee weiter in ihr Bewusstsein. Wenn er tatsächlich nach Cuxhaven zurückgekehrt war, konnte er mit einem Boot gekommen sein. So abwegig war der Gedanke nicht. Sie schlenderte an den Stegen entlang, entdeckte aber niemanden, der Ähnlichkeiten mit Erik Börnsen aufwies.

Sie kehrte in die Stadt zurück. Da Leonie den Tag und auch die kommende Nacht bei ihrer Großmutter verbringen würde, erledigte sie ein paar aufgeschobene Einkäufe und versuchte vergeblich, die Erinnerungen zu verdrängen, die in ihrem Kopf kreisten.

2002

Als Julia mit ihrer Reisetasche den Liegeplatz der *Seeteufel* erreichte, waren Erik und Benny damit beschäftigt, mehrere Lagen Dosenbier unter einer der Sitzbänke im hinteren Teil des Bootes zu verstauen. Katharina tauchte in der offenen Tür der Kajüte auf, winkte ihr zu und strahlte. »Schön, dass du schon da bist«, rief sie. »Komm rüber!«

Sie streckte einen Arm aus, nahm Julia die Tasche ab und deutete ins Innere der Yacht. »Da drinnen können wir es uns gutgehen lassen, während die Jungs das Boot startklar machen.« Sie tippte auf ihre Uhr. »In zwanzig Minuten geht's los.«

Julia stieg über die Reling, begrüßte Benny und Katharina mit einem Kuss und Erik mit einer flüchtigen Umarmung. »Willkommen an Bord!«, sagte er und deutete auf die Getränkevorräte. »Wir sind gleich fertig.«

»Kommen noch mehr Leute mit?« Julias Blick war an den Bierdosen hängen geblieben. »Oder wer soll das alles trinken?«

»Das schaffen wir schon.« Erik grinste. »Meeresluft macht Durst. Und wir sind ziemlich lange auf See. Außerdem wollen wir auch ein bisschen Spaß haben.«

Katharina lenkte sie ab. »Komm mit!« Sie griff nach Julias Hand. »Wir schauen uns drinnen um.«

Die Kajüte war geräumiger, als Julia sie sich vorgestellt hatte. Es gab eine großzügige Sitzgruppe mit Tisch, einen Küchenbereich, eine Dusche mit Toilette und drei Schlafkammern mit jeweils zwei Kojen. »Nicht schlecht«, strahlte Katharina. »Oder?«

Julia nickte. »Super! Hätte nicht gedacht, dass hier so viel Platz ist.« Sie sah sich um. »Wo schlafen wir?«

Kathi hob die Schultern. »Du kannst dir eure Kojen aussuchen. Erik und ich nehmen dann die anderen.«

»Ich soll mit Benny ...?«

»Warum nicht?« Kathi machte große Augen. »Oder habt ihr noch nie ...«

»Wir sind noch nicht lange zusammen. Also, auch nicht so richtig. Mehr so freundschaftlich. Ich weiß es noch nicht. Vielleicht ergibt sich noch was. Aber hier ... Ich meine, es ist doch ... ziemlich ... nah beieinander.« Julia deutete auf die Trennwand zwischen den Kammern. »Man hört bestimmt ... jeden Ton.«

»Klar.« Katharina kicherte. »Aber wir müssen ja nicht gleichzeitig ...« Sie setzte eine verschwörerische Miene auf und senkte die Stimme. »Es kann aber auch ... ziemlich geil sein. Erik und ich waren schon mal mit Freunden hier. Wir hatten schon ein bisschen gefeiert. Und dann ... Also, ich fand's krass.« Sie schob eine CD in die Kompaktanlage.

»Ich weiß ja nicht ...« Julia hob die Schultern. »Ich glaube, ich nehme lieber eine eigene Kabine. Später sehen wir, was sich ergibt.« Sie deutete auf die Schrankfächer. »Jetzt räume ich erst mal meine Sachen ein.«

Während sie zu den Klängen von *Quit playin' games with my heart* mit den Backstreet Boys Kleidung und Kosmetika verstaute, tauschte sie mit Kati Erinnerungen an Helgoland aus. »Weißt du noch – die Typen in der Jugendherberge? Die aus Frankfurt? Die haben so komisch geredet, dass ich sie erst gar nicht verstanden habe. Aber der eine war voll süß. Sah aus wie Mark Owen von *Take That*. Ich glaube, der hieß Michael.

Oder Markus? Matthias? Ich weiß nur noch, dass ich total verknallt war.«

»Meiner hieß Philipp. Der war auch ziemlich cool. Wir haben uns sogar noch geschrieben. Aber nicht lange ...«

Irgendwann erschien das Gesicht von Erik am Eingang. »Wollt ihr nicht raufkommen? Wir legen gleich ab.«

An Deck drückte der Skipper jedem seiner Mitsegler eine Dose Bier in der Hand. »Erst mal stoßen wir an. Dann geht's los.«

Wenig später startete er den Motor. Gemächlich kam die Yacht in Bewegung. Nachdem sie den Hafen hinter sich gelassen hatten, setzten Erik und Benjamin die Segel. Die Frauen legten sich auf dem Deck in die Sonne und genossen Wärme und Wind. Rasch nahm die *Seeteufel* Fahrt auf und pflügte geräuschvoll durch die Wellen. Überrascht registrierte Julia das Gefühl von Leichtigkeit und Freiheit, das sich in ihr ausbreitete. Die Bewegungen des Bootes machten ihr nichts aus, die schnelle Fahrt durch die nur mäßig aufgewühlte Nordsee gefiel ihr, die grüne schleswig-holsteinische Küste gab einen malerischen Hintergrund ab. Davor waren Wasserfahrzeuge unterschiedlichster Art und Größe zu sehen. Neben den gewaltigen Containerschiffen zogen kleinere Frachter, Fähren, Motoryachten und Segelboote ihre Bahn. Sie bereute nicht, sich auf die Fahrt mit den Freunden eingelassen zu haben.

Erst zwei Stunden später, als Benny das Ruder übernommen hatte und Erik nach Katharina rief, bekam das euphorische Gefühl einen Dämpfer. »Komm nach unten, wir machen einen Kojentest.« Dazu machte er eine anzügliche Handbewegung und lachte.

Julia suchte Benjamins Blick, doch der schien sich auf seine Aufgabe als Steuermann zu konzentrieren, die Äußerung seines Freundes hatte er anscheinend nicht mitbekommen.

Katharina erhob sich, grinste und warf ihr einen Blick zu. »Ich glaube, Erik und ich sind auf einem guten Weg.« Sie kletterte nach hinten und verschwand im Niedergang zur Kabine.

Knatternde Segel und die tosende Bugwelle übertönten die Geräusche aus dem Inneren des Bootes. Nur einmal drang Kathis Schrei an Julias Ohr.

2019

Der Tag ohne ihre Tochter gab Julia Gelegenheit, durch Geschäfte zu bummeln, für die sie sonst keine Zeit oder keinen Nerv hatte, um Pullover und Schuhe für den kommenden Herbst anzuprobieren. Die Suche nach passenden Kleidungsstücken bot zugleich eine willkommene Ablenkung von Erinnerungen an die Ereignisse vor siebzehn Jahren.

Am frühen Abend – sie hatte gerade ein neues Outfit anprobiert – klingelte es an der Wohnungstür. Da sie niemanden erwartete, warf sie einen genauen Blick durch den Spion. Vor der Tür stand eine der Frauen, die sie hinter dem Tresen in der Rezeption des Hotels Alte Liebe gesehen hatte. Volles schwarzes Haar und blutrote Lippen bildeten einen auffälligen Kontrast zur hellen Haut. Was mochte sie von ihr wollen? Julia öffnete. »Hallo. Was führt Sie zu mir?«

»Entschuldigen Sie die Störung! Herr Börnsen schickt mich. Er würde gern noch einmal mit Ihnen sprechen. Würde es Ihnen morgen passen? Um zehn Uhr?« Sie zog eine Chipkarte aus der Tasche und reichte sie Julia. »Damit können Sie den Lift benutzen und direkt in die Penthouse-Wohnung fahren. Wenn Ihnen der Termin nicht zusagt, sollten wir jetzt einen anderen Tag oder eine andere Uhrzeit ausmachen. Herr Börnsen bittet Sie, ihn nicht anzurufen.«

Julia starrte abwechselnd auf die Karte in ihrer Hand und auf die Besucherin. »Okay.«, murmelte sie schließlich. »Vielen Dank! Das war alles?«

»Ja, Frau Jacobs.« Die Hotelangestellte nickte. »Auf Wiedersehen. Einen schönen Abend noch.« Sie wandte sich um und eilte die Stufen hinab. Julia sah ihr nach, lauschte auf das Geräusch ihrer Absätze und kehrte erst in die Wohnung zurück, nachdem unten die Haustür ins Schloss gefallen war.

In der Küche legte Julia die Karte vor sich auf der Tischplatte ab und betrachtete sie. Morgen Vormittag um zehn also. Was mochte Ralf Börnsens Sinneswandel bewirkt haben? Hatte er mit seiner Frau über Julias Besuch gesprochen? Eine Mutter würde sich an die geringste Hoffnung klammern, ihr Kind wiederzusehen, und nicht so ablehnend reagieren. Oder waren dem Hotelier doch Zweifel gekommen? Vielleicht würde sie morgen die Antwort erfahren. Nur die Frage, warum Eriks Eltern nichts davon wussten, dass ihr Sohn nach Cuxhaven zurückgekehrt war, würde auch sie nicht beantworten können.

Kapitel 3

In dieser Nacht schlief Julia unruhig. Wirre Traumfetzen mit Bildern aus der Vergangenheit tauchten auf und verschwanden wieder. Einmal schreckte sie hoch, weil sie jemanden in ihrer Wohnung zu spüren glaubte. Zweimal stand sie auf, schaltete Licht ein, ging durch alle Räume, knipste die Beleuchtung wieder aus und kehrte ins Schlafzimmer zurück.

Viel zu früh war sie am Morgen wach. Innere Unruhe trieb sie aus dem Bett. Auf dem Küchentisch lag noch die Karte, die Börnsens Angestellte gebracht hatte. Julia stutzte. Hatte sie die nicht in der Mitte abgelegt? Jetzt lag die Chipkarte an der Tischkante. Konnte ein Luftzug die Veränderung bewirkt haben? Nein, das Küchenfenster war geschlossen. Sie selbst musste sie verschoben haben. Offenbar hatte sie die Karte noch einmal in die Hand genommen, als sie in der Nacht durch die Wohnung gewandert war.

Sie machte sich Frühstück, ließ Toast und Müsli dann aber stehen, trank nur Kaffee. Eine Stunde vor dem verabredeten Termin im Hotel Alte Liebe verließ sie das Haus. In der Stadt waren zu dieser Zeit nur wenige Menschen unterwegs, der sonntägliche Straßenverkehr beschränkte sich auf eine Handvoll Autos. Vielleicht die Nachwirkung des Sommerabends am Meer. Auch vor dem Hotel war es ruhig. Keine an- oder abreisenden Gäste, keine dienstbeflissenen Angestellten, kein Taxi, kein sonstiges Fahrzeug. Sie richtete den Blick nach oben. In den Scheiben des Penthouses glitzerte die Morgensonne. Zur Meerseite und nach Westen gab es offenbar eine Dachterrasse, die noch im Schatten lag, nur die weißen Gitterstäbe des Geländers leuchteten im Sonnenlicht. Mehr war nicht zu erkennen.

Fast eine halbe Stunde ging sie vor dem Haus auf und ab. Eine Minute vor zehn betrat sie das Hotel, durchquerte die Halle und steuerte auf die Aufzüge zu. Sie erkannte die Angestellte, die ihr Börnsens Nachricht überbracht hatte, hinter dem Empfangstresen. Sie sah auf und nickte ihr zu.

Der Aufzug brachte sie ohne Unterbrechung zur obersten Etage. Automatisch öffneten sich die Türen und gaben den Blick auf die Penthouse-Wohnung frei. Sie erschien Julia noch größer, als sie sich vorgestellt hatte. Am überdachten Eingang befand sich ein Messingschild mit der Aufschrift *Privat.* Die Tür aus satiniertem Glas stand offen. Zögernd trat sie näher, stieß auf eine weitere Tür. Auch sie war weit geöffnet. »Hallo!«, rief sie. »Hallo? Ist jemand da? Ich bin Julia Jacobs und möchte ...« Sie brach ab, denn niemand war zu sehen. Vor ihr breitete sich der Wohnraum aus, dessen gegenüberliegende Front fast vollständig aus Glas bestand. Die Schiebetür zur Dachterrasse war offen. Draußen standen zwei weiß-blaue Strandkörbe. Wartete Börnsen dort auf sie? »Hallo?«, wiederholte sie, durchquerte den Raum und sah sich um. Hier schien niemand zu sein. Als sie sich schließlich umwandte, um die Wohnung zu verlassen, vernahm sie einen spitzen Schrei. Er schien von unten, von der Promenade, zur kommen. Sekunden später setzten Hilferufe ein, dann Hundegebell. Sie hastete zum Geländer und beugte sich hinüber.

Tief unter ihr, auf dem Pflaster des Weges lag eine reglose männliche Gestalt. Ein Mann zerrte einen Hund zurück, der sich auf den Liegenden stürzen wollte. Eine Frau hielt ein Mobiltelefon ans Ohr und gestikulierte mit der freien Hand. Vom

Deich näherte sich ein Jogger, auf der anderen Seite ein älteres Paar.

Erschrocken zuckte Julia zurück. Ihr Herz raste. Hatte sie gerade Ralf Börnsen dort unten liegen sehen? War er über das Geländer gestürzt? Die Ungewissheit zwang sie zu einem weiteren Blick. Vorsichtig lehnte sie sich erneut über die Brüstung. Obwohl sich jetzt mehrere Personen über den leblosen Mann beugten, erkannte sie ihn. War der Hotelier vom Dach gesprungen, um seinem Leben ein Ende zu setzen?

Hastig verließ sie die Penthouse-Wohnung. Der Fahrstuhl war noch da. Sie drückte die Taste fürs Erdgeschoss. Viel zu langsam schlossen sich die Türen der Kabine, viel zu langsam setzte sich der Lift in Bewegung. Julia schwitzte. In Gedanken sah sie den fragenden Blick der Hotelangestellten am Empfang voraus, entschied sich für einen anderen Weg, drückte den Knopf für die erste Etage, stieg aus, nahm die Treppe bis ins Kellergeschoss. Hier fand sie einen Ausgang, der zur Garage führte. Leuchtstoffröhren flackerten, flammten auf, als sie an den geparkten Autos vorbeilief. Irgendwo klappte eine Wagentür, im nächsten Moment wurde ein Motor gestartet, Scheinwerfer blendeten auf. Julia duckte sich unwillkürlich. Als sich eins der die Tore öffnete und der Wagen die Garage verließ, hastete Julia ins Freie. Sie widerstand der Versuchung, das Hotelgebäude zu umrunden, um nach Börnsen zu sehen. Es gab keinen Zweifel, dass er es war, der von der Dachterrasse gestürzt war. Konnte man einen solchen Sturz überleben? Wohl kaum. Mit großer Wahrscheinlichkeit war Ralf Börnsen ums Leben gekommen. In dem Augenblick, in dem sie ihn aufsuchen wollte. Warum hatte er sich mit ihr verabredet, wenn er sich umbringen wollte? War er versehentlich über das Geländer gestürzt? Wohl kaum. Jemand musste ihn darüber gestoßen haben. Die Erkenntnis traf sie wie ein Schlag. Konnte man sie verdächtigen, den Hotelier getötet zu haben?

Julia beschleunigte ihre Schritte, getrieben von dem Bedürfnis, den Ort des schrecklichen Ereignisses so schnell wie möglich weit hinter sich zu bringen. Fast wäre sie beim Überqueren des Strichwegs vor ein Auto gelaufen. Schrilles Hupen und kreischende Reifen hatten den Aufprall in letzter Sekunde verhindert. Vor ihrem inneren Auge spielte sich immer wieder dieselbe schreckliche Szene ab. Börnsen stand an der Begrenzung seiner Dachterrasse. Ein kräftiger Stoß ließ ihn über das Geländer kippen. Hilflos ruderten seine Arme in der Luft, dann verschwand er nach unten. Sekunden später ein dumpfer Aufschlag. Wer konnte ihn gestoßen haben? In ihrer Vorstellung war es erst ein gesichtsloser Mann, dann eine Frau. Die Frau war sie. Aber ich habe ihn nicht gestoßen, sagte sie sich. Oder doch? Bin ich verrückt geworden? Hat mich die Begegnung mit Erik um den Verstand gebracht? Nein, ich habe seinen Vater nicht getötet, ich wollte ihn nur besuchen, mit ihm reden, ihm versichern, dass ich seinen Sohn gesehen habe. Ich habe ihn doch gesehen. Oder bilde ich mir das nur ein?

Dunkel erinnerte sich Julia an eine Fernsehsendung, in der es um Wahrnehmungsfehler ging. Das Gehirn, hatte sie erfahren, spielt uns manchmal einen Streich. Wir sehen etwas, das objektiv nicht existiert, oder nehmen real vorhandene Dinge nicht wahr. War sie Opfer dieser Fehlfunktion geworden? Sie blieb stehen, schloss die Augen und rief sich das Bild vom vergangenen Nachmittag ins Gedächtnis – Erik am Imbissstand –, blendete alle Nebensächlichkeiten aus, konzentrierte sich auf das Gesicht. Jemand rempelte sie an. »Entschuldigung«, murmelte ein Passant. »Sie stehen hier aber auch etwas ungünstig.«

Julia zuckte zusammen, riss die Augen auf und eilte weiter. Erneut beschleunigte sich ihr Puls. Denn das Bild, das ihr gerade erschienen war, hatte sich verändert. Es war Erik, aber ohne Bart. Er hielt keine Bratwurst in der Hand, sondern zwei kleine, in Papier eingewickelte Flaschen.

2002

»Gegen Seekrankheit.« Erik war aufs Vorschiff gekommen, wo Julia im Schatten des Großsegels saß. Er ließ sich neben ihr nieder, hielt zwei Fläschchen *Wattenläuper* hoch und grinste. »Der Wellengang hält sich zwar in Grenzen. Aber Vorbeugen ist besser als heilen.«

»Danke!« Julia schüttelte den Kopf. »Ich brauche nichts. Es geht mir gut. Hätte nicht gedacht, dass mir der Segeltörn so gut bekommt.«

»Umso besser.« Erik öffnete eine der Flaschen, drückte sie ihr in die Hand und deutete mit dem Daumen nach hinten. »Benny hat das Ruder übernommen. Wir können uns ein bisschen entspannen.«

Skeptisch betrachtete Julia die Flasche in ihrer Hand. »Was ist mit Katharina?«

Erik winkte ab. »Die muss sich ein bisschen herrichten. Wir hatten gerade einen stürmischen Ritt über die Nordsee. Wenn du verstehst, was ich meine.«

Julia verzog das Gesicht. »War ja nicht zu überhören.«

Sein Grinsen wurde breiter, der Blick lauernd. »Und?«

»Was *und*? Sollen wir applaudieren?«

»Gute Idee.« Erik kicherte, öffnete die zweite Flasche und hob sie hoch. »Prost! Auf die Liebe!« Er ließ den Inhalt in den weit geöffneten Rachen laufen und warf sie im hohen Bogen über Bord. Dann deutete er auf die Flasche in Julias Hand. »Was ist? Willst du nicht? Ist gut für den Magen. Und lecker. Solltest du dir nicht entgehen lassen.«

Mit gemischten Gefühlen betrachtete Julia den *Wattenläuper*. Sie hatte nichts gegen den Magenbitter, wollte auch kein Spielverderber sein, hatte aber Hemmungen, sich auf Eriks Drängen einzulassen. Etwas störte sie an seinem Verhalten. Sie hielt sich nicht für prüde, empfand aber angesichts seines Tonfalls ein leichtes Unbehagen. »Ich warte auf Kathi«, erklärte sie schließlich.

»Okay.« Erik zuckte mit den Schultern und stand auf. »Dann gehe ich jetzt mal für kleine Skipper.«

Doch statt zum Kabineneingang zu gehen, kletterte er ein Stück nach achtern, lehnte sich mit der Schulter gegen die Wanten und begann, an seiner Hose zu nesteln. Mit einer Mischung aus Faszination und Abscheu beobachtete Julia aus den Augenwinkeln, wie der Strahl in der Sonne glitzerte.

Kurz nachdem Erik weiter in Richtung Bootsheck verschwunden war, tauchte Katharina auf. Sie ließ sich neben ihrer Freundin nieder und deutete auf die Flasche in Julias Hand. »War Erik hier? Was wollte er?«

»Mit mir anstoßen. Ich sollte Magenbitter gegen Seekrankheit trinken. Aber ich bin völlig okay. Außerdem wollte ich auf dich warten.« Julia sah Katharina an. »Hast du keinen? – Willst du meinen?«

Katharina schüttelte den Kopf und strich mit der flachen Hand über ihren Hals. »Danke, mir ist nicht danach. Ich glaube, ich gehe wieder runter und leg mich in die Koje.«

»War der *stürmische Ritt über die Nordsee* so anstrengend?«

»Was meinst du?«

»Eriks Worte«, erklärte Julia lächelnd. »Außerdem wart ihr nicht zu überhören. Trotz der Windgeräusche.«

»Ach so.« Kathi hob die Schultern. »Sorry. Ich wollte das nicht. Aber ...« Sie verstummte und rieb erneut ihren Hals.

Julia versuchte, in ihrer Miene zu lesen. »Aber?«

»Es war ... irgendwie ... anders ... Als ob ...« Auch dieser Satz blieb unvollendet.

Erneut hakte Julia nach. »Als ob?«

»Ach, ich weiß nicht. Vielleicht bilde ich mir das auch ein.« Sie streckte die Hand aus. »Jetzt nehme ich dein Angebot doch an.«

Julia reichte ihr die Flasche. Als ihre Freundin den Kopf hob, um den braunen Kräuterlikör in den Rachen laufen zu lassen, zeigte sich unter der Kehle ein dunkelroter Streifen.

»Was ist mit deinem Hals?«

Kathis Hand zuckte nach oben. »Nichts. Ich hab mich vorhin geschrammt. Aus Versehen.« Sie schüttelte die letzten Tropfen aus der Flasche, warf sie über Bord und stand auf. »Ich hau mich jetzt noch ein bisschen in die Koje. Damit ich fit bin für Helgoland.« Mit einer Kusshand verabschiedete sie sich und balancierte an der Reling entlang Richtung Kabine.

Julia erwog, ihr zu folgen, verwarf den Gedanken aber. Mit Kathi stimmte etwas nicht. Und es hing mit Erik zusammen. Aber was, würde sie jetzt aus ihrer Freundin nicht herausbekommen. Vielleicht später. Ja, irgendwann würde sie sich ihr anvertrauen. Ganz sicher.

Der Fahrtwind war kühler geworden. Julia rutschte aus dem Schatten des Segels in die Sonne, lehnte sich gegen den Mast, schloss die Augen und genoss die Wärme auf der Haut. Wie lange sie wohl noch bis zur Insel brauchen würden? Die Überfahrt sollte sechs Stunden dauern. Nach Julias Gefühl hatten sie die Hälfte der Strecke bereits hinter sich gebracht.

Plötzlich fiel ein Schatten auf ihr Gesicht. »Hast du dich gut eingecremt?«, fragte Benny, der neben ihr hockte und sie kritisch musterte. Julia rieb sich die Augen. War sie eingedöst? »Wie spät ist es?«

Benny hielt ihr seine Armbanduhr vor die Nase. »Helgoland ist schon in Sicht. Aber wir brauchen noch mindestens eine Stunde.«

Mit einer Hand beschattete Julia ihre Augen. Obwohl ein schwacher Dunst über dem Wasser lag, konnte sie das charakteristische Profil der Insel erkennen. »Noch eine Stunde?«

»Mindestens«, wiederholte Benny und küsste sie. »Eher anderthalb. Was hältst du davon, wenn wir vorher noch mal abtauchen?« Er grinste. »Natürlich nicht im Wasser. Ich meine ... in der Koje.« Mit einer Kopfbewegung deutete er nach hinten. »Erik hat das Ruder übernommen. Wir können jetzt auf Sicht fahren, es gibt weiter nichts zu tun. Erst wieder, wenn wir in den Hafen einlaufen.«

»Wo ist Kathi? Noch in ihrer Kabine?«

»Ja, ich denke schon.«

»Sie wollte sich ausruhen. Wir sollten sie nicht stören, indem wir nebenan ... Man hört alles.«

Benny zuckte mit den Schultern und grinste. »Klar. Aber mir macht das nichts. Und die beiden haben ja vorhin auch ganz schön Krach gemacht.«

»Trotzdem. Ich möchte ihr das nicht zumuten. Ich glaube, sie ist in dem Punkt gerade etwas empfindlich.«

»Das kapiere ich nicht.«

Julia seufzte. »Ist auch schwer zu verstehen. Ich weiß selbst nicht genau, was mit ihr los ist.« Sie schmiegte sich an Benny. »Heute Abend im Hafen, okay?«

»Okay.«

2019

Entgegen ihrer Gewohnheit verriegelte Julia die Tür hinter sich, nachdem sie ihre Wohnung erreicht hatte. Sie wusste, es würde nichts an ihrer Situation ändern, aber es gab ihr das Gefühl, von niemandem behelligt werden zu können. In Ruhe nachdenken wollte sie. Am Küchentisch ließ sie sich nieder, stand wieder auf, öffnete den Kühlschrank, nahm eine Flasche Mineralwasser heraus, griff nach einem Glas und setzte sich erneut. Sie schenkte sich ein, und während sie trank, wanderten ihre Gedanken erneut in die Vergangenheit.

Damals hatten sie kein Wasser getrunken. Wenn sie mit Kathi, Erik und Benny zusammen gewesen war, hatte es immer Bier gegeben. Und *Wattenläuper.* Oder *Küstennebel.* Oder *Berentzen Apfelkorn.* Die Vorräte gingen nie aus, denn Erik brachte immer wieder Nachschub aus dem Hotel mit. Eigentlich waren sie immer ein bisschen benebelt gewesen. Auch bei jenem verhängnisvollen Segeltörn. Die erfolgreiche

Überfahrt, das Einlaufen in den Hafen und das gelungene Anlegemanöver mussten gefeiert werden. Gut gelaunt hatten sie eine Flasche Hochprozentiges kreisen lassen. Katharinas Stimmungstief war vergessen. Erik hatte einen Tisch in der *Fischerstube* reserviert. Er und Katharina waren vorausgegangen, Julia und Benny in eine der Kojen gekrochen, um nachzuholen, was sie während der Überfahrt versäumt hatten. Später hatten sie sich alle zum Essen getroffen, waren durch den Ort gebummelt, hatten sich über die Touristen lustig gemacht, ohne zu bedenken, dass sie auch dazugehörten. Schließlich waren sie in der Diskothek Krebs gelandet, wo sie nach *Daylight In Your Eyes* von den *No Angels* und den wilden Rhythmen des *Safri Duo* mit *Played-A-Live* bis zum Morgengrauen getanzt hatten.

2002

Verschwitzt, aber in bester Stimmung, kehrten sie auf die *Seeteufel* zurück. Auf der Yacht leerten sie noch ein paar Dosen Bier und begrüßten lautstark den neuen Tag.

»Hoffentlich ist da drüben bald Ruhe!«, brüllte eine wütende Männerstimme von einem der benachbarten Boote. »Andernfalls rufe ich die Polizei.«

»Kommt, wir gehen rein!«, schlug Erik vor. »Sonst gibt's noch Ärger.«

Drinnen legte er den Arm um Julia. »Wie wär's, wenn wir mal tauschen?«

»Was denn tauschen?«, fragte Benny mit schwerer Zunge. »Ich hau mich jetzt in die Koje. Gute Nacht!«

Seine Begriffsstutzigkeit löste Heiterkeit aus. Katharina und Julia kicherten, Erik lachte Tränen. »Genau das meine ich, du Schnellmerker. Wir tauschen die Kojen. Kathi geht mit zu dir, Jule und ich nehmen die andere Kabine. Kleine Abwechslung. Ist gut für die Liebe.«

Benny zuckte mit den Schultern. »Macht, was ihr wollt! Ich muss mich jetzt hinlegen, sonst werde ich seekrank.« Schwerfällig wankte er zur Kabinentür.

Mit einer Kopfbewegung bedeutete Erik seiner Freundin, ihm zu folgen. »Ich glaube, Benny braucht Hilfe beim Ausziehen. Deine Chance, Kathi.«

Julia wollte sich aus Eriks Umarmung befreien, um nach Benny zu sehen, doch er hielt sie fest. »Das ist *unsere* Chance«, flüsterte er an ihrem Ohr und deutete auf Katharina. »Sie kümmert sich um ihn.« Tatsächlich war Kathi aufgestanden. Sie grinste, zuckte mit den Schultern und folgte Benny.

In dem Augenblick spürte Julia Eriks Lippen auf ihrem Mund und seine Hand unter dem T-Shirt. Die Berührungen lösten widersprüchliche Empfindungen aus. Der Impuls, ihn abzuwehren, wurde von Neugier und Entdeckungslust zurückgedrängt. »Komm, Seeteufelchen«, raunte er und zog sie hoch. »Wir gehen auch in die Koje.« Widerstrebend, zugleich von Erregung getrieben, folgte sie ihm in die Kabine.

2019

Julia zwang sich, den Gedankenfluss zu stoppen. Es hatte keinen Sinn, sich dunklen Erinnerungen hinzugeben; die Gegenwart war bedrohlicher. Mit dem Tod des Hoteliers hatte sie nichts zu tun. Aber die Polizei würde den Fall untersuchen und herausfinden, dass sie zum Zeitpunkt des Sturzes in Börnsens Wohnung gewesen war. Die Angestellte, die ihr am Vorabend die Chipkarte für den Aufzug gebracht hatte, würde sich an sie erinnern. »Aber ich habe ihn nicht gestoßen«, flüsterte sie. »Ich war nur im Penthouse. Da war niemand. Darum bin ich umgekehrt, habe das Hotel verlassen und bin nach Hause gegangen.« Ja, das würde sie der Polizei erklären. Vom Sturz des Hoteliers hatte sie nichts mitbekommen, folglich konnte sie gar nicht wissen, dass Börnsen ums Leben gekommen war. Niemand konnte behaupten, dass sie über die Brüstung geschaut und den Toten gesehen hatte. Niemand konnte wissen, dass sie wirklich in der Wohnung gewesen war. Sie hätte auf den Klingelknopf drücken, an der Tür warten und schließlich gegangen sein können, ohne die Wohnung betreten zu haben.

Diese Darstellung erschien ihr folgerichtig, sie musste jedem einleuchten. Die Erkenntnis beruhigte Julia. Sie spürte plötzlich Hunger. Ihr Frühstück vom Morgen stand noch im Kühlschrank. Sie nahm die Müslischale heraus, füllte Milch hinzu und setzte Kaffee auf. Der Toast war schon trocken, aber mit etwas Nutella noch genießbar.

Während sie aß, klingelte es an der Haustür. Sie erwartete niemanden, in der Mittagszeit erst recht nicht. Wahrscheinlich Kinder, dachte sie, stand auf und sah aus dem Fenster, von dem aus sie die Straße im Blick hatte. Dort standen die Autos, die auch sonst dort parkten. Das Rentnerehepaar aus dem Erdgeschoss verließ das Haus, um den Hund auszuführen, zwei Radfahrer fuhren in Richtung Innenstadt, sonst war niemand zu sehen. Sie kehrte an ihren Platz zurück und schenkte

Kaffee nach. Als es erneut und anhaltend klingelte, seufzte sie, stand wieder auf und ging zur Wohnungstür, um auf den Öffner zu drücken. Wenn es keine spielenden Kinder waren, konnte es nur noch Elisabeth Wilke aus dem Stockwerk über ihr sein, die ihren Schlüssel vergessen hatte. Die alleinstehende Dame passte gelegentlich auf Leonie auf und hatte einen Not-Schlüssel bei Julia deponiert.

Die Schritte, die sich im Treppenhaus ihrer Etage näherten, klangen nicht nach einer Frau, schon gar nicht nach einer älteren. Julia beugte sich über das Geländer und zuckte zurück. Ein dunkelhaariger Mann erklomm zügig die Stufen. Namen und Gesichter von Freunden und Bekannten rasten ihr durch den Kopf. Wer wollte sie um die Zeit besuchen? Unangemeldet! Eigentlich kam nur Malte Hansen infrage, der Kollege aus der Orthopädie, mit dem sie schon zweimal ausgegangen war. Aber auch er würde vorher anrufen oder wenigstens eine Nachricht ... Die Erkenntnis traf sie wie ein Schlag. Sie schlug die Hand vor den Mund, unterdrückte einen Aufschrei und stürzte zurück in die Wohnung. Der Versuch, die Tür zuzuschlagen, scheiterte. Obwohl Julia mit ihrem ganzen Gewicht dagegen drückte, gelang es dem Mann, sie so weit zu öffnen, dass er einen Fuß zwischen Türblatt und Rahmen klemmen konnte. Wütend trat sie gegen den Schuh, doch es nützte nichts, der Mann war stärker, vergrößerte den Spalt Zentimeter um Zentimeter, bis sie rückwärts taumelte. Die Tür schwang auf und krachte gegen die Wand.

»Hallo, Julia.« Erik Börnsen grinste. »Seit wann bist du so abweisend? Ich habe dich ganz anders in Erinnerung. Wir hatten doch eine wunderschöne Nacht – seinerzeit auf Helgoland.«

»Verpiss dich!«, schrie Julia mit überkippender Stimme. »Ich will mit dir nichts zu tun haben!«

Börnsen warf die Wohnungstür ins Schloss und trat auf sie zu. Julia wich zurück. »Hast du aber, meine Liebe. Das lässt sich nicht rückgängig machen. Wir beide sitzen in einem Boot. Wie damals auf der *Seeteufel*. Und wir sollten das Beste daraus machen.« Sein Blick wanderte von ihrem Kopf bis zu den Füßen und wieder zurück, verharrte dabei kurz auf ihren Brüsten. »Du siehst immer noch verdammt gut aus. Wir könnten unser kleines Spiel von damals fortsetzen.«

Julia schüttelte den Kopf. »Es gibt nichts fortzusetzen«, zischte sie. »Weil nie etwas angefangen hat. Verschwinde jetzt! Oder ich rufe die Polizei.« Sie griff nach ihrem Handy, das auf dem Schuhschrank lag.

Blitzschnell entwand er ihr das Telefon. »Damit würdest du dir keinen Gefallen tun. Ich bin schnell wieder weg, aber du müsstest den Bullen einiges erklären, zum Beispiel, was du heute im Hotel gemacht hast.«

»Da gibt es nichts zu erklären.« Julia erschrak über den schrillen Klang ihrer Stimme. »Dein Vater wollte mich sprechen. Aber er war nicht da. Das ist alles.« Sie streckte die Hand aus. »Gib mir mein Handy zurück!«

»Ach ja.« Börnsen kicherte. »Nur dumm, dass der Alte deinen Besuch nicht überlebt hat.«

»Damit habe ich nichts zu tun«, krächzte Julia. »Und nun geh bitte! Sonst ...«

»Sonst was?«, unterbrach er sie. »Willst du mich aus dem Fenster werfen?« Die Vorstellung schien ihn zu belustigen. »Oder abstechen? Mit einem Küchenmesser vielleicht?«

»Ich will, dass du gehst. Und nie wieder hier auftauchst. Das ist alles.«

Börnsens Blick wanderte erneut über ihren Körper. »Schade eigentlich. Aber wenn du nicht willst ... Auf so was habe ich keinen Bock mehr. Wir bleiben in Kontakt.« Er legte das Mobiltelefon ab und packte ihre Oberarme. »Dir ist hoffentlich klar, dass diese Begegnung unter uns bleiben muss. Du hast mich nicht gesehen. Ich werde offiziell erst in Cuxhaven ankommen, wenn der Unfall des Alten ein paar Tage zurückliegt.«

»Unfall?«, flüsterte Julia. »Das war kein Unfall. Da hat jemand nachgeholfen. Warst du das?«

Er ließ ihren Arm frei. »So wie es aussieht, gibt es nur eine Person, die für den Absturz verantwortlich sein kann. Das bist du. Wahrscheinlich können sie es dir nicht nachweisen, dann verlaufen die Ermittlungen im Sande. Auch gut.«

Er wandte sich um und öffnete die Wohnungstür. Dann drehte er sich noch einmal zu ihr und deutete mit ausgestrecktem Arm auf sie. »Du hast mich nicht gesehen. Vergiss das nicht! Sonst kriegst du Probleme.«

Julia lauschte auf die sich im Treppenhaus entfernenden Schritte. Ihr Herz raste, ihr Magen rebellierte und ihr Kopf dröhnte, während sie die schmerzende Stelle am Oberarm rieb.

Kapitel 4

Es kam nicht oft vor, dass Marie Janssen von allein aufwachte. Wenn der Wecker sie nicht aus dem Schlaf riss, war es Nele, die an ihrem Bett stand und sie am Ärmel zupfte. Es war ihr nicht gelungen, ihrer Tochter beizubringen, sich zuerst bei ihrem Vater bemerkbar zu machen. Felix schlief gewöhnlich tief und fest, wenn es für sie Zeit wurde, aufzustehen. Sie gönnte ihm den Schlaf, denn er hatte oft am Abend Termine. Wenn er über Sitzungen kommunaler Gremien oder Parteien berichten musste, konnte es Mitternacht werden.

Doch heute war das Bett neben Marie leer. Das Fenster des Schlafzimmers stand offen, draußen zwitscherten die Vögel und der blaue Himmel versprach einen schönen Tag. Aus dem Erdgeschoss drangen vertraute Geräusche. Offenbar bereitete Felix das Frühstück vor und Nele erzählte dazu Geschichten. Sie warf einen Blick auf den Radiowecker und erschrak. Die Ziffern zeigten späten Vormittag an. Doch dann wurde ihr bewusst, dass sie heute frei hatte, endlich ein paar Überstunden ausgleichen konnte. Ihre Tochter musste nicht in den Kindergarten, Felix hatte seinen freien Tag, er musste nicht in die Redaktion und sie nicht zum Dienst ins Kommissariat. Voller Vorfreude auf einen entspannten Tag schwang sie sich aus dem Bett.

Der erste Blick in den Spiegel war nicht sonderlich erhebend. Noch ließ sich mit Pflege und Kosmetik ein akzeptables Ergebnis erzielen, aber die Anzeichen alternden Bindegewebes waren nicht zu übersehen. Kritisch beäugte sie die Fältchen an Augen und Mund. Manchmal tauchten über Nacht neue Linien auf. Zum Glück war das heute nicht der Fall. Aber aufzuhalten waren sie nicht. Während sie mit Routine ihre Morgentoilette erledigte, dachte sie daran, dass sie nur noch zwei Jahre bis zu ihrem vierzigsten Geburtstag hatte. Dann würde sie unweigerlich in den Bereich der Lebensmitte vorrücken.

Unwillig schüttelte sie den Kopf, verbannte die unerfreulichen Gedanken und konzentrierte sich auf die Frage, wie sie den Tag mit Mann und Tochter verbringen würde. Nele würde wahrscheinlich zum Strand wollen. Und Felix? Was wäre ihm lieber? Meer oder Garten? Sie selbst war hin- und hergerissen. Heiße Sommertage waren selten, die Gelegenheit, einen ganzen Tag am Sandstrand in Altenbruch oder Döse, Duhnen oder Sahlenburg zu verbringen, ebenfalls. Also sollten sie die Chance nutzen. Andererseits war Hochsaison. Zu den Urlaubern kamen Tagesgäste, deren Autos die Straßen und Parkplätze verstopften und die alle Strände bevölkerten. Ruhiger und entspannter wäre es, zu Hause in der Freiherr-vom-Stein-Straße zu bleiben. Nele hätte ihr Planschbecken im Garten, sie und Felix könnten das Frühstück zu einem Brunch ausdehnen, später im Schatten der Bäume einen kühlen Wein genießen. Eine verlockende Vorstellung.

Inzwischen zeigte der Spiegel ein zufriedenstellendes Ergebnis ihrer kosmetischen Bemühungen, sodass sie gut gelaunt das Bad verließ. Auf der Treppe wehte ihr der Duft von Kaffee und frischen Brötchen entgegen, und als sie auf die Terrasse trat, fand sie neben dem gedeckten Tisch zwei strahlende Gesichter vor, die ihr erwartungsvoll entgegenblickten.

»Was für eine schöne Überraschung!«, rief sie, umarmte Mann und Tochter und ließ sich auf ihrem Platz nieder.

»Alles fertig«, krähte Nele. »Du musst gar nichts machen, Mama.«

»Das habt ihr aber toll hingekriegt«, lobte Marie. »Kaffee gibt's auch schon?«

»Selbstverständlich.« Felix schenkte ihr ein und deutete zum Himmel. »Heute bleibt es sonnig und warm. Bis dreißig Grad werden erwartet. Wir können den ganzen Tag draußen verbringen.«

Marie lehnte sich zurück, schloss die Augen und schnupperte an ihrem Kaffee. Ich glaube, dachte sie, ich möchte heute hierbleiben. Ich muss nur Felix davon überzeugen, dass er das auch möchte. Dann kann ich die Entscheidung ihm überlassen. »Du hast Recht«, murmelte sie. »Ich habe richtig guten Appetit.«

Eine halbe Stunde später warf sie den ersten Köder aus. »Was für ein herrlicher Tag! Ich könnte hier noch stundenlang sitzen und die Ruhe genießen. Vielleicht gönnen wir uns später ein Glas Wein. Oder ein Eis. Oder beides?«

»Ich will Stracciatella«, rief Nele.

»Hier *will* keiner was«, korrigierte Felix. »Wer etwas *möchte*, sagt außerdem *bitte*.«

»Ich möchte bitte Stracciatella-Eis«, erklärte seine Tochter rasch, strahlte ihren Vater aus großen blauen Augen an und fügte hinzu. »Bitte, bitte, Papa.«

Felix lachte. »Das klingt viel schöner. Also gut. Machen wir uns einen faulen Tag!« Er wandte sich an Nele. »Und für dich stellen wir das Planschbecken auf.«

In das zustimmende Jauchzen seiner Tochter mischte sich die Titelmelodie einer alten Krimiserie. Dazu vibrierte Maries Smartphone auf der Tischplatte. »Ist das nicht aus *Derrick*?«, fragte Felix verblüfft.

Marie nickte griff nach dem Telefon. »Mein Kollege Jan Feddersen. Warum der heute anruft ...« Sie zuckte mit den Schultern und nahm das Gespräch an. »Hallo, Jan, hast du an diesem schönen Sommertag nichts Besseres zu tun, als deine Kollegin zu behelligen?«

»Es tut mir wirklich leid, Marie«, antwortete Jan. »Ich weiß, dass du heute einen freien Tag hast. Will dich nur kurz über einen Todesfall mit unklarer Ursache informieren. Du musst nicht kommen. Ich mache das heute auch gern mit den Kollegen von der Tatortgruppe. Aber es ist unser Fall. Und wie mir einer von ihnen geflüstert hat, könnte darin eine gewisse Brisanz stecken. Wieso, hat er nicht gesagt. Das Opfer ist ein gewisser ... Ralf Börnsen, Inhaber des Hotels Alte Liebe.«

»Ach du Scheiße«, entfuhr es Marie. Entschuldigend sah sie Felix an.

»Scheiße sagt man nicht«, trompetete Nele.

Marie nickte ihr zu und stand auf. Während sie ins Haus eilte, erklärte sie Jan den Hintergrund. »Die Frau unseres Staatsanwalts ist eine geborene Börnsen. Ich bin nicht sicher, aber ich glaube, der Hotelier ist ... war der Schwager von Krebsfänger. Da wird Kriminalrat Lütjen ordentlich Druck machen. Was ist denn überhaupt passiert?«

»Der Mann ist vom Dach seines Hotels auf die Straße gestürzt. War sofort tot. Wenn er nicht von sich aus gesprungen ist, muss jemand nachgeholfen haben. Die Kollegen von der Spurensicherung sind schon bei der Arbeit.«

»Okay.« Marie atmete tief durch. »Ich komme.«

»Musst du wirklich nicht«, wiederholte Jan. »Aber ich würde mich natürlich freuen. Der Tatort ist ...«

»Ich weiß«, unterbrach Marie ihren Kollegen. »In dem Hotel hatten wir schon zu tun. In zwanzig Minuten bin ich da.«

»Super! Bis gleich!« Jan Feddersen klang erleichtert. Marie lächelte unwillkürlich. Ihr Kollege war der typische *Kerl wie ein Baum* und trat manchmal wie ein Macho auf. Als er vor drei Jahren die Nachfolge von Maries langjährigem Kollegen Konrad Röverkamp angetreten hatte, war sie dem Neuen gegenüber skeptisch gewesen. Inzwischen hatte sie ihn schätzen gelernt, denn im Grunde war er ein warmherziger Mensch, der anfängliche Unsicherheiten hinter großspurigem Auftreten zu verbergen gesucht hatte.

»Es tut mir leid«, sagte sie, als sie auf die Terrasse zurückkehrte. »Wir haben einen Fall, um den ich mich kümmern muss.«

Mit großen Augen sah Felix sie an. »An deinem freien Tag?«

»Ich will nur sehen, was passiert ist.«

»Du willst ins Kommissariat?«

Marie schüttelte den Kopf. »Zum Hotel Alte Liebe. Da ist ...« Sie brach ab und wandte sich an ihre Tochter. »Um dein Eis kümmert sich Papa. Ich muss leider weg.«

»Das macht nichts«, verkündete Nele gutmütig. »Hauptsache Stracciatella.«

»Also gut.« Marie wandte sich zum Gehen. »Macht es euch nett! Ich ziehe mich um und nehme den Roller. In zwei bis drei Stunden bin ich wieder zurück.«

Ihr Mann folgte ihr ins Haus. »Was ist passiert?«, flüsterte er, als sie außer Hörweite ihrer Tochter waren.

»Der Chef des Hotels ist anscheinend vom Dach des Hauses gestürzt. Wir müssen klären, ob Fremdeinwirkung ausgeschlossen werden kann.«

Felix war elektrisiert. »Ralf Börnsen? Umgebracht? Krass!« Er warf einen Blick zur Terrasse. »Was für eine Geschichte! Da muss ich hin.«

»An deinem freien Tag?«, fragte Marie ironisch. »Mit deiner Tochter auf dem Rücksitz zum Tatort? Wobei wir ja noch gar nicht wissen, ob es sich um einen handelt. Ich glaube, es geht los. Du bleibst schön hier. Morgen kannst du dich mit Anne Lüken in Verbindung setzen. Dann wissen wir auch schon mehr.«

»Wenn eure Pressesprecherin von den Ermittlungen berichtet, erfahren alle Medien gleichzeitig davon. Ich möchte aber die Geschichte morgen schon im Blatt haben.«

»Meinetwegen kannst du eine Kollegin oder einen Kollegen anrufen und zum Hotel schicken. Aber bitte frühestens in drei Stunden. Ich möchte nicht, dass uns Zeitungsreporter vor den Füßen rumlaufen.«

»Ich würde aber lieber selber ... Vielleicht kann ich Nele zu deinen Eltern nach Otterndorf ...«

Marie seufzte. »Dann musst du sie aber vorher anrufen.«

»Das mache ich natürlich.« Felix küsste Marie auf die Wange. »Und du – pass bitte gut auf dich auf! In den Kurgebieten ist zurzeit viel Verkehr.« Er eilte zurück auf die Terrasse. »Nele«, rief er, »was hältst du davon, wenn wir Oma und Opa besuchen?«

*

Marie war froh, mit dem Motorroller fahren zu können. Sie genoss den Fahrtwind, fuhr an den Fahrzeugen vorbei, die im Stau standen, und kam ohne Verzögerung bis zur Konrad-Adenauer-Allee. Hier gab es, wie so oft, Chaos vor der Ampel zur Deichstraße, weil ortsunkundige Autofahrer sich falsch eingeordnet hatten, in letzter Sekunde die Spur wechseln wollten und damit den Verkehrsfluss blockierten. Sie wich kurzerhand über den leeren Fußweg aus und erreichte rasch die Poststraße. Hier ließ der Verkehr etwas nach.

Als sie die Lettow-Vorbeck-Straße passierte, ging ihr der Streit um die Straßennamen in Cuxhavens Afrikaviertel durch den Kopf. Die Namensgeber Lettow-Vorbeck, Leutwein, Wißmann und Lüderitz erinnerten an ein dunkles Kapitel der deutschen Kolonialgeschichte während der Kaiserzeit. In anderen Städten waren Straßen deswegen bereits umbenannt worden. Einige Cuxhavener hatten dies ebenfalls gefordert, andere sich für die Beibehaltung ausgesprochen.

Vor dem Hotel Alte Liebe hatten die Kollegen der Tatortgruppe eine Absperrung errichtet und ein Zelt aufgebaut. Als Marie darauf zuhielt, bedeutete ihr ein uniformierter Kollege mit heftigen Armbewegungen, den Bereich zu umfahren. Sie nickte ihm freundlich zu, ließ ihr Zweirad direkt vor ihm ausrollen, stellte es ab und nahm den Motorradhelm vom Kopf. Die verärgerte Miene des Uniformierten wandelte sich zu einem freundlichen Ausdruck mit einer Spur Anerkennung. »Moin, Frau Kommissarin. Ich habe Sie gar nicht erkannt.«

»Oberkommissarin«, korrigierte eine Stimme hinter ihm. »So viel Zeit muss sein.« Jan Feddersen wandte sich an Marie. »Schön, dass du da bist.« Er deutete zu dem provisorischen Zelt. »Komm! Die Kollegen von der Kriminaltechnik sind hier unten fast fertig, der Notarzt ist schon wieder weg.«

Sie folgte Feddersen hinter die Zeltplane. »Und? Gibt es schon nennenswerte Erkenntnisse?«

»Na ja, nicht viel. Fest steht nur die Todesursache. Sturz aus der Höhe. Wenn er nicht selbst gesprungen ist, muss Börnsen direkt am Geländer gestanden und der Täter ihm einen kräftigen Stoß gegeben haben.«

»Oder die Täterin«, wandte Marie ein und wappnete sich innerlich für den unvermeidlichen Anblick, der sich ihr gleich bieten würde. Noch lag der Tote unter einer Plane.

»Täterin? Da bin ich eher skeptisch. Jemand muss viel Kraft oder viel Schwung eingesetzt haben, um ihn über den Sims zu befördern. Es gibt keine Abwehrspuren.« Feddersen beugte sich hinunter. »Soll ich?«

Marie zog ein paar Einmalhandschuhe aus der Tasche, streifte sie über und nickte.

Vorsichtig zog Jan die Plane zur Seite. Der Blick auf die Leiche war weniger erschreckend, als sie angenommen hatte. Börnsen trug einen hellen Anzug ohne Krawatte und lag auf dem Rücken, die Arme waren ausgebreitet. Sein Gesicht war kaum verletzt, die Augen geschlossen. Unter seinem Kopf hatte sich eine Blutlache gebildet. Sie war so klein, dass ein unbedarfter Betrachter sie leicht hätte übersehen können. Im ersten Moment wirkte der Tote, als schliefe er. Als Feddersen die Plane vollständig zur Seite zog, wurden Börnsens grotesk verzerrte und offensichtlich mehrfach gebrochene Beine sichtbar.

»Okay.« Marie atmete tief durch, beugte sich hinab, griff nach den Händen des Toten und betrachtete sie. »Ich sehe auch keine offensichtlichen Hinweise auf Abwehrverhalten. Die Fingernägel sind sauber.« Sie richtete sich auf. »Auf das Ergebnis der Obduktion bin ich schon jetzt gespannt. Krebsfänger wird nicht begeistert sein, aber an der rechtsmedizinischen Untersuchung der Leiche seines Schwagers kommt er nicht vorbei. – War der Fotograf schon hier?«

Ihr Kollege breitete die Plane über den Toten und deutete nach oben. »Er ist jetzt auf dem Dach. Da oben arbeitet auch die Spusi noch. Wir schauen uns das gleich zusammen an.«

Der Weg zum Fahrstuhl führte sie durch die Hotelhalle. Marie sah sich aufmerksam um. »Völlig normaler Betrieb«, stellte sie fest. »Das Management ist zu bewundern. Die scheinen es geschafft zu haben, die Gäste von dem Ereignis abzuschirmen.«

Eine Angestellte in den Farben des Hotelpersonals kam ihnen entgegen. Südländischer Typ in Maries Alter, mit dunklen Augen und schwarzem Haar, das streng nach hinten gebunden war, aber auffallend heller Haut. Sie lächelte verbindlich, wurde aber gleich wieder ernst. »Guten Tag. Mein Name ist Joana Santos. Direktionsassistentin. Was kann ich für Sie tun?«

»Feddersen, Kriminalhauptkommissar«, antwortete Jan. Mit einer Kopfbewegung deutete er auf Marie. »Das ist meine Kollegin, Kriminaloberkommissarin Janssen. Wir müssen uns später noch mit Ihnen unterhalten. Es gibt eine Reihe von Fragen, die sich auf die letzten Stunden von Herrn Börnsen beziehen. Tagesablauf, Telefonate, sonstige Kontakte, Besucher.«

»Und natürlich auf das familiäre und geschäftliche Umfeld«, ergänzte Marie.

»Selbstverständlich stehe ich Ihnen zur Verfügung. Wir alle sind entsetzt und erschüttert und werden alles tun, um Sie zu unterstützen. Uns liegt natürlich sehr daran, dass unsere Gäste in ihrem Wohlbefinden nicht durch polizeiliche Ermittlungen beeinträchtigt werden. Ihre Kollegen waren so freundlich, sich diskret zu verhalten. Wenn Sie erlauben, begleite ich Sie nach oben. Sie wollen doch sicher aufs Dach?«

»Allerdings.« Jan Feddersen nickte nachdrücklich.

»Wenn Sie mir bitte folgen wollen. Es gibt einen Lift mit direktem Zugang zum Penthouse.«

Der Anblick der sonnendurchfluteten Wohnung der Börnsens nötigte Marie einen anerkennenden Blick ab. »Was für ein Luxus. Und keiner hat etwas davon.«

»Wieso? Gibt es keine Angehörigen?«

»Doch. Eine Frau und einen Sohn. Die Frau lebt nicht in Cuxhaven, der Sohn ist 2002 unter mysteriösen Umständen verschwunden. Das war vor meiner Zeit. Unser früherer Chef Christiansen hat uns davon berichtet. Damals ist ein junger Mann ums Leben gekommen. Börnsen junior und seine Freundin sind mit ihm auf einem Segelboot unterwegs gewesen. Die Staatsanwaltschaft ist von einem Unfall ausgegangen, bei dem das Boot gesunken und die beiden anderen ebenfalls ertrunken sind. Sie hat das Verfahren eingestellt. Christiansen war damit nicht zufrieden, hat aber keinen Beweis für eine andere Version gefunden.«

»Sind Christiansen und dein ehemaliger Kollege Röverkamp nicht als Berater bei der neuen Ermittlungsgruppe, die sich um *Cold Cases* kümmert?«

»Stimmt. Wir können ja mal fragen, ob sie den alten Fall noch mal aufrollen möchten. So wie ich Konrad kenne, macht er das bestimmt gerne. Vor allem, wenn er von dieser Geschichte hört.«

Sie umrundeten die Penthouse-Wohnung und erreichten die kleine Gruppe der Kriminaltechniker, die in ihren weißen Schutzanzügen auf der Seeseite hantierten. Der Fotograf packte gerade seine Kamera ein.

»Moin«, begrüßte sie ein Kollege aus der Kriminaltechnik, Hauptkommissar Damme. »Ihr habt wohl an einem warmen Sommertag auch nichts Besseres zu tun, als auf Hoteldächern herumzusteigen.«

»Moin«, erwiderten die Ankömmlinge wie aus einem Mund. »Wenn ihr was für uns habt«, ergänzte Marie, »hat es sich gelohnt.«

»Na ja.« Der Kriminaltechniker schob die Kapuze seines Anzugs zurück und kratzte sich am Hinterkopf. »Die Spurenlage ist bescheiden. Fingerabdrücke – ja, an der Brüstung. Hauptsächlich vom Verstorbenen. Und einige andere, die wir natürlich noch nicht zuordnen können. Ein paar Fasern am Geländer, wahrscheinlich von Börnsens Anzug. Kaum Fußabdrücke auf den Fliesen davor. Die wenigen sind nicht verwertbar, weil der Untergrund aus poliertem Marmor besteht und auf der trockenen Oberfläche nicht viel haften bleibt.« Er deutete auf das Geländer. »Die Brüstung entspricht nicht den Vorschriften. Sie müsste mindestens eins-zehn haben, hat aber nur neunzig. Bei einem Meter zehn hast du die Oberkante am

Bauchnabel. Da kriegt dich so schnell keiner drüber. Bei neunzig Zentimetern sieht das anders aus. Börnsen dürfte über eins achtzig gewesen sein, der hatte das Ding auf Hüfthöhe oder sogar noch darunter. Bei den Proportionen verlierst du sofort das Gleichgewicht, wenn dich einer gegen das Geländer schubst.«

»Wie ist das möglich?«, fragte Marie. »Ich meine, dass die Brüstung so niedrig war. Dafür gab's doch sicher keine Baugenehmigung.«

»Seht ihr die Abdeckung da hinten?« Der Kriminaltechniker deutete auf eine mehrfach verzurrte graue Plane in einer Nische der Hauswand. »Wahrscheinlich sollten die fehlenden zwanzig Zentimeter schon längst ergänzt werden. Da liegen die Teile dafür. Offenbar schon länger.« Er wandte sich der gläsernen Front des Penthouses zu. »Ich vermute, die Herrschaften wollten sich den Blick auf die Nordsee nicht durch ein höheres Geländer verderben.«

»Tödliche Aussicht«, kommentierte Jan Feddersen. »Aber für den baulichen Mangel kann man wahrscheinlich niemanden mehr zur Rechenschaft ziehen. Der Verantwortliche liegt unten auf dem Pflaster.«

»Ein Unfall war es jedenfalls nicht«, ergänzte Damme. »Ein Mann, der alle Sinne beisammenhat, fällt nicht über eine ihm vertraute Brüstung. Selbstmord halte ich auch für ausgeschlossen.« Er deutete mit einer Kopfbewegung auf die Penthouse-Wohnung. »Drinnen haben wir eine Kaffeemaschine gefunden. So ein Vollautomat mit allem Chichi. Tolles Ding. Zwei Mahlwerke. Monitor, Milchaufschäumer. Für Espresso, Cappuccino, Latte macchiato und was auch immer. Der war eingeschaltet. Wer sich umbringen will, bereitet keinen Kaffee vor. Außerdem stand die Klappe vom Müllschlucker offen. Tolles Ding, der Abfall rauscht durch einen Schacht nach unten direkt in einen Container. Wir schauen da noch rein, dann seid ihr dran.« Grinsend breitete er die Arme aus. »Schätze, das wird eine schöne Aufgabe für euch. Womöglich müsst ihr in der Duhner Hotelmafia ermitteln. Da wünsche ich euch schon mal viel Spaß.«

»Danke«, brummte Jan Feddersen. »Gute Wünsche sind immer außerordentlich hilfreich. Noch besser wäre es, wenn wir bald eine Spurenakte bekämen, die konkrete Informationen enthält.«

Marie unterdrückte ein Schmunzeln. Zwischen Jan und dem Kriminaltechniker gab es immer wieder kleine Reibereien, für die jeder sachliche Grund fehlte. In Wahrheit ging es um Maries Freundin Anne, die Pressesprecherin der Cuxhavener Polizei. Jan hatte sich, als er im Fachkommissariat für Tötungsdelikte die Nachfolge von Konrad Röverkamp angetreten hatte, in Anne verguckt und sie angebaggert, obwohl sie mit Damme zusammen war. Zum Glück hatte sich alles rasch geklärt, aber Jan konnte seine Schwäche für die Pressesprecherin nicht verbergen, und wenn er und der Kriminaltechniker zusammentrafen, blitzte manchmal männliches Rivalitätsgehabe auf.

Damme unterbrach Maries Gedankenfluss. »Wir tun, was wir können. Und manchmal sogar ein bisschen mehr. Also fasst euch in Geduld!«

»Machen wir«, versicherte Marie. »Ohne euch wären wir ja aufgeschmissen.« Sie wandte sich an Jan. »Wir können hier ohnehin nichts mehr ausrichten. Lass uns nach unten gehen und mit der Direktionsassistentin sprechen.«

Joana Santos führte sie in einen modern eingerichteten klimatisierten Raum. »Das ist das Büro von Herrn Börnsen. Hier sind wir ungestört.« Sie deutete auf eine Sitzgruppe. »Lassen Sie uns dort Platz nehmen. Möchten Sie etwas trinken?« Hinter einer unsichtbaren Tür in der Wand, die sich plötzlich öffnete, kam eine Minibar zum Vorschein.

»Wasser wäre nicht schlecht«, antwortete Marie. Jan nickte. »Auf dem Dach war es ziemlich heiß.«

Marie beobachtete die Hotelangestellte, die mit geübten Griffen Gläser bereitstellte und kühles Mineralwasser einfüllte. Dem äußeren Anschein nach konnte sie aus Südeuropa oder Südamerika stammen. Große dunkle Augen, perfekt gezupfte Augenbrauen, volle, dezent geschminkte Lippen, hohe Wangenknochen. Ein Typ Frau, deren Äußeres sicher viele Männer ansprach.

»In welchem Verhältnis«, begann Marie, nachdem sie einen Schluck getrunken hatte, »stehen beziehungsweise standen Sie zu dem Verstorbenen?«

»Meine Arbeit«, führte Joana Santos aus, ohne eine direkte Antwort zu geben, »besteht hauptsächlich aus Leitungsaufgaben, die mir Direktor Börnsen aufträgt ... aufgetragen hat. Wobei ich weitgehend selbstständig entscheiden kann. Konkret geht es um Auslastung bei der Zimmerbelegung, zum Beispiel durch Akquisition neuer Gäste, um Beschwerdemanagement, innerbetriebliche Abläufe, Personaleinsatz und Budgetplanung.«

»Das scheint eine wichtige Position zu sein«, bemerkte Jan Feddersen. »Wie lange arbeiten Sie schon hier?«

Die Direktionsassistentin zögerte einen Moment. »Noch nicht so lange. Etwa drei Monate.«

»In der kurzen Zeit haben Sie sich offenbar das Vertrauen des Hotelchefs erarbeitet«, vermutete Marie.

»Ich hatte entsprechende Referenzen. Habe viele Jahre in großen Häusern in Lissabon und in Rio de Janeiro gearbeitet. Meine Eltern stammen aus Portugal. Aufgewachsen bin ich aber in Deutschland. Und ja, Herr Börnsen und ich haben gut harmoniert.«

»Auch privat?«, fragte Jan.

Kapitel 5

Energisch schüttelte Joana Santos den Kopf. »Mein ... Lebensgefährte und ich sind seit ... vierzehn Jahren zusammen. Und Herr Börnsen ist ... war verheiratet.«

Marie lächelte. »Affären am Arbeitsplatz werden durch den Familienstand nicht unbedingt verhindert.«

»Wir müssen dieser Frage auf den Grund gehen, denn wir können einen Mord nicht ausschließen«, warf Jan Feddersen ein und ließ sich nicht von dem entsetzten Blick der Angestellten beirren. »Wer, Frau Santos, hat im Gegensatz zu Ihnen schon länger mit Ralf Börnsen zusammengearbeitet und kann uns vielleicht Hinweise zum – sagen wir – hausinternen Beziehungsgeflecht geben?«

»Da wüsste ich im Augenblick niemanden. Sie können sich natürlich mit jedem Mitarbeiter unterhalten. Die meisten Kolleginnen und Kollegen können Ihnen mehr über gescheiterte als existierende Beziehungen erzählen. In der Gastronomie ist es nicht leicht, eine Partnerschaft zu pflegen. Beim Personal gibt es das, was Sie eine Affäre nennen, häufig. Die spielen sich allerdings gewöhnlich innerhalb der jeweiligen sozialen Gruppierung ab.«

»Das kann ich mir vorstellen.« Marie legte eine Visitenkarte Tisch. »Was wir jetzt noch von Ihnen brauchen, ist ein möglichst genauer Tagesablauf ihres Chefs. Außerdem wüssten wir gern, mit wem er zuletzt gesprochen oder telefoniert hat. Könnten Sie das aufschreiben und uns mailen?«

»Selbstverständlich.« Joana Santos' Blick wanderte von einem zum anderen. »War das schon alles?«

Marie zog ihr Smartphone hervor. »Wer kann uns Auskunft über die familiären Verhältnisse geben?«

»Wenn Sie jemanden suchen, der wirklich Bescheid weiß, sollten Sie sich mit Berend Börnsen in Verbindung setzen. Das ist der Vater von unserem Herrn Börnsen. Er ist gerade achtzig geworden, aber total fit. Nach meinem Eindruck hält er noch alle Fäden des Familienbetriebs zusammen.«

»Danke.« Marie gab den Namen ein. »Die wichtigste Frage«, fuhr sie fort, »fehlt noch. Haben Sie eine Idee oder einen Hinweis für uns zu einem möglichen Täter? Gab es auffälliges Verhalten von Herrn Börnsen? Und nicht zuletzt – hatte er Feinde im geschäftlichen Umfeld, zum Beispiel bei Geschäftspartnern oder Konkurrenten?«

»Ich weiß nicht, ob er Feinde hatte«, antwortete Joana Santos. »Die Cuxhavener Hoteliers sind zwar Konkurrenten, aber oft halten sie auch zusammen, zum Beispiel, wenn es um die Durchsetzung gemeinsamer Interessen gegenüber der Stadt geht. Ich kann mir jedenfalls nicht vorstellen, dass jemand aus der Branche ...« Sie schüttelte den Kopf. »Nein. Und an seinem Verhalten ist mir nichts aufgefallen. Außer ...« Sie brach ab und schloss kurz die Augen. »Heute hatte er Besuch. Eine Frau. Kurz bevor ... Er hat sie oben empfangen, in der Wohnung. Das macht ... das hat er sehr selten gemacht.«

Marie griff erneut nach ihrem Smartphone. »Wer war die Dame?«

Bedauernd breitete Joana Santos die Arme aus. »Das war privat. Sie hatte eine Chipkarte für den Aufzug und ist direkt nach oben gefahren. Die muss Börnsen ihr persönlich gegeben haben. Einen Eintrag im Terminkalender gab es jedenfalls nicht.«

»Aber Sie werden sie beschreiben können«, vermutete Jan Feddersen.

»Leider nicht«, entgegnete die Direktionsassistentin. »Ich habe sie nur ganz kurz und nur von hinten gesehen, als sie in den Fahrstuhl stieg. Ungefähr Ihre Größe und Statur, halblange dunkelblonde Haare. Sie trug eine helle Hose und ein blaues T-Shirt. Mehr kann ich Ihnen nicht sagen.«

Marie leerte ihr Glas und stand auf. »Die unbekannte Besucherin könnte eine wichtige Zeugin sein. Auch deshalb müssen wir jetzt schnell Ihre Kolleginnen und Kollegen befragen.«

Joana Santos nickte. »Soll ich sie zu Ihnen schicken?«

»Ja«, antwortete Jan Feddersen. »Das wäre sehr freundlich.«

*

Die Befragung des Personals ergab keine nennenswerten Erkenntnisse. Niemand hatte die Frau, die ihren Chef zur Tatzeit oder kurz davor besucht hatte, wirklich wahrgenommen. Auch die Frage nach innerbetrieblichen Konflikten wurde verneint. Und die Zusammenarbeit zwischen Börnsen und Joana Santos wurde von allen als gut und effizient bewertet, niemand äußerte den Verdacht, es habe zwischen den beiden mehr als eine professionelle Beziehung bestehen können. Als Marie Janssen und Jan Feddersen Börnsens Büro verließen, trafen sie auf die Kriminaltechniker, die mit ihren Metallkoffern vom Dach des Hotels zurückkehrten.

»Habt ihr noch was gefunden?«, fragte Marie hoffnungsvoll.

Bedauernd schüttelte Hauptkommissar Damme den Kopf. »Tut mir leid. Die Ausbeute ist mager. Vielleicht ergibt sich morgen noch was. Wenn wir die Faserspuren ausgewertet und in der AFIS-Datenbank nach den Fingerabdrücken gesucht haben.« Er gab seinen Leuten ein Zeichen und verließ mit ihnen die Hotelhalle.

»Und was machen wir jetzt?«, fragte Jan Feddersen. »Sollen wir heute noch den alten Börnsen befragen?« Er deutete zum Ausgang, von wo sich mit schnellen Schritten Felix Dorn näherte. »Oder führen wir jetzt ein Pressegespräch?«

»Ganz sicher nicht«, antwortete Marie und verdrehte die Augen. »Ich habe ihm gesagt, er soll sich gedulden. Aber du kennst ihn ja. Wenn er eine Story wittert ...«

»Hallo, ihr beiden«, unterbrach Felix sie. »Moin, Jan. Gibt es schon Erkenntnisse über den Tathergang oder Hinweise auf einen Täter? War es Selbstmord?«

Marie holte tief Luft, um eine passende Antwort zu geben. Doch Jan Feddersen kam ihr zuvor. »Moin, Felix«, grinste er. »Schön dich zu sehen. Aber ich fürchte, du kommst zu früh.« Er hob die Stimme und schlug einen amtlichen Ton an. »Zu laufenden Ermittlungen können wir keine Auskunft geben und verweisen auf die Pressestelle der Polizeiinspektion Cuxhaven. Morgen steht unsere Sprecherin, Frau Hauptkommissarin Anne Lüken, allen Medienvertretern für aktuelle Informationen zur Verfügung.«

Der Redakteur schnappte nach Luft. »Ihr wollt mich doch nicht wirklich hier mit Sprüchen abspeisen. Wenigstens die Frage nach dem Tathergang könnt ihr beantworten. Bestimmt gibt es Zeugen, die etwas gesehen oder vielleicht sogar gefilmt haben. Denkbar, dass sich der ein oder andere bei uns meldet.«

Er deutete zum Empfang. »Oder ich frage hier die Leute. Vielleicht gibt es schon ein Video im Internet. Das kann nicht in eurem Interesse sein. Außerdem …«

»Was außerdem?«, fuhr Marie wütend dazwischen. »Ich habe dir gesagt, dass ihr euch frühestens nach drei Stunden melden sollt.« Sie tippte auf ihre Armbanduhr. »Jetzt ist gerade mal die Hälfte davon um.«

Entschuldigend hob Felix Dorn die Hände. »Sei nicht so streng, Marie! Ich lasse euch ja gleich in Ruhe und mache meine eigenen Recherchen. Falls ich auf interessante Informationen stoßen sollte, stehe ich euch gern zur Verfügung.« Sein Ausdruck wurde spöttisch. »Selbstverständlich sind *wir* kooperativ.«

»Was wolltest du noch sagen?«, fragte Jan Feddersen. »Außerdem …?«

Felix winkte ab. »Ich wollte nur daran erinnern, dass es schon Fälle gegeben hat, bei denen wir mit Informationen aus unserem Archiv oder mit Nachforschungen, die euch nicht erlaubt sind, zur Klärung beitragen konnten.«

»Da ist was dran«, kommentierte Jan, bevor Marie eine bissige Antwort geben konnte. »Ich denke, es spricht nichts dagegen, wenn ich dir kurz erkläre, was passiert ist.« Er wandte sich an seine Kollegin. »Oder?«

Marie schlug die Arme unter und presste die Lippen zusammen. »Wenn du meinst,« stieß sie schließlich hervor.

*

Eriks Besuch war Julia auf den Magen geschlagen. Sie hätte nicht sagen können, wie viel Zeit seitdem vergangen war. Voller innerer Unruhe war sie durch die Wohnung getigert, hatte sinnlos Sachen hin- und hergeräumt. In der Küche hatten sich die Reste ihres Müslis zu einer grauen Pampe verbunden, die Nuss-Nougat-Creme war auf dem Toast eingetrocknet. Angeekelt leerte sie Teller und Schale in den Mülleimer, spülte das Geschirr unter laufendem Wasser ab und ließ es achtlos in der Spüle stehen. Die Eindrücke vom Abend und vom Vormittag ließen sich nicht verbannen.

Immer wieder tauchten die Bilder vor ihrem inneren Auge auf. Die Angestellte, die ihr die Chipkarte überreichte, der Weg zum Hotel, ihr Gang durch die Penthouse-Wohnung, der Blick über das Geländer nach unten. Der Anblick des leblosen Mannes auf dem Pflaster war besonders hartnäckig, schob sich gegen Julias Willen immer wieder in den Vordergrund. Und die Begegnung mit Erik. Von ihm, spürte sie, ging eine Bedrohung aus. Wenn er es war, der den alten Börnsen umgebracht hatte, würde er nicht zögern, auch gegen sie Gewalt anzuwenden. Und gegen Leonie. Der Gedanke verursachte ihr Übelkeit und Magenschmerzen. Erik schien die Kindergarderobe im Flur gar nicht bemerkt zu haben, wusste also nicht, dass sie eine Tochter hatte. Aber herausfinden konnte er es. Er brauchte nur das Haus zu beobachten.

»Ich muss mir etwas einfallen lassen«, murmelte sie. »Leonie darf nicht in Gefahr geraten.« Ihrer Mutter durfte sie das Kind nicht länger als ein paar Tage zumuten. Vielleicht konnte sie anschließend bei einer Freundin bleiben. Das hatte sich ihre Tochter schon öfter gewünscht.

Julia zuckte zusammen, als im Flur ihr Smartphone zu klingeln begann. Die Melodie verriet ihr, dass es weder eine ihrer Freundinnen noch ihre Mutter sein konnte. Sie stürzte zum Schuhschrank. *Anonymer Anrufer.* Ahnungsvoll meldete sie sich mit einem zaghaften »Hallo?«

»Wollte nur mal hören, ob unsere Verbindung funktioniert. Hatte ja angekündigt, dass wir in Kontakt bleiben.« Erik kicherte. »Meine Nummer kann ich dir leider nicht geben. Aber ich frage wieder nach. Ich meine, falls du es dir anders überlegst und Lust auf einen netten Abend hast.«

»Das kannst du dir sparen«, fauchte Julia. »Von dir will ich nichts hören und nichts sehen.«

»Was nicht ist, kann ja noch werden. Vergiss jedenfalls nicht, was ich dir gesagt habe! Ich behalte dich im Auge. Wenn du Dummheiten machst, überlege ich mir, ob ich nicht doch auf … deine … Einwilligung verzichten kann. Tschüss, Seeteufelchen. Ich melde mich bald wieder.« Es knackte. *Verbindung beendet* erschien auf dem Display. Angewidert legte Julia das Smartphone aus der Hand. *Seeteufelchen* – so hatte er sie genannt, wenn Kathi und Benny nicht in der Nähe waren. Diesen Namen hatte er geraunt und sie in Richtung Kabine gezogen. Warum hatte sie nicht sofort Widerstand geleistet? Warum hatte sie sich auf ein Spiel eingelassen, dessen Regeln sie nicht bestimmen konnte?

Trotz ihrer von Bier und Schnaps benebelten Sinne vernahm sie eine innere Stimme, die sie davor warnte, Erik zu folgen. Julia ahnte, worauf er hinauswollte, ließ sich dennoch treiben, verdrängte die aufblitzenden Signale. In ihrem Kopf dröhnten Fragmente der Musik aus der Diskothek, kreisten Bilder von wogenden Wellen eines Meeres, dessen Horizont von einer Schräglage in die andere kippte. Auch das Boot schwankte. All die seltsamen Erscheinungen machten ihr nichts aus. Sie fühlte sich wie auf einer Wolke, erhitzt und leicht, schwebte, trällerte Takte aus Shakiras *Whenever, Wherever.* Julia schob alle Bedenken beiseite, genoss Eriks ungezügeltes Begehren, seine Berührungen und fordernden Gesten, die festen Griffe, mit denen er sie entkleidete, gab sich dem Rausch des verbotenen Abenteuers hin, ließ ihn gewähren, als er sie in die Koje drückte und sich auf sie warf. Im letzten Augenblick blitzte ein Signal auf, sie sah Benny vor sich, zuckte zurück, doch da spürte sie Erik bereits in sich, ergab sich dem unwillkürlichen Reflex ihres Körpers.

Erik bewegte sich wie eine Maschine, gleichzeitig umfassten seine Hände ihren Hals, drückten ihr mehr und mehr die Luft ab. Atemnot ließ sie röcheln. Unwillig zerrte sie an seinen Unterarmen, wandte den Kopf, wollte schreien, bekam aber keinen Laut heraus. Verzweifelt schlug sie auf ihn ein, versuchte, seinen Bewegungen auszuweichen, strampelte mit den Beinen, zerrte an seinen Haaren. Doch ihre Kräfte ließen nach, reichten nicht, um sich aus der Umklammerung zu befreien oder dem Rhythmus seines Körpers auszuweichen, der sich schneller und schneller zu bewegen schien, während sie gegen das Schwinden ihres Bewusstseins ankämpfte. Plötzlich stöhnte Erik auf, krümmte sich und sackte auf sie nieder, gleichzeitig lockerte sich sein Griff um ihren Hals. Hastig sog Julia die Luft ein, keuchte, hustete, kam wieder zu Atem, zerrte und drückte an dem Körper herum, dessen Gewicht sie zu erdrücken schien.

Erik hob den Kopf. »Krass«, murmelte er. »Du bist absolut horny und deine ...«

»Arschloch!«, krächzte Julia. »Runter von mir, notgeiler Lappen!«

»Hey, Seeteufelchen.« Erik rutschte ein wenig zur Seite. »War's nicht gut?«

»Voll scheiße!« Julia hatte ihre Stimme wiedergefunden und schrie. »Du hättest mich fast erwürgt.« Sie wand sich unter ihm heraus.

»Ach das.« Erik zuckte mit den Schultern. »Das bringt mich so richtig auf Touren. Ist doch nichts passiert. Einfach nur so poppen ist langweilig. Du hast mich so was von angemacht, da konnte ich nicht anders.«

Mit aller Kraft schlug Julia ihm ins Gesicht. »Jetzt bin ich auch noch schuld, dass du mich beinahe umgebracht hättest? Was bist du für ein Wichser!«

»Mach nicht so 'ne Welle!«, schimpfte Erik. »War ja nur ein Spiel. Du hattest schließlich auch ...«

»Ich hatte gar nichts«, schrie Julia. »Wenn es ein Spiel sein sollte, war es ein Scheißspiel!« Hastig raffte sie ihre Sachen zusammen und verließ die Kabine. Ihr Kopf war wieder klar. Sie würde Benny wecken und mit ihm die *Seeteufel* verlassen. Keinen Augenblick länger würde sie auf der Yacht bleiben.

Benny lag allein in seiner Koje und schnarchte. Kathi hatte anscheinend unverrichteter Dinge die Kabine verlassen. Als Julia an Bennys Schulter rüttelte, gab er einen Grunzlaut von sich, zeigte aber keine weitere Regung. »Wach auf!«, rief sie ihm ins Ohr und zerrte an seinem Arm. »Wir müssen weg.« Er knurrte unwillig, schlug die Augen auf, sah mit glasigem Blick durch sie hindurch, ohne wirklich zu sich zu kommen. In der nächsten Sekunde schnarchte er wieder.

Julia kämpfte mit den Tränen, während sie sich in ihrer Kabine anzog und hastig ihre Reisetasche eher vollstopfte als packte. Zur Not würde sie das Boot ohne Benny verlassen, den Tag auf der Insel ausharren und am späten Nachmittag mit der *Wappen von Hamburg* nach Cuxhaven zurückkehren. Erneut rüttelte sie an Bennys Schulter, bewirkte aber nicht mehr als eine kurze Unterbrechung des Schnarchtons. Schließlich nahm sie ihre Tasche und verließ die Kabine. In der Yacht war es ruhig, von außen drangen gedämpfte Hafengeräusche herein. Vorsichtig zog sie die Tür hinter sich ins Schloss und schlich zum Aufgang.

Sie erklomm die Stufen zum Deck und trat ins Freie. Ungewohnte Helligkeit schlug ihr entgegen, Sonnenstrahlen tauchten die Insel und ihre Häuser in ein rötliches Licht. Julia achtete nicht auf die Umgebung, wollte so rasch wie möglich das Boot verlassen. Doch etwas war anders. Hatten sie in der Nacht noch vom Kai aufs Deck springen können, lag das Boot inzwischen deutlich tiefer. Fast zwei Meter ragte die Kaimauer hinter dem Heck in die Höhe. Sie brauchte eine Leiter. Hektisch sah sie sich um. Zu einer Yacht wie dieser gehörte eine Gangway. Irgendwo hatte sie so ein Ding gesehen. Sie entdeckte es in einer Halterung, ließ ihre Tasche fallen, öffnete hastig die Verriegelung der Gangway, zog sie heraus und klappte sie auseinander. Dann zerrte sie sie hastig zum Heck und hob ein Ende an, bis es die Kaimauer erreichte. Automatisch kippten Stufen heraus. Sie griff nach ihrer Tasche und setzte einen Fuß auf den untersten Tritt. In dem Augenblick gab es hinter ihr ein Geräusch. Julia fuhr herum.

»Hey«, rief Erik. Er nestelte an seinem Hosenschlitz und starrte sie verständnislos an. »Was soll das? Wo willst du hin?«

Julia antwortete nicht, erklomm rasch die nächsten Stufen. Sekunden später packte eine Hand ihren Fuß. »Bleib hier!« Sie strampelte mit dem Bein, versuchte ihre Fessel aus der Umklammerung zu lösen. »Lass mich!«, schrie sie. »Keine Minute länger bleibe ich auf diesem Boot.« Doch die Hand ließ nicht locker. Voller Wut hob sie ihre Reisetasche an und schleuderte sie nach unten. Sie traf Eriks Kopf. Er stieß einen Fluch aus, sein Griff lockerte sich, Julia entriss ihm ihren Fuß und hastete die letzten Stufen der Gangway hinauf, erreichte die Kaimauer und rannte los.

An den Hummerbuden hielt sie keuchend inne. Ihr Kopf dröhnte, die Augen brannten und ihre Lungen rasselten. Bier und Schnaps vom Vorabend forderten ihren Tribut. Vorsichtig wandte sie sich zum Hafen um. Niemand war ihr gefolgt. Langsam beruhigte sich ihr Atem, und ihr wurde bewusst, dass sie ihre gesamte Habe auf der Yacht zurückgelassen hatte. Voller Panik befühlte sie die Taschen ihrer Jeans. Schlüssel, Portemonnaie und Perso – alles steckte in der Reisetasche.

Julias Magen krampfte sich zusammen, Tränen verschleierten ihren Blick. Wie sollte sie nach Hause kommen? Ohne Geld, ohne Ausweis, ohne Transportmittel. Wenn sie wenigstens ein Handy besäße ... Aber das läge jetzt auch in der Reisetasche. Musste sie zur *Seeteufel* zurückkehren und Erik um ihre Tasche bitten? Eine demütigende Vorstellung. Würde Benny ihr helfen? Ja, wahrscheinlich. Wenn er seinen Rausch ausgeschlafen hätte. Und was war mit Katharina? Wäre sie auf ihrer Seite?

Unschlüssig musterte sie die Umgebung. Zu dieser frühen Stunde schien hier noch niemand auf den Beinen zu sein. Julia seufzte. Selbst wenn Helgoländer oder Touristen in der Nähe wären, würde ihr niemand helfen können. Sie hatte nur zwei Möglichkeiten. Zurück zur Yacht gehen oder im Ort um Hilfe bitten. Gab es eine Polizeistation auf Helgoland? Würden die Beamten ihr Glauben schenken? Sie telefonieren lassen? Wen sollte sie anrufen? Ihre Mutter? Unbewusst schüttelte sie den Kopf. Dass sie mit dem gleichaltrigen Sohn des Hotelmanagers Börnsen auf dessen Yacht nach Helgoland segeln würde, hatte sie wohlweislich verschwiegen. Sie müsste ihre Lüge eingestehen und ihre Mutter bitten, sie abzuholen.

Julias Blick wanderte zum Hafen. Ihr blieb nichts anderes übrig, als zur Yacht zurückzukehren. Vielleicht bekam sie ihre Tasche zurück, ohne Erik zu begegnen. Langsam setzte sie sich in Bewegung.

Nach gut zweihundert Metern blieb sie stehen. Eins der typischen Helgoländer Häuser in kräftigem Grün zeigte neben der Tür ein Schild mit der Aufschrift *Polizei.* Bei ihrer Flucht von der *Seeteufel* musste sie es übersehen haben. Ob sie hier Hilfe bekam? War um diese Zeit überhaupt schon jemand hier? Sie streckte die Hand nach der Klingel aus, zögerte, drückte schließlich auf den Knopf. Drinnen ertönte ein schnarrendes Geräusch. Aber niemand kam an die Tür, um zu öffnen. Mit hängenden Schultern blieb Julia davor stehen und fragte sich, ob sie zum Hafenkai gehen oder auf einen Polizeibeamten warten sollte.

Hinter ihr quietschte die Bremse eines Fahrrads. Eine Frau, die nur wenig älter als Julia sein mochte, sprang vom Rad und stellte es an der Hauswand ab. Unter einem weißblonden Haarschopf leuchteten freundliche blaue Augen. »Kann ich dir helfen?«

»Ich weiß nicht.« Julia hob die Schultern. »Eigentlich wollte ich ...«

»Zur Polizei?« Die Blonde lächelte. »Dann bist du hier richtig.« Sie zog ein Schlüsselbund aus der Tasche und trat an die Tür. »Wenn du dich einen Augenblick gedulden kannst – ich bin gleich für dich da.« Die Tür schwang auf. Mit einer einladenden Handbewegung deutete die Frau ins Innere des Hauses. »Ich heiße Imke. Imke Broders. Und du?«

»Julia.«

»Setz dich, Julia! Ich ziehe mich nur schnell um.«

Wenig später saß Julia der Frau gegenüber, die nun eine Uniform trug. »Ich bin Polizeikommissarin«, erklärte sie. »Meine Kollegen und ich sind hier Schutzpolizei, Wasserschutzpolizei und Kripo zugleich. Was kann ich für dich tun?«

Julia fasste rasch Vertrauen zu der Polizistin und berichtete von ihrer Notlage. Die Details der Vorgeschichte ließ sie weg.

»Dann schauen wir uns die Yacht doch mal an«, schlug Imke vor. »Ich begleite dich. Wir müssen nur einen Moment warten. Bis meine Kollegin da ist.« Sie deutete auf eine Kaffeemaschine. »Möchtest du auch einen?«

Dankbar nickte Julia. Noch vor wenigen Augenblicken hätte ihr Magen rebelliert. Doch das kurze Gespräch mit Imke

Broders hatte ihr Nervenkostüm wiederhergestellt. In Begleitung einer Polizeibeamtin konnte ihr nichts geschehen. Sie würde an Bord der *Seeteufel* gehen, ihre Reisetasche schnappen und die Yacht wieder verlassen. Benny würde sich entscheiden müssen, ob er sie begleiten oder an Bord bleiben wollte. Sofern er inzwischen ansprechbar war.

Kaum hatte Imke zwei Becher mit Kaffee gefühlt, erschien ihre Kollegin. Sie war etwas rundlicher, ebenfalls blond und trug bereits ihre Uniform. »Moin.« Sie streckte Julia die Hand entgegen. »Ich bin Swantje. Willkommen an Bord!«

»Das ist Julia«, erklärte Imke Broders. »Wir beide wollen gleich mal zum Hafenbecken. Es gibt da wohl ein kleines Problem mit einer Yacht.«

»Was Ernstes?«, fragte Swantje.

Ihre Kollegin schüttelte den Kopf. »Sie will nur ihre Sachen abholen. Und ich möchte mir den Skipper ansehen. Wenn wir unseren Kaffee ausgetrunken haben, gehen wir los. Ist das okay für dich?«

Swantje nickte. »Kein Problem.«

Zehn Minuten später wanderten Julia und die Helgoländer Polizistin die Hafenstraße entlang. »Welche ist denn jetzt die Yacht, von der du gesprochen hast?«, fragte Imke Broders, als sie sich der Westkaje näherten. »Die drei, die ich sehe, waren gestern Morgen schon da.«

Julia erschrak, beschleunigte ihre Schritte, streckte den Arm aus und zeigte zum Kai. »Sie muss hier irgendwo sein.«

Kapitel 6

2019

»Ich würde mich jetzt liebend gern mit dem alten Patriarchen Berend Börnsen unterhalten«, erklärte Felix, nachdem er sich bei Jan Feddersen für die Information bedankt hatte. »Aber der spricht nicht mit Medienvertretern, schon gar nicht mit mir. Seit ich in einem Artikel die ungewöhnlich zügigen Baugenehmigungen für das Hotel Alte Liebe hinterfragt habe, reagiert er nicht mehr auf Anfragen. Damals war sein Schwiegersohn Christopher Hansen noch Chef. Der saß außerdem, wie der alte Börnsen, im Stadtrat. Die beiden haben offenbar eng zusammengearbeitet. Bis ihr bei euren Ermittlungen vor ungefähr zehn Jahren darauf gestoßen seid, dass Hansen Anfang der Neunzigerjahre eine Frau ermordet hat. Nach der Anklage, noch vor dem Urteil, hat der Alte ihn fallengelassen. Hat übrigens lebenslänglich bekommen.«

»Ich erinnere mich. Wir hatten ihn in Verdacht, zwei seiner Gäste ermordet zu haben. Aber die Täterin war eine Frau. Durch deren Geschichte ist Hansens Verbrechen Jahre zuvor ans Licht gekommen.«

»Genau«, bestätigte Felix. »Seit der Zeit redet Berend Börnsen auch nicht mehr mit Presseleuten.«

Maries Miene hatte sich entspannt. »Frau Santos hat Berend Börnsen ebenfalls erwähnt. Vielleicht sollten wir dem Herrn einen Besuch abstatten. Uns wird er ein Gespräch nicht verweigern.«

»Du wolltest doch nur mal schauen«, wandte Felix ein. »Was ist mit deinem freien Tag?«

»Den nehme ich ein anderes Mal.« Sie breitete entschuldigend die Arme aus. »Der Fall lässt sich bestimmt schnell aufklären. Und dann ...«

»Verstehe.« Felix grinste. »Dann bleibe ich auch dran. An dem Fall, meine ich.« Wortlos hob Marie die Schultern.

Jan Feddersen neigte den Kopf. »Falls Berend Börnsen wirklich so ein harter Knochen ist, wie Felix andeutet, wird's schwierig. Aber wenn du deinen Charme spielen lässt ... Am besten, wir fahren sofort hin. Vielleicht hat ihn noch niemand über den ... das Ereignis informiert und wir können ihn mit der Todesnachricht aus der Reserve locken. Das ist zwar nicht nett, aber vielleicht nützlich.« Er wandte sich an Felix. »Du weißt sicher, wo er wohnt.«

»Klar.« Maries Lebenspartner grinste. »Ich verrate euch die Adresse. Weil ... wir von der Presse, wie gesagt, kooperativ sind. Ihr müsst dahin, wo es die teuersten Anwesen gibt, nach Duhnen in den Dünenweg. Die Hausnummer habe ich nicht mehr im Kopf, aber ihr könnt die Villa nicht verfehlen.«

Mit Felix' Beschreibung machten sich Marie Janssen und Jan Feddersen auf den Weg zu den Cuxhavener Kurgebieten. In Ortskern von Duhnen herrschte lebhaftes Gedränge. Obwohl nach Maries Vorstellung alle Kurgäste einen heißen Tag wie diesen am Strand verbrachten, waren rund um den Dorfbrunnen so viele Touristen unterwegs, dass sie trotz Blaulichts Mühe hatten, sich einen Weg durch die Menge zu bahnen. Das Signalhorn einzusetzen, scheuten sie sich angesichts der vielen älteren Menschen und Familien mit kleinen Kindern.

»Aber Hallo«, staunte Jan Feddersen, als sie ihr Ziel erreichten und er den Motor abstellte. »Der Hütte sind die Millionen anzusehen, die Börnsens Hotel von Anfang an eingebracht haben muss.«

»Hoffentlich ist der Hausherr da.« Marie stieg aus und strebte dem Hauseingang zu. Ihr Kollege folgte ihr zögernd, während er die Villa musterte. Ein zweigeschossiges Gebäude mit durchlaufenden Balkonen und gläsernen Fronten, gegliedert in zwei leicht versetzte Trakte, die jeder für sich schon ein geräumiges Eigenheim sein konnten. Die aufwendig gepflasterte Zufahrt führte nicht zu einer separaten Garage, sondern im Bogen hinter das Haus. Die Stellplätze für Autos befanden sich im Kellergeschoss. Neben einem älteren Jaguar stand ein Land Rover.

Auf Maries Klingeln öffnete eine Frau mittleren Alters, deren Kleidung den Status einer Hausangestellten erkennen ließ.

»Moin«, grüßte Marie. »Mein Name ist Janssen. Und ...«

»Wir empfangen keine Besucher ohne Termin«, unterbrach die Hausdame. »Herr Börnsen hat für heute keinen Eintrag im Kalender.«

»Da werden Sie wohl eine Ausnahme machen müssen.« Marie zog ihren Dienstausweis aus der Tasche. »Mein Kollege, Kriminalhauptkommissar Feddersen, und ich haben Herrn Börnsen eine Mitteilung zu machen und ein paar Fragen zu stellen. Es geht um seinen Sohn. Also melden Sie uns bitte an, Frau ...«

Erschrocken riss die Angestellte die Augen auf und starrte auf den Ausweis. »Eilers, mein Name«, murmelte sie, »Friederike Eilers. Wenn Sie bitte eintreten möchten. Ich werde Herrn Börnsen informieren.«

Wenig später saßen sie dem Hausherrn in dessen Arbeitszimmer gegenüber. Der Raum war mit schweren dunklen Möbeln im Kolonialstil ausgestattet, die nach Maries Geschmack überhaupt nicht zur modernen Architektur der Villa passten. Eine Reihe heimischer Jagdtrophäen zierte eine der Wände. Um einen Wildschweinkopf waren zahlreiche Gehörne gruppiert. Zur Seeseite bestand die Front vollständig aus Glas und eröffnete die Aussicht auf das graublaue Wasser der Nordsee. Marie hatte keinen Blick dafür, ihr war unbehaglich zumute. Börnsen wirkte tatsächlich vital für sein Alter, war groß und schlank, hatte ein sonnengebräuntes Gesicht und stahlblaue Augen. Aber sein Blick strahlte Kälte aus. Er ähnelte einem amerikanischen Schauspieler, der früher Italo-Westernhelden gespielt und durch seine Unterstützung der Waffenlobby aufgefallen war. Marie kam nicht auf den Namen.

»Was wollen Sie von mir?« Seine Stimme klang scharf, der Tonfall war distanziert.

Jan schien Maries Empfindung zu ahnen, er ergriff das Wort. »Es ist unsere traurige Pflicht, Sie vom Ableben Ihres Sohnes Ralf in Kenntnis zu setzen.«

Börnsen zeigte kaum eine Reaktion, nur seine Augenbrauen zogen sich ein wenig zusammen. »Ableben?«, knurrte er. »Ralf? – Wenn Sie mich auf den Arm nehmen wollen …«

»Keineswegs«, warf Marie ein. »Ihr Sohn ist vor ungefähr zwei Stunden vom Dach des Hotels Alte Liebe gestürzt.«

Ein unwilliger Blick streifte sie. Sie kam sich vor wie in der Schule, wenn sie ungefragt eine Bemerkung gemacht hatte. Doch Börnsen schwieg, schloss die Augen, verharrte reglos, wie erstarrt. Marie fragte sich, ob ihn der Schlag getroffen haben konnte. Doch nach einer endlos erscheinenden Minute öffnete er die Augen und wandte sich an ihren Kollegen. »Ein Unfall.« Es klang nicht wie eine Frage, sondern wie eine Feststellung.

»Das herauszufinden«, entgegnete Jan, »ist unsere Aufgabe. Einiges deutet darauf hin, dass Ihr Sohn über das Geländer gestoßen worden ist. Ein abschließendes Urteil kann erst nach der Obduktion und nach Auswertung aller Spuren gefällt werden. Von Ihnen würden wir gern erfahren …«

»Obduktion?«, unterbrach Börnsen ihn. »Sie wollen meinen Sohn …? Kommt überhaupt nicht infrage.«

»Darüber befindet der Staatsanwalt beziehungsweise der Ermittlungsrichter.« Marie versuchte die Andeutung eines Lächelns. »Und deren Entscheidung hängt vom Ergebnis *unserer* Ermittlungen ab.«

Böse starrte Börnsen sie an. »Ihre Ermittlungen? Sie sind doch höchstens …« Er brach ab und machte eine wegwerfende Handbewegung. »Sie glauben allen Ernstes«, fuhr er schließlich fort, »ich sollte Ihnen bei der … Aufklärung helfen?«

»Allerdings.« Marie hielt dem bohrenden Blick stand. »Je mehr wir über das Opfer und sein Umfeld wissen, desto eher können wir einen möglichen Täter ins Auge fassen. Es wäre hilfreich, wenn wir von Ihnen erführen, ob Ihr Sohn in Schwierigkeiten steckte, ob er Feinde hatte und ob es Menschen gibt, denen Sie eine solche Tat zutrauen.«

Börnsen schüttelte kaum merklich den Kopf. »Weder noch. Ich kann Ihnen nicht helfen. Aber Sie können der Familie Börnsen helfen. Indem Sie nicht in Ralfs Privatleben herumstochern.« Er wandte sich wieder an Jan Feddersen. »Haben Sie seine Frau informiert?«

»Nein. Wir wissen noch nicht, wo sie sich aufhält. Vielleicht können Sie uns ...«

»Ich übernehme das. Christina ist schwerbehindert. Und hat schon ihren Sohn verloren. Sie lebt in einem ... in einer anderen Stadt. Man sollte sie nicht unnötig belasten.«

»Was ist mit dem Sohn geschehen?«, fragte Marie.

Berend Börnsen zögerte. »Eine unschöne Geschichte«, begann er schließlich. »Erik ist Anfang des Jahrtausends spurlos verschwunden. Angeblich mit einer Segelyacht gekentert und in der Nordsee ertrunken.«

»Wieso angeblich?«

»Man hat ihn nie gefunden. Aufgeklärt haben Ihre Kollegen das damals nicht. Christina hat sehr darunter gelitten und meinem Sohn die Schuld gegeben, weil er dem Jungen die Yacht überlassen hat.«

»Woran leidet Ihre Schwiegertochter?«, fragte Marie vorsichtig.

»Das geht Sie nichts an. Gehört auch nicht zur Sache.« Börnsen erhob sich. »Ich denke, das war's. Sie dürfen jetzt gehen. Meine Haushälterin bringt Sie zur Tür.« Er griff nach einer kleinen goldfarbenen Glocke.

»Moment noch!« Jan Feddersen hob eine Hand. »Sie haben die Frage nach möglichen wirtschaftlichen Problemen nicht beantwortet.«

»Unser Hotel wirft Gewinn ab. Wenn Sie das meinen. Das Haus ist vollständig renoviert, alle Zimmer sind mit moderner Ausstattung versehen. Es gibt keinen Investitionsstau und keinerlei finanzielle Belastungen. Wir haben eine Auslastung von neunzig Prozent. Damit liegen wir im Spitzenbereich. Falls Sie nach einem Motiv für einen Selbstmord suchen, liegen Sie falsch. Und ich warne Sie davor, eine solche Version in Umlauf zu bringen. Dann bekommen Sie es mit unseren Anwälten zu tun.«

»Wir bringen überhaupt nichts in Umlauf«, erwiderte Jan. »Wir ermitteln nur. Wie in jedem anderen unnatürlichen Todesfall.«

»Dann ist es ja gut.« Börnsen ließ die Glocke ertönen. Im nächsten Augenblick erschien die Hausangestellte in der Tür. »Die Herrschaften möchten gehen«, teilte der Hausherr ihr mit.

Die Kriminalbeamten erhoben sich. »Vielen Dank für das Gespräch«, erklärte Marie. »Wir kommen wahrscheinlich noch einmal auf Sie zu. Je nachdem, wie die Ermittlungen verlaufen, könnten sich noch Fragen ergeben.«

Börnsen ging nicht darauf ein, sondern deutete mit einer knappen Kopfbewegung in Richtung Tür.

Vor der Villa überfiel sie die nachmittägliche Sommerhitze. »Puh«, murmelte Marie, »da drin ist mir richtig kalt geworden.«

»Das war die Klimaanlage«, vermutete Jan. Seine Kollegin schüttelte den Kopf. »Nicht nur. Der Mann strahlt so eine Kälte aus. Und seine Reaktion auf den Tod seines Sohnes war – ich weiß nicht – irgendwie seltsam.«

»Der Mann ist über achtzig. Vielleicht hat er schon zu viele Todesfälle erlebt. Außerdem wissen wir noch nichts über das Verhältnis zwischen Vater und Sohn. Wenn einer keine Gefühle zeigt, heißt das nicht, dass er keine hat. Möglicherweise ist ihm der Ruf des Hotels und seiner Familie so wichtig, dass der Tod seines Sohnes an die zweite Stelle rückt.«

Marie nickte nachdenklich. »Und jetzt?«, fragte sie, als sie wieder im Wagen saßen.

»Für den Rest des Tages lassen wir die Ermittlungen ruhen.« Jan startete den Motor. »Morgen früh sehen wir uns in der Dienststelle und entscheiden über die nächsten Schritte. Auf jeden Fall müssen wir die Angestellten vernehmen, die gestern Spätschicht hatten und deshalb heute nicht im Hotel waren.«

»Okay.« Marie nickte. »Das können wir den Kollegen Allmers und Frerksen überlassen. Ich würde mir gern die Akte zu dem Fall von Börnsens Enkel ansehen. Wenn es sich tatsächlich um einen ungeklärten Todesfall handelt, muss sie noch zugänglich sein. Vielleicht können wir den Lütten davon überzeugen, die Sonderermittlungsgruppe für *Cold Cases* damit zu befassen.«

»Gute Idee«, stimmte Jan Feddersen zu. »Wenn ich mich nicht irre, sollen dort mein Vorgänger im FK 1 Konrad Röverkamp und euer ehemaliger Chef Christiansen als externe Berater mitarbeiten.«

»Genau!« Marie hob einen Daumen. »Vielleicht können wir uns dann mit denen auch mal wieder treffen.«

*

Am nächsten Morgen war Marie früher als sonst im Fachkommissariat. Die Räume über der Volksbank, die schon vor Jahren wegen Platzmangels in der Dienststelle angemietet werden mussten, waren weniger muffig als die in dem alten Kasten an der Werner-Kammann-Straße. Aber weil Fenster und Türen aus Sicherheitsgründen nachts geschlossen bleiben mussten, stand die warme Luft des Vortages noch in den Büros. Sie öffnete sämtliche Fensterflügel, um wenigstens etwas von der noch halbwegs frischen Morgenluft hereinzulassen. Trotz der frühen Stunde klingelte das Telefon, kaum hatte sie sich an ihrem Schreibtisch niedergelassen, um den Computer hochzufahren. Kriminalrat Lütjen war offenbar auch schon im Haus. »Moin, Frau Janssen«, schnarrte er, bevor Marie ihn begrüßen konnte. »Ich möchte Sie sprechen. Sie und Feddersen. Sofort.«

»Kollege Feddersen ist noch nicht da«, wandte Marie ein. »Ihnen wünsche ich ebenfalls einen guten Tag.«

»Dann kommen Sie zu mir, sobald Ihr Partner eingetroffen ist.« Es knackte, Lütjen hatte aufgelegt. Marie seufzte. Vor ihrem inneren Auge erschien das Bild von Kriminaloberrat Christiansen. Ihr früherer Chef war in Konrad Röverkamps Alter gewesen, aber größer und schlanker. Ein angenehmer Vorgesetzter. Einer, der auf seine Mitarbeiter eingegangen war und es verstanden hatte, die Fähigkeiten jedes einzelnen für die gemeinsame Arbeit zu nutzen, er hatte Eigenverantwortung gestärkt und darauf verzichtet, sich in Konrads und ihre Ermittlungsarbeit einzumischen.

Sein Nachfolger war von der Natur mit geringer Körpergröße ausgestattet worden. Was der *Lütte*, wie sie ihn in der Inspektion nannten, wenn er nicht in der Nähe war, durch Schuhe mit Plateausohlen und durch energisches Auftreten auszugleichen versuchte. Eigentlich war er für den Polizeidienst zu klein. Findige Kollegen hatten herausgefunden, dass er im Saarland eingestellt worden war, wo es keine Mindestgröße für Polizeibeamte gab. Später hatte er sich nach Niedersachsen versetzen lassen.

»Oh, du bist schon hier?« Jan Feddersen steckte den Kopf zur Tür rein. »Moin. Hat dich der Fall aus den Federn getrieben?«

Marie nickte. »Moin, Jan. Der Lütte ist auch schon da und wartet auf uns.«

»Oha.« Ihr Kollege trat ein, schloss die Tür hinter sich und steuerte auf seinen Schreibtisch zu. »Das bedeutet meistens nichts Gutes.«

»Du brauchst dich gar nicht erst hinzusetzen«, sagte Marie. »Er will uns sofort sprechen.«

»Okay.« Jan drehte auf dem Absatz um, öffnete die Bürotür und machte eine einladende Handbewegung. »Bitte!«

Kriminalrat Lütjen stand auf, als sie das Büro betraten, und deutete auf die Besucherstühle. »Guten Morgen«, murmelte er, »Nehmen Sie Platz!« Er selbst blieb stehen. Nachdem Marie und Jan sich gesetzt hatten, hob er die Stimme. »Ich hatte gestern einen Anruf von Staatsanwalt Krebsfänger. Er beklagte sich darüber, dass zwei Kriminalbeamte, offenbar aus unserer Inspektion, beim Vater des verstorbenen Hoteliers Ralf Börnsen eine Befragung durchgeführt hätten.« Mit dem Zeigefinger stieß er in Richtung Feddersen. »Das können nur Sie gewesen sein.«

Jan nickte, Marie empörte sich. »Sollen wir etwa nicht ermitteln, weil es um Verwandtschaft von Herrn Krebsfänger geht?«

Kriminalrat Lütjen wurde laut. »Was unterstellen Sie dem Staatsanwalt? Sind Sie von allen guten Geistern verlassen? Hier geht es um einen Unfall und nicht um eine Mordermittlung. Da ist Zurückhaltung geboten. Jedenfalls können Sie nicht einen Vater ins Verhör nehmen, der gerade erst vom Tod seines Sohnes erfahren hat.«

»Niemand hat jemanden verhört«, entgegnete Jan Feddersen mit ruhiger Stimme. »Verhöre gibt es meines Wissens in Deutschland schon sehr lange nicht mehr. Wir haben auch keine Vernehmung durchgeführt, sondern die Todesnachricht überbracht. Und bei der Gelegenheit ein paar Fragen gestellt. Das war unvermeidlich.«

»Unvermeidlich?«, echote Lütjen.

»Ja«, bestätigte Marie. »Denn entgegen der Darstellung des Staatsanwalts, die er offensichtlich von Herrn Börnsen übernommen hat, handelt es sich nicht um einen Unfall.«

»Kein Unfall?« Auf Hals und Wangen des Kriminalrats erschienen rote Flecken.

»Wir gehen davon aus«, antwortete Jan Feddersen, »dass Ralf Börnsen weder freiwillig gesprungen noch versehentlich vom Dach des Hotels gefallen ist.«

»Haben Sie Beweise?«, fauchte Lütjen.

»Bisher nur Indizien«, erklärte Marie. »Spuren, die Todesfallermittlungen unvermeidlich erscheinen lassen. Nach unseren bisherigen Erkenntnissen könnte Börnsen ohne nennenswerte Gegenwehr über das Geländer gestoßen worden sein.«

»Hinweise auf den oder die Täter?«

Marie und Jan schüttelten den Kopf. »Die Zeugenbefragung ist noch nicht abgeschlossen«, antwortete Feddersen.

Der Kriminalrat verschränkte die Arme vor der Brust, presste die Lippen zusammen und starrte seine Besucher grimmig an. »Also gut«, stieß er schließlich hervor, »ermitteln Sie! Aber ich möchte über jeden Schritt informiert werden. Und ich bitte mir Fingerspitzengefühl aus. Berend Börnsen ist nicht irgendjemand. So einem tritt man nicht ungestraft auf die Füße.« Mit einer Kopfbewegung deutete er zur Tür. »Sie können gehen.«

»Eine Bitte haben wir noch«, wandte Marie ein. »Es betrifft ebenfalls die Familie Börnsen. Der Sohn des Opfers ist vor etlichen Jahren spurlos verschwunden. Nach Aussage seines Großvaters ist der Fall seinerzeit nicht aufgeklärt worden. Wenn wir unsere Sonderermittler für die *Cold Cases* damit befassen, könnten die Kollegen zur Klärung der Familienverhältnisse beitragen.«

»Auf gar keinen Fall.« Lütjen schüttelte energisch den Kopf. »Solange es keinen Zusammenhang zwischen beiden Fällen gibt, werden Sie nicht im Privatleben der Börnsens herumstochern.«

»Aber der familiäre Hintergrund ...«, begann Marie.

»Kommt nicht infrage«, schnitt der Lütte ihr das Wort ab und wedelte mit einer Hand in Richtung Tür. »Bitte!«

»Ich muss irgendwie an die Akten von damals kommen, ohne dass der Lütte es mitkriegt«, murmelte Marie düster, als sie wieder in ihrem Büro waren.

»Er wird uns auf die Finger schauen«, gab Jan Feddersen zu bedenken. Seine Miene nahm einen verschmitzten Ausdruck an. »Aber wir müssen es ja nicht selbst machen. Wenn wir Konrad Röverkamp die Sachlage schildern, werden er und Christiansen in der Ermittlungsgruppe mit Dirk Allmers und Anne Lüken sich garantiert mit dem Fall befassen. Dirk wird bald pensioniert, dem kann nichts mehr passieren. Außerdem dürfte er sich noch an die Geschichte erinnern. Allen traue ich zu, dass sie diskret vorgehen.« Jans Grinsen wurde noch breiter. »Anne als Pressesprecherin könnte ihre guten Beziehungen zu den Cuxhavener Nachrichten und zur Nordsee-Zeitung nutzen. Deren Archive sind vielleicht sogar noch ergiebiger als unsere Akten.«

Während Jan sprach, hellte sich Maries Gesichtsausdruck auf. »Das ist eine sehr gute Idee. Sie hat außerdem den Vorteil, dass ich Felix nicht bitten muss. Der würde wieder eine Gegenleistung verlangen.«

»Siehst du!« Jan breitete die Arme aus. »Manchmal kommt man über Umwege ans Ziel. Willst du mit Röverkamp Kontakt aufnehmen? Oder soll ich ihn anrufen?«

»Ich mache das«, antwortete Marie. »Später. Jetzt sollten wir uns um Ralf Börnsens Frau kümmern. Ich würde gern mit ihr sprechen. Was meinst du?«

Jan Feddersen nickte. »Unbedingt. Ich schicke Dirk Allmers und Björn Frerksen ins Hotel Alte Liebe, damit sie das Personal von der Spätschicht des Vorabends befragen. Vielleicht kannst du herausfinden, wo sich die Witwe befindet.«

*

Julia fühlte sich wie gerädert. Immer wieder war sie aus wirren Albträumen aufgeschreckt. Erst gegen Morgen, nachdem sie die doppelte Dosis eines Beruhigungsmittels eingenommen hatte, war sie in einen leichten Schlaf gesunken. Doch als sie die Augen aufschlug, war die Erinnerung an die Begegnung mit Erik Börnsen wieder da. Voll innerer Unruhe wälzte sie sich aus dem Bett.

Im Bad kreisten ihre Gedanken erneut um die Ereignisse des Vortags. Gegen ihren Willen schoben sich kleine Filme vor ihr inneres Auge: ihr Weg durchs Hotel, das Bild des Mannes auf dem Pflaster, Eriks Auftritt in ihrer Wohnung. Zwischendurch bäumten sich Angstgefühle auf. Um Leonie, aber auch um sie selbst. Vorerst war ihre Tochter in Sicherheit, aber auf Dauer konnte sie nicht bei ihrer Mutter bleiben. Und was würde geschehen, wenn die Polizei sie, Julia, tatsächlich verdächtigen würde, Ralf Börnsen umgebracht zu haben? Würde ihr Bild in der Zeitung auftauchen? Sie sah Schlagzeilen vor sich. *Mordverdächtige festgenommen.* Dazu ein Foto mit einem schwarzen Balken über den Augen. Bildunterschrift: *Hat Julia J. Cuxhavener Hotelier getötet?* Arbeitskollegen, Bekannte, Freunde würden sie erkennen, sich von ihr abwenden. Ihre Mutter würde auf der Straße angesprochen, Leonie in der Schule gemobbt werden.

Mühsam kämpfte Julia aufwallende Panik hinunter. Sie zwang sich, ruhig zu atmen und versuchte, sich an die Fakten zu halten. Sie hatte Börnsen nicht vom Dach gestoßen, also konnte sie auch nicht wegen Mordes verhaftet oder gar angeklagt werden. Die Polizei würde sie befragen. Was sie im Hotel gemacht und was sie von Börnsen gewollt habe. Vielleicht aber auch nicht. Vielleicht hatten sie den Täter längst gefunden. Zumindest einen Verdächtigen. Mörder, wusste sie aus zahlreichen Fernsehkrimis, kamen meistens aus dem Umfeld des Mordopfers. Sie hatte mit den Börnsens nichts zu tun. Nicht mehr. Und wer wusste überhaupt davon?

Besaß die Polizei noch Akten von Eriks Verschwinden? Wohl kaum. Die Zeitungen hatten darüber berichtet. Auch über den Segeltörn nach Helgoland. Mit zwei Begleitern war er aufgebrochen. *Katharina B.* und *Benjamin W.* Alle, hatte es geheißen, waren ums Leben gekommen. Ihr Name war nicht genannt worden. Obwohl sie sich auf Helgoland an die Polizei gewandt hatte. Doch auf der Insel war nichts Strafbares passiert. Die netten Polizistinnen hatten ihr zwar geglaubt und ihr geholfen, nachdem die Yacht aus dem Hafen verschwunden war, hatten ihre Personalien aber nicht aufgenommen und auch kein Protokoll angefertigt.

Kapitel 7

2002

Hektisch lief Julia auf und ab, breitete hilflos die Arme aus und deutete erneut zum Hafenbecken. »Aber sie war vorhin noch hier!«, rief sie. »*Seeteufel*. Eine weiße Segelyacht. Ziemlich groß. Die kann doch nicht einfach verschwinden.« Sie beugte sich über die Kaimauer und starrte in die Tiefe. Nein, gesunken konnte sie auch nicht sein. So tief war das Hafenbecken nicht. Ratlos sah sie Imke Broders an. »Ich verstehe das nicht«, murmelte sie, während sie gegen aufsteigende Tränen kämpfte.

Die Polizistin nestelte an einer seitlichen Tasche ihrer Uniformhose, zog ein Fernglas hervor und setzte es an die Augen. Langsam bewegte sie das Glas über den Horizont, hielt plötzlich inne und streckte es Julia entgegen »Schau mal in diese Richtung!« Ihr Arm deutete nach Süden.

Julia sah zunächst nur ein zitterndes Bild, hatte Mühe, das Glas ruhig zu halten. Schließlich fing sie den Horizont ein, suchte das Meer darunter ab und erstarrte. Weit draußen segelte die *Seeteufel* hart am Wind. »Da ist sie!«, rief sie empört. »Die sind einfach ... ohne mich ...« Das Bild verschwamm, weil ihr erneut Tränen in die Augen schossen.

»Bist du sicher?«, fragte Imke Broders. »Aus dieser Entfernung ist ein Boot schwer zu identifizieren.«

»Ich weiß nicht«, murmelte Julia und gab das Fernglas zurück. »Es könnte auch ein anderes sein. Aber genauso sah die *Seeteufel* aus.«

»Wahrscheinlich hast du Recht«, stimmte die Polizistin zu, nachdem sie noch einmal einen Blick durch das Fernglas geworfen hatte. »Es ist weit und breit die einzige Segelyacht. Tut mir leid, Julia. Aber wir können nichts machen. Es liegt keine strafbare Handlung vor. Oder willst du Anzeige erstatten?«

Erschrocken schüttelte Julia den Kopf. »Nein. Nein, natürlich nicht. Es ist ja nichts passiert, weswegen ich ...« Sie brach ab. Erik hatte ihr Gewalt angetan. Aber er würde es abstreiten. Und ihr würde man nicht glauben. Die Vorstellung, ihre Mutter, ihre Freunde und womöglich viele andere Cuxhavener würden von dem Vorfall erfahren, ängstigte sie.

»Du kannst es dir ja noch überlegen.« Imke Broders steckte das Fernglas ein. »Jetzt gehen wir erst mal zurück zur Dienststelle und trinken Tee. Du kannst zu Hause anrufen und Bescheid geben, dass du abgeholt werden willst. Oder habt ihr Verwandte oder Freunde auf Helgoland, die dir weiterhelfen können?«

»Nein«, stieß Julia unter Tränen hervor, »ich kenne hier niemanden.«

»Na, immerhin haben wir uns kennengelernt.« Die Polizistin legte einen Arm um Julias Schultern. »Komm! Wir gehen. Das wird schon wieder.«

In der Polizeidienststelle wurde Julia bewusst, wie verfahren ihre Lage war. Während Imke Broders Tee aufsetzte, wählte sie die Nummer ihrer Mutter. Doch zu Hause meldete sich niemand. Wahrscheinlich war sie schon auf dem Weg zum Wochenmarkt an der Beethovenallee. Wie jeden Samstag.

Julia legte auf und fragte sich, wen sie noch anrufen konnte. Kathi war auf dem Boot, außer ihr gab es noch zwei Freundinnen, die vertrauenswürdig waren. Steffi und Nina. Ihre

Telefonnummern hatte sie im Kopf. Doch während sie die erste Nummer wählte, kamen ihr Zweifel, und sie legte wieder auf. Sie würde erklären müssen, warum sie ohne Geld, ohne EC-Karte und ohne Ausweis auf Helgoland war. Natürlich würden beide hoch und heilig versprechen, niemandem etwas zu erzählen. Aber Julia wusste auch, wie sich Nachrichten unter dem Siegel der Verschwiegenheit ausbreiten konnten. Der missglückte Ausflug mit Erik, Kathi und Benny wäre eine Neuigkeit, die, versehen mit höchster Geheimhaltungsstufe, ihren Weg über Freunde und deren Freunde durch die halbe Stadt finden würde. Besser, sie wartete, bis ihre Mutter wieder zu Hause war.

»Hier, trink erst mal!« Imke Broders riss sie aus ihren Gedanken, stellte einen dampfenden Becher Tee vor ihr ab und ließ sich auf der gegenüberliegenden Seite des Tisches nieder.

Julia sah sich um. »Wo ist ... deine Kollegin?«

»Swantje holt uns 'ne Kleinigkeit vom Inselbäcker. Der ist gleich um die Ecke. Manchmal machen wir das so. Wenn nichts Dringendes anliegt, frühstücken wir hier zusammen.« Sie lächelte Julia an. »Du hast wahrscheinlich heute auch noch nichts bekommen. Danach schauen wir, ob du jemanden erreichst oder ob wir etwas für dich tun können.«

*

Als Benjamin zu sich kam, wusste er sofort, dass etwas nicht stimmte. Statt des sanften Schaukelns spürte er harte Stöße durch die Matratze der Koje. Offenbar fuhr die *Seeteufel* mit hoher Geschwindigkeit und hart am Wind durch die Wellen.

Die Schräglage der Yacht drückte ihn gegen die Wand. Der Versuch, die Augen zu öffnen und sich aufzurichten, scheiterte. Sein Kopf dröhnte und alles um ihn herum begann sich zu drehen. Er sackte zurück, schloss die Lider und klammerte sich an die Einfassung der Koje. In seinem Darm rumorte es, im Magen schien ein Feuer zu brennen und die Blase machte sich schmerzhaft bemerkbar. Er musste raus. Einige Atemzüge verharrte er regungslos, öffnete dann die Augen, ohne sich zu bewegen. Schließlich hob er vorsichtig den Kopf, richtete sich langsam auf und streckte die Beine über die Kojenkante. Diesmal klappte es. Er hielt sich mit beiden Händen fest und sah sich um. Langsam kehrte die Erinnerung zurück. Der Besuch in der Helgoländer Diskothek, später Bier und Schnaps auf dem Deck der Yacht. Damit endete der Film. Wie war er in die Koje gekommen? Und wo war Julia? Wahrscheinlich draußen. An der frischen Luft. Die brauchte er jetzt auch. Aber vorher musste er aufs Klo.

»Moin, Alter!«, begrüßte Erik ihn, als er wenig später den Aufgang zum Deck erklommen hatte. »Schon ausgepennt?« Er trug eine Sonnenbrille unter dem weißen Basecap, stand am Ruder und grinste mitleidig. »Du siehst scheiße aus. Einer von den Helgoländern war wohl schlecht.«

»Helgoländer?«

»Na, dieses süße Zeug aus Kirschsirup und Korn und Pfefferminzlikör.«

»Sowas haben wir getrunken?«

Erik kicherte. »Nicht zu knapp.«

»Wieso fahren wir?«, ächzte Benjamin. »Warum liegen wir nicht im Hafen? Und wo sind die Mädels?«

»Kathi liegt noch in der Koje. Apropos – wie war's denn?«

»Wie war was?«

Erik stieß einen anzüglichen Lacher aus. »Mit Kathi. Ich meine, mit dir und Kathi? Oder hast du keinen mehr hochgekriegt?«

»Wieso Kathi und ich? Du bist doch mit Kathi ... Wo ist überhaupt Jule?«

»Die ist auf Helgoland geblieben. Wir mussten den Plan ändern und die Rückreise antreten. Sie wollte nicht mit.«

»Aber wieso?« Benjamin starrte ihn verständnislos an. »Ich verstehe nicht. Warum ...?«

»Kleine Meinungsverschiedenheit.« Erik zuckte mit den Schultern. »Sie wollte mit mir ...« Er nahm seine Hände vom Steuerstand und machte eine anzügliche Bewegung. »Habe dankend abgelehnt. Sie hat mich beschimpft und beleidigt, daraufhin habe ich ihr eine gescheuert. Da ist sie abgehauen.«

»Das verstehe ich nicht. Jule würde doch nie ...« Benjamin brach ab und schlug die Hand vor den Mund. »Scheiße«, presste er hervor, »ich muss kotzen.«

»Zu der Seite!«, rief Erik und deutete in die dem Wind abgewandte Richtung. Er ließ Fock und Großsegel fieren, sodass die *Seeteufel* Fahrt verlor und sich aufrichtete. »Kotzt du Richtung Lee, geht es in die See.«

Benjamin stolperte und rutschte über das Deck, erreichte im letzten Augenblick die Reling. Nachdem sein Mageninhalt über Bord gegangen war, hangelte er sich zurück in die Plicht. Das Bedürfnis, sich hinzulegen, kämpfte gegen den dringenden Wunsch, Klarheit über Jules Verschwinden zu bekommen und den Grund für die vorzeitige Rückreise zu erfahren.

»Warum segeln wir zurück?«, keuchte er, als er den Steuerstand erreichte. »Wir wollten doch erst morgen ...«

»Wetterumschwung«, erklärte Erik. »Sie haben die Vorhersage geändert. Morgen würden wir Probleme mit Wind und Sicht bekommen.«

Nach Julia fragte Benjamin nicht noch einmal. Eriks Antwort erschien ihm nicht überzeugend, aber er ahnte, dass er keine andere Auskunft bekommen würde. Vielleicht wusste Kathi mehr. »Ich hau mich wieder hin«, murmelte er und stieg den Niedergang hinab. In der Kajüte öffnete er den Kühlschrank, nahm eine Flasche Wasser heraus und öffnete sie. Nachdem er ein paar Schlucke getrunken hatte, fühlte er sich besser. Statt in seine Koje zurückzukehren, klopfte er an die Tür der anderen Kabine. In seinem Kopf kreiste Eriks Frage. Hatte er mit Kathi …?

Sie reagierte nicht auf sein Klopfen, also drückte er die Klinke nieder und öffnete die Tür. Kathi lag in einer der Kojen in zerwühltem Bettzeug. Ein nacktes Bein, ein Arm und ihr langes dunkles Haar hingen über die Kojenkante. Ihr gleichmäßiger Atem deutete darauf hin, dass sie schlief. Er trat näher und berührte ihre Schulter. Kathi seufzte, drehte sich zur Seite, schlief weiter.

»Hallo, Kathi!« Benjamin rüttelte sie vorsichtig. Sie gab erneut einen Seufzer von sich, drehte sich um und schlug die Augen auf. »Hallo, Benny!«

»Kathi«, sagte er rasch, »ich muss dich was fragen.«

Katharina lächelte und griff nach seiner Hand. »Bist du wieder klar? Hast du's dir anders überlegt?«

»Wie? Was? Anders?« Irritiert sah er sie an. »Was meinst du? Ich verstehe nicht …?«

»Aber ich.« Sie kicherte. »Du hattest zu viel getankt. Aber jetzt …« Sie griff nach der Decke und schlug sie zurück.

*

»Es gibt vielleicht eine Möglichkeit.« Swantje schluckte den letzten Bissen ihrer Puddingschnecke, tupfte sich Zuckerkrümel von den Lippen und spülte mit Tee nach. »Vielleicht nicht unbedingt heute, aber auf jeden Fall morgen.« Sie musterte Julia. »Bist du schon mal geflogen? Ich meine jetzt nicht ein Verkehrsflugzeug, sondern in so einer kleinen Maschine, in der nur zwei bis sechs Personen Platz haben?«

Julia schüttelte den Kopf. »Nee. Warum fragst du?«

»An Wochenenden wie diesem haben wir auf der Düne ziemlich viel Flugverkehr. Da kommen Leute vom Festland für einen Kurzaufenthalt. Oft ist beim Hin- wie Rückflug ein Platz frei. Ich kenne den Flugleiter und könnte ihn fragen, ob er sich umhören kann.«

»Das ist die Idee«, warf Imke ein und strahlte Julia an. »Dann bist du vielleicht sogar früher zu Hause als deine treulosen Freunde.«

»Ja, aber ... Ich weiß nicht, ob ich ...« Julia zögerte. Vor Cuxhavens Küste waren öfter Kleinflugzeuge zu sehen, sie war aber nie auf den Gedanken gekommen, selbst einmal in so ein Ding zu steigen.

»Das ist wie Autofahren«, begeisterte sich Swantje. »Nur schöner. Mein Freund fliegt auch. Mit ihm war ich schon mal in Nordholz. Das ist nicht weit von Cuxhaven. Glaub mir, es wird dir gefallen.« Sie stand auf, ging zum Schreibtisch und griff zum Telefonhörer. »Moin, Bjarne«, hörte Julia kurz darauf. »Swantje hier. Viel los bei euch? – Ja, klar. Ist ja noch früh. Hör mal! Ich brauche einen Platz in einem Flieger nach

Nordholz. Oder irgendwo in die Nähe von Cuxhaven. Zur Not Bremerhaven. Möglichst noch heute. – Nein, nicht für mich. Es geht um eine junge Deern, die hier gestrandet ist. – Nein, ohne Gepäck. – Du hörst dich um? – Super! Dank dir, Bjarne! – Ja, Tschüss.« Die Polizistin legte auf und kehrte zum Tisch zurück. »Kann jetzt 'ne Weile dauern«, sagte sie. »Aber ich bin sicher, dass Bjarne einen Piloten findet, der dich mitnimmt.«

»Danke«, flüsterte Julia. »Das ist wirklich sehr nett. Ich weiß gar nicht, wie ich mich bei euch bedanken kann. Obwohl ... Ist das nicht gefährlich?«

»Du musst kein' Schiss haben.« Swantje grinste. »Fliegen ist die sicherste Fortbewegung. Die Piloten wollen ja auch zu Hause ankommen. Und überm Wasser wackelt's auch nicht. In 'nem Boot ist es unruhiger.«

Julia war nicht überzeugt, nickte aber. Sie versuchte, sich vorzustellen, wie sie in ein Kleinflugzeug stieg, das neben der Startbahn wartete. Der Flugplatz befand sich auf der Helgoländer Düne, die von der Hauptinsel aus nur mit dem Boot zu erreichen war. Es gab eine Dünenfähre, aber für die Überfahrt hatte sie kein Geld.

Imke schien ihre Gedanken zu erraten. Sie tauschte einen Blick mit ihrer Kollegin. »Wir bringen dich rüber«, sagte sie dann.

»Aber wie?«, fragte Julia.

Die Polizistinnen lächelten. »Mit unserem Polizeiboot«, antwortete Swantje. »Ist ja schließlich ein Notfall. Außerdem müssen wir die Einsatzbereitschaft unseres Außenborders prüfen. Da gab's gestern ein Problem mit dem Vergaser.«

*

Benjamin starrte Katharinas entblößten Körper an. Plötzlich wurde ihm klar, was Erik gemeint hatte. Dunkel erinnerte er sich an dessen Gerede von neuen Erfahrungen, aufregenden Abenteuern und vom Ausleben erotischer Fantasien. Er hatte es nicht ernst genommen, nicht glauben können, dass die Mädchen sich darauf einlassen könnten. Kathi bewies ihm gerade das Gegenteil. Hatte Jule mit Erik …? Unwillig schüttelte er den Kopf. Der reagierte mit einem schrillen Schmerz auf die Bewegung. Benjamin verzog das Gesicht.

»Was ist?«, fragte Kathi. »Geht's dir doch noch nicht gut? Du hast gestern Abend aber auch wirklich ordentlich getankt. Erik hat allerdings ein bisschen nachgeholfen.« Sie grinste verschwörerisch. »Komm, wir machen es uns jetzt ein bisschen nett.«

»Jule ist weg«, stieß Benjamin hervor.

Katharina streckte beide Arme aus. »Sie ist nicht weg. Wahrscheinlich ist sie bei Erik in der Kabine und die beiden schlafen noch. Komm!«

»Nein!« Benjamin spürte die Verzweiflung in seiner Stimme. »Die *Seeteufel* fährt. Merkst du das denn nicht? Wir sind auf hoher See. Jule ist auf Helgoland geblieben. Erik ist einfach …«

»Das kann nicht sein«. Katharina setzte sich auf, neigte den Kopf. »Doch. Du hast Recht. Wir fahren. Wieso fahren wir? Und warum ist Jule …?«

»Erik meint, sie wollte nicht mitkommen. Außerdem hat er gesagt, Jule wollte mit ihm … Du weißt schon was. Er aber nicht mit ihr. Da hat sie ihn beschimpft und er hat ihr eine geknallt und dann ist sie weg.«

Mit einer schnellen Bewegung streifte Katharina sich ein T-Shirt über und stieg aus der Koje. »Das kann ich nicht glauben. Erik wollte unbedingt mit Jule poppen. Darum diese ganze Aktion, darum diese Idee mit dem Partnertausch. Und das Besäufnis.« Sie schlüpfte in ein Höschen und stieg in ihre Jeans. »Ich hätte mich nicht darauf einlassen sollen. Und ich hätte Jule warnen müssen. Erik geht manchmal ganz schön heftig zur Sache. Wahrscheinlich war es genau andersrum. Sie wollte nicht und er hat sie irgendwie ... keine Ahnung.«

»Was machen wir jetzt?«, fragte Benjamin unsicher.

Katharina zog den Reißverschluss ihrer Hose hoch und knöpfte sie zu. »Wir fragen ihn. Er soll uns das mal erklären.« Sie wandte sich zur Tür. »Komm mit!«

Erik hatte es sich auf der Sitzbank am Steuerstand bequem gemacht, die Füße hochgelegt, in der Hand eine Bierdose. In seiner Sonnenbrille spiegelten sich die weißen Segel der Yacht vor dem blauen Hintergrund des Himmels. Die *Seeteufel* glitt mit mäßiger Geschwindigkeit durch die Wellen. Erik schob die Brille über die Stirn und grinste. »Na? Habt ihr's gepackt? Wie war's?«

»Was ist mit Jule?«, fuhr Benjamin ihn an. »Warum ist sie auf Helgoland geblieben?«

»Das habe ich dir doch schon erklärt.« Erik leerte die Bierdose und warf sie über Bord. »Mehr gibt's dazu nicht zu sagen.«

»Wir glauben dir nicht.« Katharina baute sich vor ihm auf und stemmte die Arme in die Hüften. »Julia würde nie ...«

»Hat sie aber«, unterbrach Erik sie. »Und nun lass gut sein! Erzählt lieber mal, wie's bei euch war.«

»Da gibt's nichts zu erzählen.« Benjamin schob Katharina zur Seite und packte Erik am Kragen seines Polohemds. Mit einer heftigen Bewegung riss er ihn hoch. »Was hast du mit Jule gemacht, du Arsch?«

Erik stieß ihn von sich. »Mann, reg dich nicht auf! Wir haben nur ein bisschen gepoppt. Ihr doch auch.« Er kicherte. »Oder war bei dir Komasutra?«

Erneut stürzte Benjamin sich auf ihn, nahm ihn in den Schwitzkasten und drückte ihn zu Boden. »Spar dir deine dummen Sprüche!«, schrie er. »Was du mit Jule gemacht hast, will ich wissen.«

Statt zu antworten, riss Erik ihm ein Bein weg, sodass Benny mit dem Gesicht auf die Bank krachte. Der gab seinen Widersacher frei und presste die Hand vor die Nase. Zwischen seinen Fingern quoll Blut hervor.

»Aufhören!«, rief Katharina. »Das bringt doch nichts!«

Die Jungen schienen sie nicht zu hören. Benjamin starrte auf seine blutige Hand. Erik packte ihn an seinem Hals und drückte zu.

»Hör auf!«, schrie Katharina. »Benny kriegt keine Luft.« Erik reagierte nicht, hielt Benjamins Hals weiter umklammert. Benny röchelte und ruderte mit den Armen, aus seiner Nase lief Blut.

Katharina umklammerte Erik von hinten, versuchte ihn von Benny zu trennen, doch er schüttelte sie ab. »Lass mich!«, brüllte er. »Der ist total durchgedreht.«

»Du erwürgst ihn ja!«, schrie Katharina. Sie sah sich um, suchte nach einem Gegenstand, mit dem sie die Kampfhähne trennen konnte, entdeckte den Flaggenstock am Heck, löste ihn mit fliegenden Fingern aus der Halterung und kehrte zu den Kämpfenden zurück. Noch immer beugte sich Erik über seinen Widersacher und umklammerte dessen Hals. Inzwischen war Bennys Gesicht blau angelaufen, seine Abwehrbewegungen ließen nach.

Katharina holte aus, um den Stock auf Eriks Rücken niedergehen zu lassen. In dem Augenblick richtete er sich auf und ließ sein Opfer los. Der Schlag traf Bennys Schläfe.

Mit einem entsetzten Aufschrei ließ sie den Flaggenstock fallen, stieß Erik zur Seite, stürzte sich auf Benny, der sich nicht mehr bewegte. Sie umfasste mit beiden Händen seinen Kopf, achtete nicht auf das Blut, das aus der Wunde sickerte. »Hörst du mich, Benny?«, rief sie. »Es tut mir so leid, Benny. Bitte mach die Augen auf! Ich wollte doch nur ...« Tränen schossen ihr in die Augen, ein Weinkrampf schüttelte ihren Körper, ihre Knie sackten weg, sie sank auf Bennys Brust.

»Hast du ihn umgebracht?«, fragte Erik hinter ihr und packte ihre Schultern. »Komm, lass mich mal sehen!« Er zog sie hoch, dirigierte sie zur gegenüberliegenden Bank und drückte sie auf die Sitzfläche. Dann wandte er sich dem reglosen Körper zu und tastete nach dessen Halsschlagader.

»Was ist mit ihm?«, schluchzte Katharina mit Verzweiflung in der Stimme.

Erik reagierte nicht sofort. Schließlich drehte er sich um und sah sie an. Sein Blick war nicht zu deuten.

*

»Danke, Bjarne! Du hast uns mal wieder sehr geholfen. – Ja, wir kommen dann mit der Passagierin rüber zur Düne.« Swantje legte den Telefonhörer auf. »In zwei Stunden fliegt jemand nach Bremen. Doktor Jepsen, Frauenarzt. Landet mit seiner Cessna öfter auf der Düne. Bringt seine Familie. Oder holt sie wieder ab. Bjarne hat schon mit ihm gesprochen. Wenn du willst, kannst du mitfliegen.«

»Super«, freute sich Imke. »Glück im Unglück nennt man das. Von Bremen nach Cuxhaven wirst du es sicher irgendwie schaffen.«

Julia nickte tapfer, obwohl die Vorstellung, in einem kleinen Flugzeug über dem Wasser der Nordsee zu schweben, ein flaues Gefühl in ihr auslöste. Sie versuchte ein Lächeln. »Vielen Dank für eure Hilfe. Ohne euch …«

Swantje winkte ab. »Da nich für! Es gehört zu unserem Job, Menschen zu helfen.«

»Du kannst uns eine Nachricht schicken«, ergänzte Imke. »Wenn du wieder zu Hause bist.« Sie zog eine Visitenkarte aus der Brusttasche, notierte auf der Rückseite eine Mobilfunknummer und schob sie über den Tisch. »Mein privates Handy.« Sie stand auf. »Ich mache schon mal das Boot klar. Ihr könnt in zehn Minuten zum Hafen kommen. Zeit ist ja noch genug, sodass wir einmal um die Insel düsen können, bevor wir dich am Flugplatz abliefern. – Wenn du Lust hast.«

*

Eine gute Stunde später saß Julia auf einer Bank vor dem Empfangsgebäude in der Sonne und beobachtete die ankommenden und abfliegenden Maschinen. Die freundlichen Polizistinnen hatten sie mit Bjarne bekannt gemacht und sich dann verabschiedet.

Die kleinen Flieger starteten und landeten in rascher Folge, Julias Vertrauen in diese Art der Fortbewegung wuchs. Menschen aller Altersgruppen stiegen aus oder ein, zeigten keinerlei Anzeichen von Besorgnis oder Unwohlsein. Die Ankömmlinge schienen guter Dinge, wirkten erwartungsfroh, die Abreisenden waren braungebrannt und zeigten eher bedauernde Mienen.

Während sie den Menschen zusah, wanderten ihre Gedanken zur *Seeteufel.* Obwohl sie es versuchte – das Erlebnis mit Erik Börnsen ließ sich nicht ausblenden. Es war ein Fehler gewesen, den Ausflug nach Helgoland mitzumachen. Und ein noch viel größerer Fehler, auf Eriks und Kathis verrückte Idee einzugehen.

Was hatte sie getrieben, sich auf das seltsame Spiel einzulassen? Unablässig kreiste die Frage in ihrem Kopf, aber sie fand keine Antwort, wusste nur, dass sie falsch gehandelt hatte. Wie mochten Kathi und Benny das sehen? Würden sie sich ähnliche Gedanken machen? Darüber reden? Wie gern hätte sie jetzt mit Katharina gesprochen, sie gefragt, ob ihr bei der Sache wohl gewesen sei. Und ob sie gewusst habe, zu welch kranken Verhaltensweisen Erik neigte. Die beiden waren schließlich schon länger zusammen. Oder hatte er sich ihr gegenüber zurückgehalten? Das Bild eines dunkelroten Streifens unter Kathis Kehle schob sich vor ihr inneres Auge. »Ich habe mich geschrammt«, hatte sie erklärt. Hatte sie gelogen? War in Wahrheit Erik dafür verantwortlich?

Kapitel 8

2019

»Christina Börnsen lebt in einem Hamburger Seniorenheim, das auch Menschen mit körperlichen Beeinträchtigungen aufnimmt.« Marie legte den Telefonhörer auf und verzog das Gesicht. »Dafür kriegen wir keine Dienstreisegenehmigung. Der Lütte ist garantiert dagegen, die Witwe zu befragen. Außerdem müssten wir die Hamburger Kollegen um Hilfe bitten. Anderes Bundesland.« Sie schlug mit der flachen Hand auf die Schreibtischplatte. »Das kann dauern. So ein Mist!«

»Ich könnte das übernehmen«, schlug Jan Feddersen vor. »In den nächsten Tagen muss ich sowieso nach Hamburg. Privat, meine ich. Wegen Luca. Der will unbedingt ein Praktikum bei einer Filmproduktion machen. Ein Besuch im Pflegeheim ließe sich damit gut verbinden.«

»Ich weiß nicht.« Marie machte ein bedenkliches Gesicht. »Als Privatperson ... Obwohl ... Vielleicht ist das doch keine so schlechte Idee.« Ihr Ausdruck änderte sich zu einem halb spöttischen, halb vergnügten Grinsen. »Du bist wahrscheinlich genau der Richtige dafür. Gutaussehend, freundliche Ausstrahlung, charmantes Auftreten. Typ Traumschwiegersohn. Eine Dame mittleren Alters dürfte dir kaum widerstehen können. Ich weiß ja nicht, weshalb Frau Börnsen dort ist, aber wenn ihre Sinne funktionieren, wird sie dich nicht hinauswerfen.«

Jan hob abwehrend beide Hände. »Danke für die Blumen! Aber versprich dir nicht zu viel. Selbst wenn sie mich nicht gleich rausschmeißt, heißt das nicht, dass sie mir Fragen zu ihrer Familie beantwortet.«

»Einen Versuch ist es wert.« Marie erschien ein Erfolg nicht mehr unwahrscheinlich. »Fahr hin! Das Senioren- und Pflegeheim heißt Carolinum Alsterblick.« Sie notierte Namen und Adresse auf einem Zettel und schob ihn ihrem Kollegen zu. »Aber verrate mir bitte noch, was deinen Sohn zum Film zieht. Will er nicht zur Polizei?«

»Auf keinen Fall möchte er Beamter werden. Lieber was Kreatives machen. Musiker, Schauspieler, Regisseur – so was. Er spielt ganz gut Gitarre und macht mit ein paar Gleichaltrigen regelmäßig Musik. In der Schule arbeitet er in einer Theater-AG mit. Hat schon den Puck in Shakespeares Sommernachtstraum gegeben.«

»Alle Achtung!«, staunte Marie. »Davon hast du mir noch nie erzählt. Das ist doch eine tolle Leistung. Vielleicht wird Luca noch berühmt. Und das Praktikum ist der Anfang seiner Karriere.«

Jan zuckte mit den Schultern. »Das hat sich erst in den letzten eineinhalb Jahren so richtig entwickelt. Seit er dann von dem Udo-Lindenberg-Film *Mach dein Ding!* gehört und den Trailer gesehen hat, war er nicht mehr zu bremsen. Bin gespannt, wie lange es anhält.«

»Das weiß man in dem Alter nie. Als Fünfzehnjährige wollte ich unbedingt Tierärztin werden. Aber als ich dann im Praktikum mit blutenden Wunden, ekligen Bandwürmern und tödlichen Tumoren zu tun bekam, habe ich mich ganz schnell umentschieden.« Sie deutete auf den Computermonitor. »Hast du mal die Firma gegoogelt, in der er sein Praktikum machen will?«

»Klar! Es musste unbedingt die Produktionsfirma sein, die den Lindenberg-Film macht. *Letterbox*. Hatte ich vorher nie gehört. Aber er hat es geschafft, da einen Vorstellungstermin zu bekommen. Darum müssen wir nach Hamburg.«

»Ist doch toll. Ich wünsche euch viel Erfolg. Und uns natürlich auch. Ich meine, wenn du bei der Gelegenheit tatsächlich mit Christina Börnsen ...«

Das Telefon auf ihrem Schreibtisch unterbrach sie. »Dirk Allmers«, erklärte sie nach einem Blick auf das Display, drückte auf die Taste für den Lautsprecher und meldete sich. »Hallo, Dirk, habt ihr schon was für uns? Jan hört mit.«

»Allerdings«, ertönte die Stimme des Kollegen aus dem Apparat. »Eine Mitarbeiterin des Hotels hat gestern im Auftrag von Börnsen einer Frau eine Information und eine Chipkarte überbracht. Bei der Nachricht ging es um einen Besuchstermin bei ihm, und mit der Karte konnte sie den Lift benutzen. Und zwar bis zum Penthouse.« Allmers machte eine Pause.

»Habt ihr den Namen?« Marie klang ungeduldig.

»Haben wir«, antwortete der Hauptkommissar. »Und noch etwas. Haltet euch fest! Der Verabredungstermin von Börnsen mit dieser Frau und die mutmaßliche Tatzeit stimmen überein.«

»Man muss auch mal Glück haben«, rief Jan Feddersen. »Schick uns Namen und Adresse der Dame aufs Handy! Damit wir ihr einen Besuch abstatten können.«

*

Die Erinnerungen an die Ereignisse auf Helgoland hatten Julia aufgewühlt. Sie versuchte, sich abzulenken, indem sie Hausarbeiten verrichtete – aufräumen, Waschmaschine füllen, Staub wischen, saugen, Fenster putzen. Am liebsten wäre sie zur Arbeit gegangen. Den Gedanken, im Krankenhaus anzurufen und sich zurückzumelden, verwarf sie jedoch gleich wieder. Es war schwer genug gewesen, während der großen Ferien Urlaub zu bekommen. Jeder wollte gern im Sommer verreisen. Als alleinerziehende Mutter mit einem nun schulpflichtigen Kind war sie erstmalig für den begehrten Zeitraum berücksichtigt worden.

Während sie die Scheiben des Küchenfensters polierte, wanderte ihr Blick immer wieder hinaus auf die Straße. Es erschien ihr wie ein böser Traum, dass Erik Börnsen aufgetaucht war. Noch einmal würde sie ihn nicht in ihre Wohnung lassen. Aber natürlich konnte sie auch nicht ständig Fahrbahn und Gehsteig vor dem Haus im Auge behalten. Gerade näherte sich aus Richtung Zollkaje ein grauer Mittelklassewagen in niedriger Geschwindigkeit. Wahrscheinlich suchte der Fahrer eine Hausnummer. Der Wagen stoppte direkt unter ihr. Beide Türen wurden geöffnet, zwei Personen in Julias Alter stiegen aus. Sie waren blond und sommerlich gekleidet. Die Frau warf einen Blick auf ihr Handy und deutete dann zu dem Mietshaus, in dem Julia wohnte. Ein mulmiges Gefühl beschlich sie. War das Polizei? Kamen Beamte in Zivil, um sie zu verhaften? Nein, dachte sie, das geht nicht. Ich muss mich um Leonie kümmern. Außerdem habe ich nichts getan. Plötzlich sah sie sich in einem fensterlosen Raum an einem schlichten Tisch, gegenüber zwei Polizeibeamte. »Nein«, beteuerte sie, »mit dem Tod von Herrn Börnsen habe ich nichts zu tun. Er lag schon unten auf dem Pflaster, als ich ...« Sie erschrak. Damit würde sie zugeben, dass sie auf dem Dach des Hotels gewesen war. Unmittelbar nach dem Sturz. Das sollte sie besser für sich behalten. Oder machte sie sich damit erst recht verdächtig? Gab es Zeugen, die sie gesehen hatten?

Die Klingel riss sie aus ihren Gedanken. Sie erstarrte, der erste Impuls drängte sie, sich nicht zu rühren, Abwesenheit vorzutäuschen. Aber die Polizisten würden wiederkommen. Sie würden sie verdächtigen, wenn sie sich vor ihnen versteckte. War es nicht besser, offen mit der Situation umzugehen? Ja, ich war im Hotel. Ja, auch im Penthouse und ja, sogar auf dem Dach. Aber da lag er schon ... Ihre Gedanken drehten sich im Kreis. Was sollte sie tun?

Es klingelte erneut. Zögernd schlich Julia zur Tür und legte einen Finger auf den Knopf der Gegensprechanlage. »Ja bitte?«

»Frau Jacobs?«, meldete sich eine weibliche Stimme. »Hier ist Kriminaloberkommissarin Marie Janssen. Mein Kollege und ich würden gern mit Ihnen sprechen.«

Obwohl sich Julias Magen verkrampfte, drückte sie die Taste für den Summer, öffnete die Wohnungstür und lauschte ins Treppenhaus, in dem die Schritte der Besucher rasch näherkamen. Kurz darauf standen die Beamten vor ihr. Beide hielten ihren Ausweis hoch. »Guten Tag, Frau Jacobs«, begrüßte sie der Mann. Er war groß und blond und erinnerte sie an einen Schauspieler aus einer Fernsehserie. »Mein Name ist Jan Feddersen, Kriminalhauptkommissar. Meine Kollegin hat sich ja schon vorgestellt. Dürfen wir einen Moment hereinkommen?«

Julia nickte stumm, trat zur Seite und ließ die Tür aufschwingen. »Bitte!«

Wenig später saß sie in ihrem Wohnzimmer den Kriminalbeamten gegenüber. Ihr Herz schlug heftig, und sie spürte, dass ihre Handflächen feucht waren.

»Frau Jacobs«, begann der große Blonde, »Sie hatten gestern eine Verabredung mit dem Inhaber des Hotels Alte Liebe. Richtig?«

»Ja«, flüsterte Julia. »Das stimmt.«

»Wie kam es dazu?«

»Herr Börnsen wollte mich sprechen. Hat mir eine Angestellte ausgerichtet. Sie war vorgestern Abend hier und hat mir eine Chipkarte für den Aufzug gegeben. Ich sollte um zehn Uhr zu ihm kommen. Aber er war nicht da.«

»Sie waren also um zehn Uhr in Börnsens Wohnung?«, hakte die Kommissarin nach.

»An der Wohnungstür«, korrigierte Julia. »Nicht *in* der Wohnung. Ich habe geklingelt, aber niemand hat geöffnet. Da bin ich wieder gegangen.« Während sie die Lüge formulierte, schoss ihr die Frage durch den Kopf, ob sie irgendetwas angefasst und Fingerabdrücke hinterlassen hatte.

Die Beamten warfen sich kurze Blicke zu. »Herr Börnsen ist gestern vom Dach des Hotels gestürzt. Möglicherweise hat jemand nachgeholfen. Genau zu der Zeit, als sie dort waren«, erklärte der Kommissar.

Julia schlug die Hand vor den Mund. »Ist er ... tot?«

»Ja«, antwortete der Kommissar, »der Sturz war tödlich.« Er sah sie fragend an. »In welcher Beziehung stehen beziehungsweise standen Sie zu Herrn Börnsen? Es ist ja eher ungewöhnlich, dass einer der führenden Hoteliers eine Angestellte losschickt, um einen Verabredungstermin überbringen zu lassen.«

Julia brach der Schweiß aus. Sollte sie zugeben, wie gut sie Ralf Börnsen kannte? Sie entschloss sich zu einer Lüge und zuckte mit den Schultern. »Ich kenne ... kannte ihn kaum. Nur ...«

»Nur?«

»Seinen Sohn. Erik. Aber das ist lange her. In den neunziger Jahren waren wir ... in einer Clique.«

Die Polizistin nickte nachdenklich und fixierte sie. »Was könnte Ralf Börnsen von Ihnen gewollt haben?«

»Keine Ahnung.« Julia breitete die Arme aus. »Vielleicht war es wegen Erik.«

»Wie kommen Sie darauf?«

»Er hat mich schon mal auf ihn angesprochen. Vor ungefähr zehn Jahren.«

»Worum ging es da?«

»Um den Segeltörn, bei dem sein Sohn, dessen Freundin und ein Freund mit Börnsens Yacht verunglückt sind.«

»Was wissen Sie darüber?«

Erneut beschleunigte sich Julias Puls. Was damals geschehen war, hatte nichts mit Ralf Börnsen zu tun. Wieder flüchtete sie in eine Lüge. »Nichts. Nur das, was damals in der Zeitung stand.«

»Okay, Frau Jacobs.« Der Kommissar legte eine Visitenkarte auf den Tisch. »Wir müssen Sie bitten, kurzfristig in der Dienststelle an der Werner-Kammann-Straße vorbeizuschauen. Am besten noch heute. Wir brauchen Ihre Fingerabdrücke.« Er lächelte. »Das ist eine unvermeidliche Routinemaßnahme.«

»Wir können Sie auch gleich mitnehmen«, schlug seine Kollegin vor.

Julia nickte stumm. Ihr war klar, dass sie daran nicht vorbeikommen würde, und hoffte weiter inständig, keine Abdrücke hinterlassen zu haben.

»Gut.« Die Kommissarin stand auf. »Dann fahren wir jetzt.«

*

Statt auf ein schwarzes Stempelkissen, wie sie es aus Fernsehkrimis kannte, hatte Julia ihre Finger auf ein elektronisches Lesegerät legen müssen. Schnell und sauber waren ihre Abdrücke genommen worden, kaum länger als zwanzig Minuten hatte sie sich im Polizeigebäude aufgehalten. Die Beamten hatten sich freundlich verabschiedet und sie einfach so gehen lassen. Ohne den Satz, den die TV-Kommissare immer sagten. *Halten Sie sich zu unserer Verfügung!* Vielleicht kam das ja nur im Film vor. Trotzdem schlug ihr Herz noch immer bis zum Hals. Sie lenkte ihre Schritte in Richtung Fußgängerzone. Um sich ein wenig abzulenken, würde sie durch ein paar Geschäfte bummeln, sich vielleicht einen Eisbecher gönnen, zuvor aber bei *Oliva* die Bestsellerliste anschauen. Dort fand sie fast immer spannende Lektüre.

Neben der Buchhandlung am Kaemmererplatz gab es eine Reihe von Schaufenstern, in denen die jeweils aktuelle Ausgabe der *Cuxhavener Nachrichten* ausgehängt war. Wurde dort schon über Börnsens Sturz berichtet? Julia ignorierte die ersten Seiten mit den Berichten über den *Sommerabend am Meer*, stieß schließlich auf den gesuchten Artikel. *Vom Dach gestürzt lautete die Schlagzeile.* Dann: *Bekannter Cuxhavener Hotelier verliert durch tragischen Unfall sein Leben.* Hastig überflog sie den Text, suchte nach einem Hinweis auf den Hintergrund des Sturzes. Aber davon war nicht die Rede, schon gar nicht von der Möglichkeit eines Fremdverschuldens. Diese Information hatte die Polizei für sich behalten. War das Taktik? Oder hatten die Beamten ihr gegenüber geblufft, um sie aus der Reserve zu locken? Vielleicht gab es wirklich keinen Verdacht gegen sie und sie machte sich unnötig Sorgen. An diese Hoffnung klammerte sie sich und betrat die Buchhandlung. Wie immer nahm sie die Atmosphäre sofort gefangen. Schon als kleines Mädchen war sie eine Leseratte gewesen. Dieses Eintauchen in andere Welten hatte sie sich erhalten. Zielstrebig durchquerte sie den vorderen Bereich, um zur hauseigenen Bestsellerliste zu kommen. Ganz oben standen drei Kriminalromane. Ein Cuxland-, ein Küsten- und ein Neuwerk-Krimi. Sie konnte nicht widerstehen und nahm alle drei. Die Bücher, wusste sie, würden sie für viele Stunden ablenken.

Mit dem Buchpaket unter dem Arm schlenderte sie durch die Nordersteinstraße, der Kauf gab ihr das Gefühl, für den Abend und die nächsten Tage gut vorgesorgt zu haben. Weniger angespannt als zuvor schlenderte sie weiter, kaufte im Drogeriemarkt einen neuen Lippenstift, probierte in mehreren Geschäften T-Shirts an und ließ sich schließlich vor dem Eiscafé *Da Dalto* an einem freien Tisch nieder. Sie bestellte einen *Mandarinenbecher* und zog eins der Bücher aus der Tasche.

Beim Kauf hatte sie nicht auf den Wortlaut der Titel geachtet, sondern sich an den Cover-Bildern orientiert, die ihr unbekannt waren. Als sie das Buch umdrehte, zuckte sie zusammen, glaubte für eine Sekunde an eine Halluzination. *Hotel Alte Liebe* prangte auf dem Umschlag. »Nein«, flüsterte sie. »Das kann nicht sein.« Ihr war zum Heulen und gleichzeitig zum Lachen zumute. Sie beschloss, den absurden Zufall als Ironie des Schicksals zu nehmen, und schob das Buch zurück in die Tüte. Ihr Leben war nun einmal mit der Familie Börnsen verbunden. Daran war nichts zu ändern.

Während Julia ihr Eis löffelte, beobachtete sie die Menschen um sie herum. Im Außenbereich des Eiscafés war jeder Platz belegt. Gesprächsfetzen, Geraune und Gelächter erfüllten die Luft. In Norderstein- und Segelckestraße drängten sich Einheimische und Touristen, leicht auseinanderzuhalten an der Geschwindigkeit, mit der sie sich fortbewegten. Ältere Paare blieben gelegentlich stehen und betrachteten den Findling, auf dem die Städtepartnerschaft mit Vannes mit der Jahreszahl 1963 verewigt war. Überhaupt schienen mehr ältere Feriengäste in der Stadt zu sein als junge Leute. Trotz Sommerferien waren Jugendliche in der Minderheit. Wahrscheinlich tummelten sich die Jüngeren an den Sandstränden von Döse, Duhnen und Sahlenburg.

Die süße Mischung aus Eis und Sahnelikör neigte sich rasch dem Ende zu. Julia erwog, noch einen *Baileys Cup* zu bestellen. Zum Glück musste sie weder auf ihre Figur noch auf ihren Kontostand Rücksicht nehmen. Leonies Erzeuger hatte ihr, um keine Unterhaltszahlungen leisten zu müssen, die Wohnung in der City Marina Cuxhaven gekauft, sodass sie keine Miete zahlen musste und mit ihrem Gehalt als Stationsschwester gut über die Runden kam. Ihre Mutter hatte sie vor dem Deal gewarnt. Julia hatte sich trotzdem darauf eingelassen und war froh darüber. Als Vater hätte der Mann ohnehin nicht in Erscheinung treten können. Für die Wohnung hatte er fast doppelt so viel ausgegeben, wie er an Unterhalt über siebzehn Jahre hätte zahlen müssen. Und inzwischen war der Wert der Immobilie deutlich gestiegen. Für sie war die Regelung vorteilhaft, auch wenn sie beim Standesamt »Vater unbekannt« hatte eintragen lassen müssen und Leonie ihn niemals kennenlernen würde. Nur fragen würde sie eines Tages.

Sie bestellte einen weiteren Eisbecher und schob die unangenehmen Gedanken beiseite. Um das Problem würde sie sich kümmern, wenn es so weit wäre. Jetzt musste sie erst einmal heil aus der Börnsen-Sache herauskommen. Das Gespräch mit den Polizeibeamten war weniger beunruhigend gewesen, als sie gedacht hatte. Natürlich mussten die Kriminalisten klären, wer in der Nähe des Tatorts gewesen war. Wirklich verdächtig war sie wohl nicht. Sonst hätte man sie stärker bedrängt, wahrscheinlich sogar festgenommen. Und wenn der wahre Täter gefasst war, wäre sie ohnehin aus dem Schneider.

Mit dem *Baileys Cup* ließ sie sich Zeit, genoss jeden einzelnen Löffel, indem sie die cremige Mischung langsam auf der Zunge zergehen ließ. Die Sonne stand inzwischen hoch am Himmel und entwickelte erstaunliche Kraft. Julia rückte ein wenig zur Seite, um etwas mehr Schatten von einem der Sonnenschirme zu bekommen. In dem Augenblick schob jemand den freien Stuhl neben ihr näher heran und ließ sich nieder.

»Moin, Julia. Schöner Tag heute. Perfekt zum Eisessen. Oder?« Der bärtige Mann trug ein Basecap, das er tief ins Gesicht gezogen hatte. Auf den zweiten Blick erkannte sie ihn.

»Was willst du?«, zischte sie unwillig.

Erik deutete auf ihren *Baileys Cup*. »Das würde mir gefallen.«

»Dann bestell dir was«, entgegnete Julia. »Aber lass mich in Ruhe!«

»Du warst schon mal netter zu mir, Seeteufelchen.« Er drehte sich um und winkte der Bedienung.

Stumm starrte Julia auf ihr Eis. Der Appetit war ihr vergangen. Am liebsten wäre sie aufgestanden und gegangen. Aber sie musste noch bezahlen. Als die Serviererin an den Tisch trat und Erik bestellte, bat sie um die Rechnung.

»Du kannst mir ruhig noch ein bisschen Gesellschaft leisten«, schlug Erik vor und grinste. »Und mir berichten, was du heute so erlebt hast. Zum Beispiel bei den Bullen.«

»Spionierst du mir nach?«

»Was für ein hässliches Wort.« Erik lachte. »Ich behalte dich im Auge. Wie angekündigt.« Er beugte sich zu ihr hinüber und senkte die Stimme. »Also, was war los?«

»Nichts«, gab Julia unwillig zurück. »Die brauchten meine Fingerabdrücke. Das war alles.«

»Mehr nicht? Haben sie dich nicht in Verdacht wegen meines Alten?«

Julia zuckte mit den Schultern. »Anscheinend nicht.«

»Von mir war nicht die Rede?«

»Nein. Du bist ja schließlich tot.«

Erik kicherte. »Ein paar Tage muss ich es auch noch bleiben. Denk immer dran!«

»Wenn du derartig viel Wert darauf legst«, entgegnete Julia, »solltest du nicht hier sitzen. Jemand könnte dich erkennen.«

»Du willst mich loswerden«, grinste er. »Verständlich. Aber sonst ... Niemand rechnet mit mir. Also sieht mich auch keiner. Ähnlichkeiten mit dem Erik von damals gibt es kaum noch.«

»Ich habe dich erkannt«, widersprach Julia.

Erik zuckte mit den Schultern. »Ausnahme. Und kein Wunder. Schließlich waren wir ja mal ...« Er brach ab, als die Bedienung den Eisbecher vor ihm abstellte und Julias Rechnung auf den Tisch legte.

»Ich übernehme das«, erklärte Erik großzügig. »Bin ja Alleinerbe des großen Ralf Börnsen und demnächst Inhaber des führenden Hotels im Elbe-Weser-Dreieck.«

Wahrscheinlich hat er sogar Recht, dachte Julia und schüttelte unbewusst den Kopf über so viel Selbstgewissheit. Die Polizei würde ihn ins Visier nehmen, als Erbe war er automatisch verdächtig. Auch wenn die Ermittler nicht wussten, wozu Erik Börnsen fähig war. Wahrscheinlich hatte er auch Benjamin und Katharina auf dem Gewissen. »Was ist mit Kathi?«, zischte sie. »Hast du sie umgebracht? Und Benny?«

»Das mit Benny war ein Unfall. Hat sich ungeschickt auf dem Bootsdeck bewegt, den Baum an die Rübe gekriegt und ist über Bord gegangen.«

»Und Katharina? Ist die auch ...?«

»Die dumme Kuh hätte sich beinahe selbst umgebracht. Wollte ihn unbedingt retten und ist hinterhergesprungen. Ich habe nach den beiden gesucht und Kathi nach zwanzig Minuten aus dem Wasser gezogen. Benny ist nicht mehr aufgetaucht.«

»Ruft man da nicht über Funk die Seenotrettung zu Hilfe?«

Erik winkte ab. »Bis die da gewesen wären ... Benny war nicht mehr zu helfen.«

Julia glaubte ihm nicht, wollte sich aber auch nicht vorstellen, was damals auf der Yacht passiert sein konnte. »Jedenfalls bist du für seinen Tod verantwortlich«, murmelte sie. Die aufkommenden Bilder schob sie energisch zur Seite. Zwei Dinge interessierten sie noch. »Wo warst du die ganze Zeit? Und was ist mit Kathi?«

»Wir waren zusammen in Portugal. Sie ist dort bei einem Autounfall ums Leben gekommen. Hab da ein Hotel aufgebaut. Aber irgendwann hat es mich in die Heimat gezogen. Dachte, dass der Alte einen Nachfolger braucht. Außerdem habe ich erfahren, dass er meine Mutter durch einen Unfall ...« Er brach ab. Julia glaubte, einen Schatten zu erkennen, der sich über seine Miene gelegt hatte. »Egal. Jedenfalls bin ich wieder hier. Und jetzt kommt es darauf an, dass du mir nicht in die Quere kommst. Also denk dran, ich behalte dich im Auge!«

Julia lag eine bissige Antwort auf der Zunge, aber sie beherrschte sich, nahm einen Geldschein aus ihrem Portemonnaie, legte ihn auf den Tisch, griff nach der Büchertüte und stand auf. »Einladen lasse ich mich von dir nicht.« Fast wäre sie über den Stuhl eines anderen Gastes gestolpert, als sie sich eilig durch die Tischreihen drängte. Ohne sich umzudrehen, überquerte sie den Vanneter Platz in Richtung City Center.

Kapitel 9

Wie ein Pflegeheim sieht das nicht gerade aus, dachte Jan Feddersen, als er das *Carolinum Alsterblick* erreichte. Die Villa, die ihren Ursprung offenbar in den achtziger Jahren des neunzehnten Jahrhunderts hatte, war sehr aufwendig restauriert. Ihm fielen die Fenster auf, die ganz im Stil des Originals gehalten, aber mit Dreifachverglasung versehen worden waren. Der Eingangsbereich war über eine breite Treppe zu erreichen und entsprach äußerlich ebenfalls der Architektur der Gründerzeit. Doch als er sich den gläsernen Türen näherte, glitten diese geräuschlos zur Seite.

Er betrat eine Halle, die an die Lobby eines Erste-Klasse-Hotels erinnerte. Auch hier waren Elemente der historischen Epoche mit moderner Ausstattung verschmolzen. Es gab einen geschwungenen Empfangstresen mit mehreren Monitoren, hinter denen in dezentem Blau gekleidete Angestellte hantierten. Bequeme Cocktailsessel, Tische und Vitrinen aus glänzendem Nussbaum verbreiteten eine Atmosphäre gediegener Eleganz. Aus verborgenen Lautsprechern erklang leise klassische Musik. Die wenigen Bewohner, die sich in dem Raum aufhielten, wirkten keineswegs pflegebedürftig, waren allerdings durchweg betagt und zeigten durch Kleidung, Schmuck und andere Accessoires ihre Zugehörigkeit zur finanziellen Oberklasse. Jan fragte sich, ob Marie eine falsche Auskunft bekommen hatte. Sicher gab es in diesem Haus auch medizinische Versorgung, aber geistig oder körperlich beeinträchtigte Menschen wurden hier wohl eher nicht betreut.

Er trat an den Empfang. »Guten Tag. Mein Name ist Jan Feddersen«, stellte er sich vor. »Ich würde gern mit Frau Christina Börnsen sprechen.«

»Sind Sie ein Angehöriger?«, fragte die Angestellte und musterte ihn kritisch. Ihr Blick blieb an dem Werbeprospekt der Filmproduktion *Letterbox* hängen, der aus Jans Jackentasche ragte. Augenblicklich änderte sich ihr Ausdruck. Von skeptisch-zurückhaltend zu freundlich-neugierig. »Irgendwie kommen Sie mir bekannt vor. Sind Sie nicht der Kommissar aus ...?« Sie brach ab und schlug die Hand vor den Mund. »Entschuldigung. Das geht mich nichts an. Ich dachte nur gerade ... Wir haben einige bekannte Schauspieler bei uns.« Jan versuchte ein verständnisvolles Grinsen. Nach einer Schrecksekunde, sie könnte seinen Beruf gemeint haben, war er zum ersten Mal dankbar für die Ähnlichkeit mit einem Fernsehdarsteller. Entschuldigend strahlte sie ihn an. »Frau Börnsen wird sich freuen. Ich melde Sie an.« Sie griff zu einem Telefonhörer.

Wenig später saß Jan Feddersen der Witwe in ihrem Apartment gegenüber. Es war größer als seine Wohnung in Cuxhaven, stilvoll eingerichtet und mit teuren Accessoires ausgestattet. Christina Börnsen trug ein tief ausgeschnittenes champagnerfarbenes Sommerkleid und hatte das kastanienrote Haar zu einer kunstvollen Frisur aufgesteckt. Fasziniert betrachte er ihr perfekt geschminktes Gesicht. Auffallend waren die kräftigen, scharf konturierten Augenbrauen, darunter große dunkle Augen, hohe Wangenknochen, eine schmale Nase und volle, fein geschwungene Lippen. Sie musste deutlich jünger sein als ihr Mann. Eine attraktive Frau. Wenn nicht der Rollstuhl wäre. Darin hatte sie ihn an der Tür ihres Apartments empfangen, ihn freundlich begrüßt, neugierig gemustert und mit einem schwer zu deutenden Ausdruck zu einer Sitzgruppe gebeten. »Bitte nehmen Sie Platz! Was darf ich Ihnen bringen lassen? Tee? Kaffee? Cognac?«

Jan lehnte höflich ab und legte seinen Dienstausweis auf den Tisch. »Ich habe hier keinerlei Befugnisse. Vielen Dank, dass Sie mich trotzdem empfangen.«

Christina Börnsen schmunzelte. »Sie wurden mir als Fernsehkommissar angekündigt. Ein echter Polizist ist natürlich viel interessanter. Andererseits – mit einem jungen Schauspieler würde ich mich auch gern unterhalten. Wir haben hier einige Damen und Herren aus der Branche, aber die sind durchweg ... na ja ... jenseits von Gut und Böse. Wie auch immer ... Sie kommen aus Cuxhaven? Wegen meines Mannes?«

»Sie wissen ...?«

»Mein Schwiegervater hat mich angerufen«, bestätigte sie. »Er sprach von einem Unfall. Aber daran glaube ich nicht. Ein Ralf Börnsen fällt nicht einfach so vom Dach. Und Sie wären nicht hier, wenn Sie nicht ebenfalls Zweifel hätten. Oder?«

»So ist es.« Verblüfft sah Jan sie an. »Aber Sie scheinen nicht gerade ... Ich meine, ich habe ...«

»... mit einer trauernden Witwe gerechnet?«, unterbrach sie ihn. »Tut mir leid. Die kann ich Ihnen nicht bieten. Das vorzeitige Ableben meines Mannes ist bedauerlich und traurig – wie jeder Todesfall. Besonders wenn er so unerwartet kommt. Aber wir sind schon lange – wie man so schön sagt – von Tisch und Bett getrennt.« Sie deutete auf ihren Unterleib. »Außerdem verdanke ich ihm das hier. Querschnittslähmung.«

Christina Börnsens Offenheit verunsicherte Jan. »Können Sie mir trotzdem etwas über Ihren Mann erzählen? Ich meine über sein persönliches und berufliches Umfeld, Feindschaften, Konkurrenten, finanzielle Situation und vielleicht auch aktuelle Beziehungen?«

»Wollen Sie nicht doch etwas trinken?«, entgegnete Christina Börnsen und lächelte aufmunternd. »Einen Prosecco vielleicht?«

Jan zögerte. Er spürte den auffordernden Charakter ihres Vorschlags, wollte sie nicht brüskieren. Unter anderen Umständen hätte er es darauf angelegt, mehr als ein Glas mit ihr zu leeren. Aber sie war eine Zeugin. Und sie saß im Rollstuhl.

»Ich sehe Ihnen an«, fuhr sie fort, »dass Sie nicht abgeneigt sind. Aber Sie trauen sich nicht.« Mit einer Kopfbewegung deutete sie auf den Ausweis. »Sie sind doch nicht wirklich im Dienst, oder?«

»Wie man's nimmt.« Jan spürte, wie sein Widerstand schmolz. Etwas hilflos breitete er die Arme aus.

»Dann nehmen wir's mal so.« Sie tippte auf das Display eines flachen Telefons. »Einen Prosecco bitte. Mit zwei Gläsern.«

Kurz darauf klopfte es an der Tür, eine junge Frau erschien und schob einen Servierwagen ins Zimmer. Der *Valdobbiadene* stand in einem Sektkühler, die Gläser waren beschlagen.

Nachdem die Bedienung eingeschenkt hatte und gegangen war, hob Christina Börnsen ihr Glas. »Auf den Erfolg Ihrer Ermittlungen.« Sie nahm einen Schluck und fixierte Jan über den Rand ihres Glases. »Bitte nennen Sie mich Christina! Darf ich Jan zu Ihnen sagen?«

Jan hob die Schultern. »Wenn Sie es wünschen.«

»Gut.« Sie lächelte zufrieden. »Bevor ich Ihnen von meinem Mann erzähle, verraten Sie mir bitte ein bisschen über sich. Kriminalhauptkommissar aus Cuxhaven – so viel weiß ich. Ihr Alter kann ich schätzen. Jetzt wüsste ich gern noch etwas mehr. Sind Sie verheiratet? Haben Sie Kinder? Was machen Sie, wenn Sie nicht ermitteln?«

»Ich bin gern mit dem Segelboot unterwegs«, antwortete Jan. »Im Übrigen bin ich geschieden und habe einen Sohn. Bis vor zwei Jahren hat er bei seiner Mutter gelebt. Dann ist ihm eingefallen, dass das Leben bei seinem Dad cooler sein könnte. Jetzt muss ich mich um ihn kümmern. Er ist zwar mittlerweile siebzehn und aus dem Gröbsten raus, braucht aber immer noch viel Zuwendung. Nächstes Jahr macht er Abitur, zurzeit geht es um die Berufsfindung.«

Christina Börnsen nickte, ihre Miene hatte sich bei Jans letzten Worten verdunkelt. »Ich habe auch einen Sohn. Allerdings weiß ich nicht, ob er noch lebt. Er ist vor siebzehn Jahren spurlos verschwunden.«

Jan leerte sein Glas und stellte es ab. »Davon habe ich gehört. Er soll mit einer Segelyacht verunglückt sein. Aber man hat ihn nicht gefunden?«

»So ist es«, bestätigte Christina Börnsen. »Er ist mit Gleichaltrigen unterwegs gewesen, einer von ihnen wurde später tot angeschwemmt. Darum hat man angenommen ...« Sie unterbrach sich und füllte die Gläser auf. »Ich glaube aber nicht, dass das Boot gesunken ist. Ein Bekannter aus der Segler-Vereinigung Cuxhaven hat uns versichert, es gesehen zu haben. Ein Jahr später. In Holland, im Hafen von Katwijk. Die Yacht hatte neue Eigner und einen neuen Namen. Aber Segler erkennen ein Boot trotzdem. Über den Vorbesitzer hat er nichts herausbekommen, der Kauf war über eine Agentur gelaufen, und die konnte zum Verkäufer angeblich keine

Angaben machen. Leider wollten Ihre Kollegen dem Hinweis nicht nachgehen, sie hatten den Fall bereits abgeschlossen. Mein Mann war übrigens auch gegen neue Nachforschungen. Wegen der Versicherung. Die hatte eine halbe Million gezahlt.«

»Obwohl es um seinen Sohn ging?«

Christina Börnsen zuckte mit den Schultern, griff nach ihrem Glas und lächelte sibyllinisch. »In dieser Hinsicht war er, glaube ich, nie ganz sicher. Ich übrigens auch nicht. Erik hatte keinerlei Ähnlichkeit mit ihm. Die beiden haben sich auch nicht sonderlich gut verstanden. Nachdem Erik mit Ralfs neuer Yacht und zwei seiner Kreditkarten verschwunden ist, war Ralf richtig wütend.« Sie nahm einen Schluck und fuhr fort: »Für mich hatte mein Mann wenig Zeit und ich war, wie man so schön sagt, kein Kind von Traurigkeit. Später hat er sich revanchiert und sich ständig neue Eskapaden geleistet. Je älter wir wurden, desto jünger waren die Damen. So gesehen haben wir eine ausgewogene Ehe geführt.«

»Wissen Sie etwas über aktuelle … Beziehungen?«

»Da muss ich Sie enttäuschen. Ich habe mich nie ernsthaft für Ralfs Romanzen interessiert. Einmal allerdings muss es etwas mehr gewesen sein. Das ist aber schon lange her. Neun Jahre nach Eriks Verschwinden. Unmittelbar nach dem Unfall.« Sie deutete auf ihren Rollstuhl. »Wir kamen von einem Empfang, Ralf hatte getrunken und ist viel zu schnell gefahren. Bei einem riskanten Überholmanöver ist es passiert. Ich kam ins Städtische Krankenhaus. Pflichtgemäß hat er mich dort besucht. Und eine der Krankenschwestern kennengelernt. Eigentlich nichts Besonderes, ich glaube, es war so eine Art Torschlusspanik. Schließlich war er über fünfzig. Ein knappes

Jahr später hatte er mehrere Termine beim Notar und es gab ungewöhnliche finanzielle Transaktionen. Damals habe ich das natürlich nicht mitbekommen.«

Wieder staunte Jan über seine Gesprächspartnerin. Ihre Offenheit erleichterte es ihm, die nächste Frage anzusprechen. »Obwohl Ihre Beziehung so ... unabhängig war, finanziert ... ich meine, hat Ihr Mann Ihren Aufenthalt hier ...«

»Nein.« Sie lachte leise. »Das musste er nicht. Ich habe mein eigenes Geld. Mir gehören hier in Hamburg mehrere Häuser in bester Lage. Ich weiß ehrlich gesagt, nicht, wohin mit der ganzen Kohle.« Wie zur Entschuldigung hob sie beide Hände. »Nicht selbst erarbeitet, alles geerbt. Meine Eltern sind im Jahr 2000 beim Absturz der Concorde in Paris ums Leben gekommen.«

»Das muss schwer für Sie gewesen sein,« sagte Jan.

»Längst verarbeitet.« Christina Börnsen winkte ab. »Aber Sie wollten sicher noch ein bisschen mehr über Ralf erfahren. Und wahrscheinlich fragen Sie sich, warum ich mich nicht von ihm habe scheiden lassen.«

Jan zögerte einen Moment. »Also ... wenn es für Sie in Ordnung ist?«

Christina Börnsen winkte ab. »Letzteres ist ziemlich einfach. Es gab keinen Grund für eine Scheidung. Keinen finanziellen, keine Versorgungsansprüche, keine neue Ehe, keine unmündigen Kinder. Dagegen sprach das Ansehen der Familie, das vielleicht gelitten hätte. Meinem Schwiegervater hätte eine Scheidung missfallen. Er legt großen Wert auf Wahrung gesellschaftlicher Konventionen. Mir selbst war der Familienstand nicht wichtig.« Sie zuckte mit den Schultern und deutete auf ihren Rollstuhl. »Ralf hätte sich schwergetan, mich in diesem Zustand allein zu lassen. Er ist ... war im Grunde anständig. – Was interessiert Sie noch?«

»Was ich vorhin erwähnt habe. Berufliches Umfeld, Feindschaften, Konkurrenten. Gibt es da vielleicht Anhaltspunkte für ein mögliches Motiv?«

Christina Börnsen antwortete nicht gleich. Mehrere Sekunden schien sich ihr Blick nach innen zu wenden. Schließlich sah sie ihn an. »Ich weiß, dass Sie nichts ausschließen können und in alle Richtungen ermitteln müssen. Aber das berufliche Umfeld können Sie sich sparen. Gegenüber Geschäftspartnern, auch Konkurrenten, war er immer ausgesprochen fair und entgegenkommend.«

»Also können Sie mir gar keinen Hinweis geben?«, fragte Jan noch einmal nach.

Erneut schien Christina Börnsen in sich zu versinken. »Vielleicht doch«, murmelte sie und sah wieder auf. »Am Vorabend des Tages, an dem mein Mann ums Leben gekommen ist, hat er mich angerufen – was so gut wie nie vorkam – und mir berichtet, jemand hätte behauptet, er oder sie habe unseren Sohn gesehen. Was ja eigentlich nicht sein kann. Aber derjenige hat behauptet, Erik habe jetzt einen Vollbart.«

»Und das macht die Aussage glaubhafter?«, zweifelte Jan.

»Ich weiß es nicht.« Sie zuckte mit den Schultern. »Aber wenn ihn jemand nach so langer Zeit wiedererkennt, obwohl er einen Bart trägt, muss derjenige mit seinem Anblick sehr vertraut sein. Und wenn er sich bei meinem Mann meldet, muss er sich sehr sicher sein. Das habe ich Ralf auch gesagt. Er wollte der Sache nachgehen. Aber dann ...« Sie breitete die Arme aus. »Einen Zusammenhang mit seinem Tod kann ich zwar nicht erkennen, aber vielleicht bringen Ihre Ermittlungen Licht in das Dunkel. Und wenn dabei herauskäme, dass mein Sohn noch lebt, wäre das wunderbar.«

»Wir werden die Information berücksichtigen«, behauptete Jan, obwohl er keine Vorstellung davon hatte, wie die fragwürdige Aussage zur Aufklärung des Falles beitragen sollte. »Ich danke Ihnen jedenfalls für Ihre Offenheit.« Er stand auf.

Christina Börnsen griff nach seiner Hand. »Jan, werden Sie mich informieren, wenn Sie etwas herausfinden? Ich meine nicht nur den Tod meines Mannes, sondern auch ... Sie wissen schon.«

»Selbstverständlich«, versicherte Jan und verabschiedete sich höflich unter Hinweis auf seinen Sohn, den er im Stadtteil Tonndorf abholen müsse. In der Tür drehte er sich noch einmal um. »Eine Frage noch, Frau ... äh ... Christina. Wer profitiert vom Tod Ihres Mannes?«

»Finanziell meinen Sie?« Sie hob die Schultern. »Ich weiß nicht, ob mein Mann ein Testament gemacht hat. Wenn nicht, bin ich wohl die Erbin. Und Erik – wenn er wirklich noch am Leben sein sollte und man ihn findet.«

*

Luca strahlte, als er aus dem Gebäude der Filmproduktion an der Jenfelder Allee trat, vor dem sein Vater auf ihn gewartet hatte. Jan hob beide Daumen. »Gratuliere. Anscheinend hat sich die Fahrt nach Hamburg gelohnt.«

»Absolut. Alles total easy hier. Der Laden ist voll krass. In den Herbstferien kann ich schon mal reinschnuppern und direkt nach dem Abi das Praktikum anfangen.«

»Super.« Jan lächelte angesichts der ungewohnten Begeisterungsfähigkeit seines Sohnes. »Wir müssen allerdings noch klären, wo du wohnen kannst. Oder willst du jeden Tag von Cuxhaven nach Hamburg fahren?«

»Ich komme schon irgendwo unter«, verkündete Luca optimistisch. »In 'ner WG. Oder in der Jugendherberge. – Und wie war's bei dir?«

»Auch gut. Habe eine interessante Frau kennengelernt.«

»Aha.« Luca grinste verschwörerisch. »Wird auch mal Zeit. Du kannst Mama nicht ewig nachtrauern.«

Jan schüttelte den Kopf. »Ich trauere deiner Mutter nicht nach. Außerdem ist die Dame, mit der ich gesprochen habe, für mich als Zeugin interessant, nicht als Frau.«

Der Gesichtsausdruck seines Sohnes zeigte Jan, dass er ihm nicht glaubte. »Wirklich«, bekräftigte er und deutete, um weiteren Bemerkungen zu entgehen, auf eine Bushaltestelle. »Wir müssen los. Bis zum Hauptbahnhof brauchen wir mindestens eine halbe Stunde.«

Auf der Fahrt nach Cuxhaven berichtete Luca ungewohnt lebhaft von seinen Eindrücken und Begegnungen bei der Filmproduktionsfirma. Jan hatte Mühe, ihm zu folgen, denn seine Gedanken schweiften immer wieder ab. Zu Christina Börnsen und dem Hinweis auf ihren Sohn.

*

»Wie war's in Hamburg?«, fragte Marie Janssen am nächsten Morgen, als sie ins Büro kam. »Hat Luca den Praktikumsplatz bekommen?«

Jan Feddersen lehnte sich auf seinen Bürosessel zurück und verschränkte die Arme hinter dem Kopf. »Hat er. Und ist total begeistert. Vielleicht ist das doch der richtige Weg für ihn.«

»Und sonst? Hast du mit Frau Börnsen gesprochen?«

»Ja. Es war beeindruckend.«

»Das Heim oder die Frau?«

»Beide.« Jan grinste. »Aber als Heim würde ich das Haus nicht bezeichnen. Eher als Luxushotel für Besserverdienende. Sehr viel besser Verdienende. Ich habe in einem Prospekt geblättert. Allein fürs Wohnen bezahlst du zwischen fünftausend und neuntausend Euro im Monat, je nach Größe des Apartments. Und Frau Börnsen bewohnt eins der größten.«

Marie schob die Unterlippe vor. »Dass die Börnsens nicht am Hungertuch nagen, ist mir klar. Aber ob ihr Hotel so viel abwirft ...«

Jan winkte ab. »Christina hat selbst von Haus aus genug Kohle. So viel, dass sie nicht weiß, wohin damit. Ihre Worte. Die ist ... war nicht von ihrem Mann abhängig. Weder finanziell noch in anderer Hinsicht. Eine ungewöhnliche Frau.«

»Christina?« Verblüfft sah Marie ihren Kollegen an.

Er neigte verlegen den Kopf. »Sie bestand darauf, dass ich sie so nenne.«

»Aha.« Marie verzog das Gesicht. »Und in welcher Hinsicht ist sie noch ungewöhnlich?«

Jan zögerte mit der Antwort. »Sie ist ... erstaunlich offen.«

»Warum lebt sie überhaupt dort? Ich hatte den Eindruck, es handelt sich bei diesem *Carolinum Alsterblick* um ein Pflegeheim.«

»Sie sitzt im Rollstuhl. Eine ausgesprochen gutaussehende Frau, aber querschnittsgelähmt.«

»Habt ihr über Ralf Börnsen gesprochen?«

»Ja, haben wir«. Jan nickte nachdrücklich. »Sie glaubt nicht an einen Unfall, konnte aber keinen Hinweis auf einen möglichen Täter geben. Ein Motiv aus seinem geschäftlichen Umfeld schließt sie aus. Sie macht ihren verstorbenen Mann für ihre Querschnittslähmung verantwortlich. Ein von ihm verschuldeter Autounfall. Aber sie scheint ihm das nicht – oder nicht mehr – nachzutragen. Als Täterin kommt sie ohnehin nicht in Betracht.«

»Sie könnte jemanden beauftragt haben«, wandte Marie ein. »Mit ihren finanziellen Möglichkeiten ...«

»Das können wir nicht ausschließen«, bestätigte Jan. »Aber ich glaube nicht, dass sie Hassgefühle ihrem Mann gegenüber hegt. Die beiden haben offenbar eine sehr freie Beziehung gelebt. Jeder hatte seine Affären, ohne den anderen mit Eifersucht zu verfolgen. Interessant war noch ein Hinweis auf den gemeinsamen Sohn, der ja seit vielen Jahren verschollen ist. Angeblich hat ihn jemand in Cuxhaven gesehen. Ralf Börnsen hat diese Information am Tag vor seinem Ableben erhalten und sie an seine Frau weitergegeben. Das passt zu einer anderen Geschichte, die Christina erzählt hat. Danach ist die angeblich gesunkene Segelyacht später noch gesehen worden. Wir sollten wirklich versuchen, Röverkamp und Christiansen für Recherchen zu dem Fall von damals zu gewinnen.«

Marie nickte. »Mit beiden habe ich telefoniert. Du glaubst gar nicht, wie schwer es war, einen gemeinsamen Termin zu finden. Die sind ständig auf Achse. Machen mit ihren Frauen große und kleine Reisen oder radeln zu zweit durchs Elbe-Weser-Dreieck. Außerdem haben sie jede Menge Termine und Verabredungen. Arztbesuche und Physiotherapie, Theater und Kino, Lesungen und Kabarett. Ruhestand habe ich mir immer anders vorgestellt.«

Jan nickte nachdenklich. »Wenn die erst in der nächsten Woche anfangen ...«

»Keine Sorge«, unterbrach Marie ihren Kollegen. »Ich habe Konrad und Claus-Peter erklärt, worum es geht. Wie ich die beiden kenne, sind sie schon dabei, ihre Fühler auszustrecken. Wenn sie an die alten Akten kommen und tatsächlich etwas herausfinden, liefern sie uns schon bald die Information.«

»Okay. Das wäre super.« Jan zog sein Smartphone aus der Tasche. »Wann und wo treffen wir sie?«

»Übermorgen um siebzehn Uhr dreißig am Dorumer Tief. Zum Essen in der Strandhalle. Ich hoffe, du hast noch nichts vor.«

»Ich glaube nicht.« Er wischte über das Display. »Nö. Passt. – Ist das nicht da, wo du öfter zum Kitesurfen bist? Dorum-Neufeld?«

»Genau«, bestätigte Marie. »Und manchmal fahre ich mit Felix und Nele zum Essen hin. Der Weg lohnt sich.«

*

Mit gemischten Gefühlen hatten Konrad Röverkamp und Claus-Peter Christiansen das Polizeigebäude an der Werner-Kammann-Straße betreten. Viele Jahre hatten sie hier gemeinsam Kriminalfälle gelöst. Inzwischen saßen andere in ihren

Büros, aber sonst schien alles beim Alten. Sogar der Geruch im Treppenhaus war unverändert. Nachdem sie ihre Sonderausweise an der Wache gezeigt hatten, schlichen sie wie konspirative Eindringlinge durch das Gebäude. Keinesfalls wollten sie Christiansens Nachfolger, Kriminalrat Lütjen, begegnen. Denn dann hätten sie erklären müssen, an welchem der unaufgeklärten Altfälle sie arbeiteten, und hätten dem Lütten eine Lügengeschichte aufgetischt.

Im Keller hatte man ihnen einen provisorischen Arbeitsplatz eingerichtet. Durch ein schmales Fenster fiel nur wenig Licht in den Raum. Aber im Gegensatz zu den Büros in den oberen Etagen war es hier angenehm kühl. In diesen Tagen ein nicht zu unterschätzender Vorteil. Der hölzerne Tisch, auf dem die Ordner mit den *Cold Cases* gestapelt waren, hatte schon bessere Zeiten gesehen. Auch den schlichten Stühlen sah man ihr Alter an. Doch die pensionierten Kriminalisten hatten keinen Blick für Möbel und sonstige Einrichtungsgegenstände. Röverkamp betätigte einen Schalter, eine Leuchtstoffröhre begann zu flackern, flammte schließlich auf und warf kühles Licht auf die Akten. Sofort griff Christiansen zum obersten Aktendeckel. »Die Kollegen haben tatsächlich schon vorgearbeitet«, stellte er zufrieden fest und reichte den Hefter an Röverkamp weiter. »Das sind sie. Ermittlungsakte, Spurenakte, Vernehmungsakte und so weiter und so fort. Alles da. Aber auch alle sehr dünn.« In dem Augenblick klopfte es an die Tür.

Die Männer sahen sich an, legten die Ordner zurück und stellten sich mit dem Rücken vor den Tisch. »Herein«, rief Christiansen. Vorsichtig wurde die Tür geöffnet, dann erschienen ein blonder Haarschopf und das freundliche Gesicht einer

Frau. Im nächsten Augenblick betrat Polizeihauptkommissarin Anne Lüken den Raum. »Moin, ihr beiden. Habt ihr die Unterlagen gefunden? Dirk und Björn haben einen halben Tag gesucht, aber dann konnten sie die Akten doch noch ausgraben, ohne dass der Lütte was davon mitgekriegt hat.«

»Moin, Anne«, grüßten die Pensionäre wie aus einem Mund zurück. »Dann sag mal den Kollegen einen schönen Dank«, fügte Claus-Peter Christiansen hinzu, und Konrad Röverkamp fuhr fort: »Schön, dass du da bist. Leistest du uns ein bisschen Gesellschaft?«

Bedauernd breitete die Pressesprecherin die Arme aus. »Muss wieder nach oben. Felix Dorn von den Cuxhavener Nachrichten kommt gleich. Der will Informationen zum Todesermittlungsverfahren Börnsen. Wollte nur mal sehen, ob bei euch alles in Ordnung ist. Und ob ihr noch irgendwas braucht. Soll ich euch was zu trinken bringen?«

»Danke. Nicht nötig.« Christiansen deutete auf eine abgewetzte Aktentasche. »Wir sind Selbstversorger.«

»Das habe ich geahnt.« Anne Lüken schmunzelte und verabschiedete sich.

Die Kriminalbeamten im Ruhestand machten sich an die Arbeit. Nach einer Stunde unterbrachen sie das Studium der Unterlagen, um sich den Inhalt der Thermosflasche aus Christiansens Tasche zu teilen. »Dein Eistee schmeckt richtig gut«, bemerkte Röverkamp. »Man könnte meinen, dass da ein bisschen … Aroma drin ist.«

Sein ehemaliger Chef zeigte mit Daumen und Zeigefinger einen Zentimeter an. »Nur so viel. Für den Geschmack eben.«

»Sehr gut«, stellte Röverkamp fest. »Nächstes Mal bringe ich wieder was mit.«

»Nee, lass mal!« Christiansen leerte seinen Becher. »Meine Frau lässt mich nicht ohne Getränk aus dem Haus. Mir ist es meistens zu viel.«

Zweifelnd betrachtete Röverkamp die Thermosflasche. »Und sie tut dir Rum rein?«

Christiansen grinste. »Nee, dafür muss ich selbst sorgen.« Er leerte seinen Becher und wandte sich wieder seinem Aktenstapel zu.

Eine weitere Stunde später unterbrach Konrad Röverkamp das Schweigen. Er tippte auf den Ordner, der vor ihm lag. »Ich glaube, ich habe was.«

Kapitel 10

»Du hast was?« Claus-Peter Christiansen sah auf, sein Ausdruck war skeptisch. Er nahm die Brille ab und rieb seine Augen. »Schieß los!«

»Weißt du, was mir zu denken gibt? Aus allem, was ich bisher gelesen habe, geht hervor, dass die verschwundene Segelyacht mit drei Personen unterwegs war. Erik Börnsen als Skipper, Katharina Blessing und Benjamin Wedemeyer als Passagiere. Alle um zwanzig. In dem Alter, finde ich, ist eine Dreierkonstellation ungewöhnlich. Unternehmungen macht man doch eher pärchenweise. Außerdem steht hier nirgendwo etwas über ein Ziel des Ausflugs. Ich kann mir nicht vorstellen, dass die jungen Leute ziellos auf der Nordsee herumgeschippert sind. Das ist auf die Dauer langweilig. In dem Alter will man was erleben.«

»Die Eltern sind befragt worden«, wandte Christiansen ein. »Die hätten doch wissen müssen, wohin ihre Kinder segeln wollten.«

»Wussten sie aber nicht. Vielleicht haben die Kids es ihnen verschwiegen, weil sie befürchten mussten, dass man ihnen die Teilnahme ausreden würde. Wenn sie zum Beispiel zur Insel Sylt oder nach Dänemark wollten. Zu weit, zu gefährlich – was weiß ich, welche Befürchtungen Eltern gehabt haben könnten.« Röverkamp tippte erneut auf die Akte. »Der Hafenmeister vom Yachthafen ist auch vernommen worden. Er hat ausgesagt, der Skipper der *Seeteufel* habe als Ziel Brunsbüttel angegeben. Aber dort, das ist hier dokumentiert, sind sie nie gewesen.«

»Und bei anderen Häfen hat man nicht nachgefragt? Büsum? Sankt Peter-Ording? Ostfriesische Inseln?«

Röverkamp schüttelte den Kopf. »Dafür haben sich die Kollegen damals anscheinend nicht interessiert. Nachdem die Leiche von Benjamin Wedemeyer angeschwemmt worden war, sind sie sehr schnell zu dem Schluss gekommen, dass die Yacht gesunken sein muss. In dem Fall hätte es auch keine Rolle gespielt, wohin sie wollte oder woher sie kam. Ich tippe auf eine Rückfahrt am Sonntag. Denn sie sind Freitag gestartet. Du hast doch da gerade den Obduktionsbericht. Schau bitte mal nach, ob sich die Rechtsmediziner auf einen Todeszeitpunkt festgelegt haben.«

Mit dem Finger fuhr Christiansen über die Zeilen des medizinischen Gutachtens.

»Befunde«, murmelte er. »Schaumpilz, Magenschleimhautrisse, Seewasser im Darmtrakt, überblähte Lunge, Paltauf-Flecken. Ah – hier ist das Fazit.« Er hob die Stimme. »Tod durch Ertrinken, nach Bewusstlosigkeit infolge einer Kopfverletzung. Auffinden der Leiche am 18.06.2002, Obduktion am 20.06.2002. Wahrscheinlicher Todeszeitpunkt 15.06.2002 zwischen 8 und 22 Uhr. Welche Wochentage das waren, steht hier leider nicht.«

Konrad Röverkamp hatte bereits sein Smartphone aus der Tasche gezogen. Er tippte auf das Display. »Mist«, murmelte er. »Kein Empfang. Ich gehe nach oben.« Wenige Minuten später kehrte er zurück. »Der fünfzehnte Juni war ein Samstag. Ich hätte auf Sonntag gewettet. Hinfahrt Freitag, Rückfahrt Sonntag. Wo sind sie gewesen? Warum waren sie am Samstag auf der Nordsee unterwegs? Und was genau ist auf dem Boot passiert?«

Christiansen kramte in seiner Aktentasche herum, zog einen Spiralblock und einen Stift heraus. »Wir müssen die Eltern befragen. Nicht die von Erik Börnsen, sondern die von Katharina Blessing und Benjamin Wedemeyer.« Er notierte Namen und Adressen. »Sie werden nicht alles beantworten können. Aber vielleicht können sie uns einen Hinweis geben, wer als vierte Person infrage kommt. Und wohin der Segeltörn ihre Kinder geführt haben könnte. Danach sind sie damals nicht gefragt worden. Jedenfalls steht nichts in den Vernehmungsprotokollen.«

»Sollten wir nicht Marie und Jan fragen«, gab Röverkamp zu bedenken, »ob sie damit einverstanden sind, wenn wir losziehen und Vernehmungen durchführen?«

»Lieber nicht.« Christiansen grinste. »Wenn sie nichts davon wissen, können sie von ihrem lütten Kriminalrat auch nicht zur Rechenschaft gezogen werden. Kann mir vorstellen, dass der was dagegen hat. Aber wir sind ja völlig ahnungslos. Unsere Aufgabe ist es, bei der Aufklärung von unaufgeklärten Altfällen zu helfen. Nichts anderes tun wir.«

2002

Plötzlich stand Bjarne neben Julia. »Es geht gleich los. Doktor Jepsen ist da.« Er deutete auf eine Maschine, die am Rand des Flugfelds geparkt war. »Das ist sein Flieger. Delta-Echo-Bravo-Charlie. Er macht gerade die Vorflugkontrolle, danach könnt ihr starten. Komm mit, ich mache euch bekannt.«

Obwohl Julia vom Zusehen bei Starts und Landungen schon einen Teil ihrer Bedenken verloren hatte, schlug ihr

Herz wieder schneller. Aufgeregt folgte sie Bjarne, der sie zur Parkposition des Flugzeugs führte.

Der Frauenarzt musterte sie kurz, nickte ihr freundlich zu und reichte ihr die Hand. »Sie wollen nach Cuxhaven? Ich kann Sie in Nordholz absetzen. Das liegt am Weg. Von dort haben Sie es nicht weit.«

»Danke, dass Sie mich mitnehmen«, stieß Julia hervor. »Das ist total nett.«

Der Pilot winkte ab. »Ich fliege ja sowieso. Und allein ist es bei ruhigem Wetter langweilig. Sind Sie schon mal mit einer einmotorigen Maschine geflogen?«

Julia schüttelte stumm den Kopf.

Jepsen lachte. »Dann wird's ein bisschen aufregend. Überm Wasser ist es ruhig, überm Land eher weniger. Wegen der Sonneneinstrahlung gibt's Thermik. Werden Sie leicht seekrank?«

Erneut schüttelte sie den Kopf.

»Umso besser.« Er öffnete die rechte Tür. »Bitte einsteigen!«

Nachdem sie den Sitz erklommen hatte, umrundete der Pilot die Maschine und ließ sich neben ihr nieder. »Sie müssen sich anschnallen«, erklärte er und zeigte ihr, wie die Gurte zu handhaben waren.

Während Julia die Vielzahl von Instrumenten, Schaltern und Knöpfen bestaunte, startete der Pilot den Motor. Dann begann ein für sie unverständlicher Informationsaustausch über Funk, offenbar mit Bjarne, der in den Tower zurückgekehrt war. Wenig später rollte die Maschine zur Startposition. Der Motor heulte auf, die Luftschraube verschwamm zu einer Scheibe, plötzlich setzte sich das Flugzeug in Bewegung, nahm rasch Fahrt auf und hob schließlich ab.

Unerwartet rasch gewann die Maschine an Höhe und auf der rechten Seite breitete sich das Panorama von Helgoland aus. Auf Postkarten hatte Julia diese Perspektive schon gesehen. Aber die Insel mit eigenen Augen aus der Luft zu betrachten, war atemberaubend. Wie eine Spielzeuglandschaft lagen Unter- und Oberland vor ihr. Im Vordergrund ankerten weiße Bäderschiffe. Markante Punkte wie der Hafen, der rotweiße Sendemast und der Anleger für die Börteboote waren deutlich zu sehen, selbst die Lange Anna – ganz im Hintergrund – konnte sie noch erkennen und die farbenfrohe Reihe der Hummerbuden. Sie versuchte, das Haus zu finden, in dem die Polizeistation untergebracht war, wo sie Imke und Swantje kennengelernt hatte. Doch bevor sie sich sicher sein konnte, hatte der Pilot eine Linkskurve eingeleitet und die Insel verschwand hinter ihnen.

»Alles gut?«, fragte er und drosselte den Motor. Augenblicklich wurde es ruhiger, plötzlich gab es keine Anhaltspunkte mehr für die Wahrnehmung der Geschwindigkeit. Julia hatte das Gefühl, zu schweben.

»Super!«, rief Julia aus. »Hätte nicht gedacht ... Ich hatte ja ein bisschen Sch..., ich meine Angst. Aber jetzt ... Ich find's total geil.«

Der Pilot lächelte zufrieden. »Wir brauchen ungefähr eine halbe Stunde bis zur Landung in Nordholz.«

»So schnell geht das?« Ungläubig richtete Julia den Blick nach vorn. Doch dort war nichts zu erkennen als ein paar helle Punkte auf dem Wasser, die rasch größer wurden und sich beim Näherkommen als Segelboote, Frachter oder Fährschiffe entpuppten. Sie zogen lange weiße Schleppen auf der blauen Nordsee hinter sich her.

»Wenn Sie die Fähren etwas genauer ansehen wollen, müssen Sie das hier nehmen.« Er griff hinter sich und reichte Julia ein Fernglas. »Damit können Sie sogar die Menschen auf den Decks erkennen. Bei solchem Wetter wie heute sind die meisten Fahrgäste draußen. Manchmal winken sie.«

»Danke.« Julia setzte das Glas an die Augen und richtete es auf das nächste Schiff. Anfangs hatte sie Mühe, es ruhig zu halten. Aber schließlich entdeckte sie mit kindlicher Freude Männer, Frauen und Kinder, die fröhlich winkten. Viel Zeit blieb ihr nicht, um die Szene zu beobachten, denn das Flugzeug ließ die Schiffe rasch hinter sich. Neugierig richtete sie den Blick auf das jeweils nächste Wasserfahrzeug, das vor ihnen auftauchte. Plötzlich stutzte sie. »Das ist doch ...«, murmelte sie und drückte das Fernglas fester unter die Augenbrauen. Von oben ähnelten sich die Segelboote, aber dieses kannte sie.

Aufgeregt deutete sie nach unten. »Entschuldigung! Können wir, ich meine Sie, tiefer gehen? Da ist die Yacht, die ... Ich würde sie mir gern genauer ansehen.«

Der Pilot warf einen Blick in die Runde und kontrollierte seine Instrumente. »Okay«, sagte er. »Wir machen einen Vollkreis um das Boot, damit Sie Zeit haben, hinzuschauen. Ich gehe auf zweitausend Fuß. Tiefer können wir allerdings nicht fliegen. Aus Sicherheitsgründen.«

Julia nickte dankbar und richtete das Glas wieder auf die *Seeteufel.* An Deck war nur eine Person zu sehen. Erik. Am Steuerstand. Wo waren Kathi und Benny? Lagen sie noch immer in der Koje, um ihren Rausch auszuschlafen?

Der Pilot legte die Maschine in die Kurve und ließ sie gleichzeitig abwärts gleiten. Plötzlich lag das Bootsdeck mit allen Einzelheiten vor ihr. Julias Herz begann zu rasen, als ihr Verstand erfasste, was ihre Augen durch das Fernglas sahen.

2019

Marie Janssen oder Jan Feddersen im Fachkommissariat für Tötungsdelikte anzurufen, kam Claus-Peter Christiansen und Konrad Röverkamp nicht in den Sinn, weil sie nicht wussten, wer dort möglicherweise ihr Anliegen aufschnappte. Anne Lüken war noch mit dem Journalisten im Gespräch, darum versuchten sie ihr Glück in einem der anderen Büros. Hinter der ersten Tür saßen mehrere junge Beamte, die beim Eintritt der alten Herren unwillig aufblickten. »Entschuldigung«, murmelte Christiansen und zog die Tür wieder zu. »Wir sollten auf die Namensschilder achten«, murmelte er. »Ah, hier. Thomas Andresen. Den kenne ich.« Er klopfte, von drinnen ertönte ein kräftiges »Herein!« Sie traten ein und trafen auf einen korpulenten grauhaarigen Polizisten, der sofort aufsprang und strahlend auf sie zukam. »Moin, Konrad! Moin, Claus-Peter! Was für eine Freude, euch zu sehen!«, rief er. »Kommt rein! Ich habe schon gehört, dass ihr als Berater für die Arbeitsgruppe *Cold Cases* engagiert worden seid. Kann ich euch irgendwie behilflich sein?« Er schüttelte jedem die Hand. »Geht's euch gut?«

»Danke, Tommi«, antwortete Konrad Röverkamp. »Wir können nicht klagen, nicht wahr Claus-Peter? – Und selbst?«

Andresen strahlte. »Ich muss noch bis zum Jahresende. Dann gehe ich auch in Pension. Freue mich schon auf die Zeit.«

»Wir wünschen dir alles Gute.« Christiansen legte einen Notizzettel auf den Tisch. »Das sind Namen und Adressen von zwei im Jahr 2002 verschollenen beziehungsweise tödlich verunglückten Personen. Die Frau war damals neunzehn Jahre alt. Der Mann war ein Jahr älter. Beide haben wahrscheinlich noch bei ihren Eltern gewohnt. Wenn du für uns herausfinden könntest, ob die noch unter der Adresse gemeldet sind. Wenn nicht, wüssten wir gern, wo sie jetzt wohnen.«

Andresen nahm den Zettel auf. »Das sollte kein Problem sein. Wollt ihr hier warten? Oder soll ich euch eine Nachricht zukommen lassen?«

*

»Wir müssen zum Leberwurstgang«, stellte Klaus-Peter Christiansen fest, nachdem er die SMS von Thomas Andresen gelesen hatte. »Das ist nicht weit. Zwischen Seedeich und Schillerstraße. Gehen wir zu Fuß?«

»Leberwurst?«, fragte Konrad Röverkamp irritiert. »Ist das dein Ernst?«

Christiansen schmunzelte. »Offiziell heißt es *Lotsengang*, früher *Ratmannsgang*, weil er für einige Ratsmitglieder der Weg zu den Ratssitzungen war. Später hat man ihn umbenannt, weil ihn die Lotsen benutzt haben sollen. Aber im Volksmund heißt er immer noch *Leberwurstgang*, weil er einst zu einer Fleischerei führte, die für ihre frische Leberwurst bekannt war.«

»Das habe ich nie gehört«, gab Röverkamp zu. »Obwohl ich jetzt schon ... fünfzehn Jahre in Cuxhaven lebe. – Wer wohnt da?«

»Werner und Petra Blessing. Die Eltern der jungen Frau, die damals bei dem angeblichen Bootsunfall ums Leben gekommen sein soll. Die von Benjamin Wedemeyer hat Tommi noch nicht ausfindig gemacht. Sie sind nicht mehr in Cuxhaven gemeldet.«

»Gut«, stimmte Röverkamp zu. »Gehen wir zu Fuß! Nach zweieinhalb Stunden Schreibtischarbeit in der polizeilichen Kellergruft kann ein bisschen Bewegung nicht schaden.«

Eine Frau in den Sechzigern öffnete die Wohnungstür und sah sie misstrauisch an. Die pensionierten Kriminalisten hielten ihre Ausweise hoch. »Wir sind von der Polizeiinspektion Cuxhaven«, erklärte Christiansen und stellte sich vor. »Das ist mein Kollege Röverkamp. – Frau Blessing?«

Die Frau in der Tür nickte kaum wahrnehmbar.

»Wir würden uns gern mit Ihnen unterhalten«, fuhr der ehemalige Kriminaloberrat fort. »Unsere Aufgabe ist es, alte nicht aufgeklärte Fälle zu untersuchen. Zurzeit befassen wir uns mit dem Segelunfall, bei dem Ihre Tochter Katharina ... verschwunden ist.«

»Wer ist da?«, tönte eine männliche Stimme aus dem Hintergrund.

»Polizei«, antwortete Petra Blessing über die Schulter. »Wegen Kathi.« Sie wandte sich wieder den Besuchern zu. »Mein Mann«, erklärte sie entschuldigend.

»Dürfen wir einen Moment hereinkommen?«, fragte Konrad Röverkamp. »Damit wir uns in Ruhe unterhalten können? Gern auch mit Ihrem Gatten.«

Wie aufs Stichwort tauchte aus dem Hintergrund ein untersetzter, korpulenter Mann in Unterhemd und Jogginghose auf. Ungläubig musterte er die Besucher. »Sie sind von der Polizei?«

Christiansen und Röverkamp präsentierten erneut ihre Ausweise und erklärten, diesmal etwas ausführlicher, ihre Rolle in der Sonderkommission *Cold Cases*. Aus den Gesichtern der Blessings verschwand der misstrauische Ausdruck. »Kommen Sie rein«, knurrte der Mann und ging voraus.

Kurz darauf saßen sie dem Ehepaar an einem Couchtisch gegenüber. Konrad Röverkamp erläuterte das Anliegen der Ermittler. »Darum«, schloss er, »wüssten wir gern, welches Ziel die jungen Leute angesteuert haben.«

»Genau das war damals eine der Sorgen«, antwortete Werner Blessing, »die wir uns gemacht haben. Sie haben uns nicht verraten, wohin die Reise gehen sollte. Keiner der Beteiligten hat seinen Eltern die Wahrheit gesagt. Einer von ihnen muss wohl Brunsbüttel erwähnt haben. Aber dort sind sie nicht gewesen.«

»Helgoland«, murmelte Petra Blessing. »Ich glaube, sie wollten nach Helgoland.«

»Wie kommst du darauf?«, fuhr ihr Mann auf. »Woher willst du das wissen? Warum hast du es nie erwähnt?«

»Von Bastian. Er hat es gewusst.«

»Bastian?«, fragte Röverkamp.

»Unser Sohn«, erklärte Petra Blessing, »war damals dreizehn Jahre alt. Er hat ein Telefongespräch von Kathi mitgehört. Darin war von Helgoland die Rede. Aber er musste seiner Schwester hoch und heilig versprechen, niemandem etwas davon zu sagen. Daran hat er sich gehalten. Erst vor ... etwa sechs Jahren, als er ausgezogen ist, hat er mir davon erzählt.«

»Na, so was!« Werner Blessing schüttelte verständnislos den Kopf.

»Diese Information«, sagte Röverkamp, »hilft uns vielleicht weiter. Gut, dass Sie sich daran erinnert haben, Frau Blessing. Es gibt noch einen anderen Punkt. Wir fragen uns, ob sich junge Leute in dem Alter zu dritt auf den Weg machen. Finden solche Unternehmungen nicht meistens pärchenweise statt?«

»Ha!«, rief Werner Blessing. »Das habe ich damals auch gesagt. Die sind bestimmt zu viert unterwegs gewesen. Kathi, dieser Erik Börnsen, dann der Junge, der ums Leben gekommen ist …«

»Benny«, ergänzte seine Frau.

»Genau«, bestätigte Blessing. »Benjamin Wedemeyer. Und garantiert noch ein Mädchen. Damit's aufgeht. Also, von wegen Pärchen.« Er wandte sich an seine Frau. »Weißt du nicht, wie die hieß?«

Petra Blessing schüttelte den Kopf. »Die Polizei hat gesagt, es waren nur drei Leute an Bord. Es wurde ja auch sonst niemand vermisst. Nur der Börnsen und unsere Katharina. Wenn noch ein Mädchen dabei gewesen wäre, hätten sich die Eltern doch gemeldet.«

»Gab es vielleicht eine Freundin«, hakte Röverkamp nach, »mit der Ihre Tochter öfter zusammen war und an deren Namen Sie sich erinnern können?«

Sie antwortete nicht sofort, aber es war ihr anzusehen, dass es in ihr arbeitete. »In dem Jahr«, begann sie schließlich zögernd, »bevor sie … hatte sie immer mal wieder eine neue Freundin. Die letzte hieß Jule, glaube ich. Mehr habe ich nicht mitbekommen. Kathi war uns gegenüber in der Zeit total … verschlossen.«

»Könnte Ihr Sohn mehr darüber wissen?«

»Ich glaube nicht, dass er sich an Namen erinnert. Der Tod seiner großen Schwester hat ihn sehr mitgenommen. Er wurde danach ziemlich ... schwierig.«

Werner Blessing schnaufte. »Schwierig ist gar kein Ausdruck. Der Junge ist völlig aus dem Ruder gelaufen, bekam Probleme in der Schule, musste das Gymnasium verlassen und hat uns jahrelang das Leben schwer gemacht. Es ist auch nicht ausgezogen, wie meine Frau meint. Ich habe ihn rausgeschmissen, als er fünfundzwanzig wurde. Hat sowieso viel zu lange im Hotel Mama gelebt und uns auf der Tasche gelegen.«

Christiansen zog seinen Notizblock hervor. »Mit Ihrem Sohn würden wir uns auch noch gern unterhalten. Wo finden wir ihn?«

Werner und Petra Blessing sahen sich an und hoben die Schultern. »Wir haben lange nichts von ihm gehört«, flüsterte die Mutter. »Eine Bekannte hat ihn am Schleusenpriel gesehen, in diesem kleinen Park vor der Stadtbücherei.«

»Wo die verkrachten Existenzen rumlungern«, warf ihr Mann ein.

»Den Platz kennen wir.« Christiansen machte eine Notiz. »Und wenn er sich dort nicht aufhält? Gibt es eine Adresse?«

»Ostblock!«, rief Werner Blessing mit Verachtung in der Stimme. »Also Ditmar-Koel-Straße. Wo genau er da wohnt, wissen wir nicht. Vielleicht bei einem seiner Kumpane.«

»Danke«, fügte Konrad Röverkamp hinzu. »Im Lehfeld hatten wir schon zu tun. Wir werden Ihren Sohn finden. Vielen Dank für die Information.«

*

»Was hat es mit dem *Ostblock* auf sich?«, fragte Konrad Röverkamp, nachdem sie sich verabschiedet und das Haus am Lotsengang verlassen hatten.

»Wie wär's mit einer Kaffeepause?«, entgegnete Claus-Peter Christiansen. »Ich finde, die haben wir uns verdient. Und dabei erkläre ich dir die Namensgebung auf dem Lehfeld.«

»Gute Idee«, stimmte Röverkamp zu. Er deutete in Richtung Alter Deichweg. »In der *Kaffeerösterei*?«

»Gerne.« Christiansen wandte sich zum Gehen und schritt kräftig aus, sodass sein Kollege Mühe hatte, ihm zu folgen.

Das Café war gut besucht. Im Außenbereich waren alle Plätze belegt, drinnen, vor dem Tresen, an dem Bestellungen entgegengenommen wurden, drängten sich Menschen aller Altersgruppen. Auch hier schien jeder Stuhl besetzt, doch auf einer Bank an der Seitenwand rückten einige Besucher rasch zusammen, sodass sich die Kriminalisten setzen konnten. Trotz des hohen Raumes und der darin platzierten Säulen empfand Konrad Röverkamp die *Kaffeerösterei* als gemütlich.

»Die Bezeichnung *Ostblock*«, erklärte Claus-Peter Christiansen, nachdem sie den bestellten Cappuccino abgeholt hatten, »geht auf einen Straßennamen zurück. Ende des 19. und Anfang des 20. Jahrhunderts wurden Wohnräume für Arbeiter und Beamte benötigt, um Pläne für den Passagierverkehr in Cuxhaven verwirklichen zu können. Damals hat die Stadt zusammen mit der Gemeinnützigen Siedlungsgenossenschaft begonnen, auf dem Lehfeld neue Wohnungen zu errichten.

Warum man die erste Straße als *Ostblock* bezeichnet hat, weiß ich nicht. In den fünfziger Jahren wurde sie umbenannt, aber der Volksmund hat den Namen beibehalten und auf das ganze Viertel bezogen.«

»Wieder was gelernt.« Röverkamp trank von seinem Cappuccino. Seine Gedanken waren zu den Recherchen zurückgekehrt. »Sollen wir nach dem Sohn der Blessings suchen und ihn vernehmen? Oder überlassen wir das Marie und Jan.«

Christiansen neigte den Kopf. »Streng genommen lag schon die Befragung der Eltern nicht in unserer Kompetenz.« Er grinste verschwörerisch und senkte die Stimme. »Andererseits sind wir ein gutes Stück vorangekommen. Jetzt bleiben wir nicht auf halbem Wege stehen, oder? Was meinst du? Wär' doch toll, wenn wir den jungen Kollegen am Freitag zwei Namen auf den Tisch legen könnten. Den des Zielhafens der *Seeteufel* und den der vierten Person an Bord.« Mit Daumen und Zeigefinger demonstrierte er eine winzige Lücke. »Wir sind so dicht dran.«

»Mich brauchst du nicht zu überreden.« Röverkamp schmunzelte. Längst hatte ihn das Jagdfieber gepackt. Er brannte darauf, die beiden Rätsel zu lösen. »Diesen Bastian Blessing zu finden, dürfte nicht so schwer sein. Aber rauszukriegen, ob die Segelyacht vor ... siebzehn Jahren im Hafen von Helgoland war ...«

»Kommt drauf an«, unterbrach Christiansen ihn.

»Worauf?«

»Ob ich einen alten Bekannten und Kollegen ausfindig machen kann, der vor deiner Zeit bei uns war, später nach Helgoland gegangen ist, auf der Insel etliche Jahre Dienst absolviert hat und dann dort geblieben ist. Otto Reimers. Er müsste Ende siebzig sein. Zu Weihnachten schickt er uns immer eine Karte und wir ihm auch. Otto kennt jeden auf Helgoland und weiß alles über die Insel. Wenn damals irgendwas vorgefallen ist, weiß er das oder er kriegt es raus.«

»Immerhin ein Hoffnungsschimmer.« Röverkamp schlürfte den letzten Rest Milchschaum aus seiner Tasse. »Aber jetzt lass uns aufbrechen und erst mal am Schleusenpriel nach Bastian Blessing Ausschau halten.«

Kapitel 11

Im blauen Wasser des Schleusenpriels spiegelte sich das Bild der alten *Hermine.* Der Frachtsegler, dessen wechselvolle Geschichte während der neunziger Jahre in ein Museumsprojekt gemündet war und zum touristischen Aushängeschild wurde, war ein beliebtes Fotomotiv. Touristen hoben Smartphones und Kameras, um den restaurierten Gaffelschoner von allen Seiten abzulichten. Auf dem Rasen am Priel genossen Einheimische und Besucher die Sonne, Kinder vergnügten sich am Wasser oder an den Spielgeräten.

Den kleinen Trupp mehr oder weniger verwahrloster Menschen mussten sie nicht lange suchen. Unartikulierte Rufe und das Klirren von Flaschen wiesen ihnen den Weg zu einem Platz im Schatten. Ein halbes Dutzend Männer und eine Frau hatten sich unter den Bäumen niedergelassen, um ihrer Lieblingsbeschäftigung nachzugehen: Trinken und Streiten.

Sie verstummten, als Christiansen und Röverkamp zu ihnen traten und ihre Ausweise präsentierten. »Jetzt schickense schon Rentner los«, krähte einer. »Die Bullerei is aunichmehr, wasse ma war.«

»Moin«, grüßten die Ermittler. »Wir suchen Herrn Blessing.« Konrad Röverkamp musterte die Anwesenden. »Bastian Blessing. Ist er hier?«

»Wer will das wissen?«, fragte ein etwa dreißigjähriger Mann in Jeans und T-Shirt. Er stand breitbeinig in der Gruppe, hatte beide Daumen hinter den Gürtel gehakt und starrte ihn herausfordernd an.

»Mein Name ist Christiansen«, beantwortete der ehemalige Kriminaloberrat die Frage. »Mein Kollege Röverkamp und ich wollen einen alten Fall aufklären.«

Im Gesicht des Fragestellers zeichnete sich Neugier ab. »Alter Fall?«

»Es geht um eine Segelyacht, die 2002 mit drei Menschen an Bord verschwunden ist.«

Der Mann sah ihn nachdenklich an; schließlich nickte er. »*Seeteufel.* Weiß Bescheid.«

»Sie sind Bastian Blessing?«, fragte Röverkamp.

»Hundert Pro.« Blessing bückte sich, hob eine Bierflasche auf und schwenkte sie mit dem Hals nach unten. Ein paar Tropfen fielen heraus. »Ham grad Ebbe. Dabei ist die Luft heute so trocken.«

Christiansen warf seinem Kollegen einen Blick zu und wandte sich wieder an Blessing. »Dagegen lässt sich was tun. Können wir uns einen Augenblick unterhalten? Danach gibt's was. Während Sie mit meinem Kollegen sprechen, besorge ich was gegen die Trockenheit.« Er nickte Röverkamp mit verhaltenem Schmunzeln zu und wandte sich zum Gehen.

»Was wissen Sie über die Fahrt der *Seeteufel*?« Röverkamp hatte Blessing zu einer Bank geführt und sich neben ihm niedergelassen. Christiansen war unterdessen in Richtung *Lütte Fischbude* verschwunden.

»Da is meine Schwester mit untergegangen. Hat aber selber Schuld gehabt. Weil – sie hat sich mit diesem Arschloch eingelassen.«

»Arschloch?«

Blessing machte eine wegwerfende Handbewegung. »Erik

hieß der. So ’n reicher Schnösel. Wollte mit Papas Yacht die Mädchen beeindrucken.«

»Das Ziel der Fahrt hat Ihre Mutter später von Ihnen erfahren. Richtig?«

»Helgoland«, bestätigte Blessing. »Hab ich gehört, als Kathi telefoniert hat. Musstich damals aber für mich behalten.«

»Haben Sie auch mitbekommen, wer die anderen Mitfahrer waren?«

»Klar. Benny. Das ist der …«

»Das wissen wir«, unterbrach Röverkamp ihn. »Gab es nicht noch eine Person?«

Blessing schüttelte den Kopf. »Eine Freundin von Kathi sollte mitfahren. Aber die konnte wohl nicht. Ist jedenfalls nicht auf dem Boot gewesen. Hab sie später in der Stadt gesehen.«

»Erinnern Sie sich an ihren Namen?«

»Julia. Sie hieß Julia. Nachname weiß ich nicht.«

Röverkamp stand auf. »Vielen Dank. Sie haben uns sehr geholfen.«

»Und was is mit Flüssigkeit für meine trockene Kehle?«

»Schauen Sie!« Röverkamp deutete auf Claus-Peter Christiansen. »Mein Kollege kommt schon.« Dieser näherte sich mit großen Schritten und trug eine Plastiktüte, in der sich Flaschen abzeichneten.

»Seid ihr fertig?«, fragte er und reichte Blessing die Tüte, der sich mit einer Geste bedankte und rasch in Richtung seiner Kumpane davoneilte. Röverkamp nickte.

»Lass uns verschwinden«, raunte Christiansen. »Bevor die sich die Beute teilen.«

»Mit dem neuen Biervorrat sind die erst mal ruhiggestellt«, vermutete Röverkamp.

Sein ehemaliger Chef schüttelte den Kopf. »Kein Bier. Mineralwasser.«

*

Seit der Befragung durch die Kriminalbeamten und der Abgabe ihrer Fingerabdrücke waren erst wenige Tage vergangen, dennoch schien sich für Julia das Leben zu normalisieren. Noch immer tauchte das Bild des toten Ralf Börnsen im Wechsel mit Eriks grinsendem Gesicht vor ihr auf, aber die Eindrücke begannen zu verblassen. Weder von der Polizei noch von Erik hatte sie etwas gehört. Sie beschloss, Leonie nach Hause zu holen und das geplante Ferienprogramm fortzusetzen. Als Nächstes stand eine Fahrt mit der Moorbahn durch das Ahlenmoor auf dem Plan. Die umgebaute Feldbahn des ehemaligen Torfwerks fuhr auf einem Rundkurs durch ein Naturschutzgebiet. Dort gab es Tiere, für die Leonie sich begeistern würde.

Sie rief ihre Mutter an, um nach ihr zu fragen, und erfuhr, dass Leonie viel lieber noch bei ihrer Oma bleiben wollte. Die schien nichts dagegen zu haben. »Ich komme euch besuchen«, erklärte Julia. »Und dann sehen wir weiter.«

Auf dem Weg nach unten angelte sie einen amtlich aussehenden Umschlag aus dem Briefkasten. Das kam selten vor, meistens fand sie nur Werbung oder Rechnungen darin. Mit klopfendem Herzen suchte sie nach dem Absender. Polizei? Staatsanwaltschaft? Nein. Der Brief kam von einer Anwaltskanzlei. Was konnte ein Rechtsanwalt von ihr wollen? Hin- und hergerissen zwischen Empörung, Neugier und einer Spur schlechten Gewissens starrte sie auf den Absender. *Rechtsanwalt und Notar Dr. Lars Lindhorst.* Darunter eine Zeile mit kleinen Buchstaben. Julia kniff die Lider zusammen, hob den Umschlag vor die Augen und entzifferte die winzigen Lettern: Notariat. »Was will der von mir?«, murmelte sie. Skeptisch, aber auch voller Neugier, riss sie den Umschlag auf und überflog den Text. Erst beim zweiten Lesen verstand sie, worum es ging. Um einen Termin für eine Testamentseröffnung. Betr.: *Nachlass und testamentarische Verfügung des verstorbenen Ralf Börnsen.*

Hatte er ihr etwas vererbt? Das konnte eigentlich nicht sein. Sie waren sich einig gewesen, dass zwischen ihnen alles geklärt war, auch finanziell. Sollte er es sich später anders überlegt haben? Warum? Weil er sonst keinen Erben hatte? Seine Frau lebte noch, war jünger als er. Musste sie nicht alles bekommen? Und Erik. Er war nicht tot, er war nach Cuxhaven zurückgekehrt. Bestimmt würde er sein Erbe einfordern. Wenn sein Vater ihr, Julia, etwas vermacht hatte, würde es Ärger geben. Erik war nicht der Typ, der freiwillig teilte. Mit ihm würde sie sich nicht anlegen. Womit auch immer Ralf sie bedacht haben mochte – sie konnte es nicht annehmen. »Ein Erbe kann man ausschlagen«, murmelte sie. »Und genau das werde ich tun.«

*

Der Airbus A 320 des Fluges TAP 0568 der Air Portugal war pünktlich um 11.45 in Hamburg gelandet. Erik hatte an Bord gefrühstückt, sich dazu einen Piccolo gegönnt und war gut gelaunt. Heute würde er offiziell in Cuxhaven ankommen. Außer Julia Jacobs und Joana wusste niemand, dass er zuvor schon zwei Tage und zwei Nächte dort verbracht hatte. Bevor er am Hauptbahnhof in den Regionalexpress steigen würde, wollte er seine Mutter besuchen. Joana hatte für ihn herausgefunden, wo sie lebte und ihm sogar eine Telefonnummer geschickt. Er hatte jedoch darauf verzichtet, anzurufen. Da er nur mit Handgepäck reiste, konnte er das Flughafengebäude zügig verlassen. Vorm Terminal 1 stieg er in ein Taxi und gab das Ziel an.

Eine knappe halbe Stunde stand er am Empfang des *Carolinum Alsterblick* und sah sich mit einem unerwarteten Hindernis konfrontiert. Unangemeldet, beharrte die Dame freundlich, aber bestimmt, könne er niemanden besuchen, ohne sich als Angehöriger auszuweisen.

Sein alter Personalausweis war längst abgelaufen, das Foto darin hatte wenig Ähnlichkeit mit ihm. Als er seinen Führerschein und sein Flugticket danebenlegte, ließ sich die Empfangsdame erweichen, nannte ihm die Nummer des Apartments und zeigte ihm den Aufzug, den er benutzen musste.

Sein Klopfen ergab zunächst keine Reaktion. Erst nach dem zweiten Mal vernahm er hinter der Tür die Stimme seiner Mutter. »Ja, bitte!«

Auf den Anblick war er vorbereitet. Über das Internet hatte er die Ereignisse in Cuxhaven verfolgt, zeitweise sogar die Online-Ausgaben der Cuxhavener Nachrichten und der Nordsee-Zeitung abonniert. So hatte er auch den Bericht über den Verkehrsunfall gelesen, bei dem Ralf Börnsen seine Frau Christina zum Krüppel gemacht hatte. Dennoch erschrak er, als er den Flur durchquert hatte, das Wohnzimmer betrat und den Rollstuhl sah. Die Frau darin saß an einem Schreibtisch, vor sich hatte sie einen Computermonitor und eine Tastatur. Es vergingen einige Sekunden, bevor sie sich zu ihm umwandte. »Ja, bitte?«, wiederholte sie, diesmal als Frage. In ihrem Gesicht las er Erstaunen und Ungläubigkeit, während in den Augen schon die Freude stand. Mit einer hastigen Bewegung löste sie sich vom Schreibtisch, rollte auf ihn zu, streckte die Arme aus. »Erik!«, rief sie mit heiserer Stimme, »bist du's wirklich?«

So gut es ging, nahm Erik seine Mutter in die Arme. Wortlos, denn die Sätze, die er sich zur Begrüßung zurechtgelegt hatte, waren zerronnen. »Mama«, flüsterte er an ihrer Schulter. »Ich bin ... habe ... komme aus Portugal.«

Sie umklammerte ihn so fest, dass sich ihr Körper aus dem Rollstuhl hob. »Du hast überlebt, mein Junge. Und bist wieder bei mir. Was für ein wunderbarer Tag! Warst du die ganze Zeit in Portugal? Bleibst du jetzt hier?«

»Nein. Ja.« Erik kämpfte gegen einen Ansturm ungewohnter Gefühle. »Jedenfalls die meiste Zeit. Zurückgekommen bin ich, weil ... ich gelesen habe, dass Vater ... gestorben ist. Und ja, ich bleibe hier.«

»Das ist schön.« Christina Börnsen griff nach Eriks Hand. »Komm, mein Junge, setz dich!« Sie zog ihn zur Sitzgruppe.

»Hast du Hunger? Was soll ich bringen lassen? Frühstück? Oder was zu trinken? Wir können auch nach unten ins Restaurant ...«

Erik wehrte ab. »So lange kann ich mich nicht aufhalten. Ich will heute noch nach Cuxhaven.«

Seine Mutter warf einen Blick auf die Uhr. »Das verstehe ich, du willst dich um alles kümmern. Richtig so. Das Hotel braucht eine Führungspersönlichkeit. Aber dein Ding war das nie. Ist das jetzt anders?«

»Ja.« Erik nickte. »Habe in Portugal Gefallen an dem Business gefunden und mich eingearbeitet.«

»Freut mich zu hören. Aber ein bisschen Zeit haben wir noch. Ich bestelle uns einen kleinen Imbiss. Und einen Prosecco. Auf deine Wiedergeburt müssen wir anstoßen.«

»Gern.« Erik lächelte seiner Mutter zu und wartete, bis sie ihre Bestellung aufgegeben hatte. »Du hast gerade das Hotel angesprochen«, begann er. »Jemand muss die Geschäftsführung übernehmen. Ich weiß nicht, ob Vater für den Fall der Fälle Vorsorge getroffen hat.«

»Das weiß ich auch nicht.« Christina Börnsen winkte ab. »Aber ich glaube nicht, dass er ein Testament gemacht hat. Er war ja noch keine siebzig und topfit.«

»Also gehört das Unternehmen jetzt dir. Oder?«

»Und dir, mein Junge.« Eriks Mutter strahlte. »Wie das juristisch genau ist, spielt für mich keine Rolle. Ich brauche das Hotel nicht, könnte es auch nicht leiten. Also überschreibe ich dir meinen Anteil. Der künftige Inhaber heißt Erik Börnsen.«

*

Monika Jacobs hatte vierzig Jahre als Rechtsanwalts- und Notariatsgehilfin gearbeitet. Die Bezeichnung für den Beruf war während ihrer Berufstätigkeit geändert worden, aber den Begriff Notarfachangestellte akzeptierte Monika Jacobs nicht. Julia hatte ihr den Brief in die Hand gedrückt. Sie würde ihr erklären können, was sie tun musste, um einem Erbe zu entgehen, dass sie unweigerlich in Konflikt mit Erik Börnsen bringen würde.

»Du kannst das Erbe nicht ausschlagen«, stellte ihre Mutter fest, nachdem sie das Schreiben des Notars gelesen hatte.

»Warum nicht? Ich denke, niemand kann gezwungen werden, eine Erbschaft anzunehmen.«

»Du bist nicht die Begünstigte«, erklärte ihre Mutter, »sondern vom Erblasser als Testamentsvollstrecker eingesetzt. Im Gesetz heißt es, der Testamentsvollstrecker hat die letztwilligen Verfügungen des Erblassers zur Ausführung zu bringen. Das bedeutet, du musst den Nachlass beziehungsweise einen Teil des Nachlasses verwalten und dafür sorgen, dass der Begünstigte zu einem vom Erblasser, also von Herrn Börnsen, festgesetzten Zeitpunkt in den Genuss des Erbes kommt.«

Julia schüttelte den Kopf. »Der Begünstigte? Festgesetzter Zeitpunkt? Genuss des Erbes? Ich verstehe das alles nicht.«

»Eigentlich kann es nur eins bedeuten.« Monika Jacobs ließ das Schreiben sinken und sah ihre Tochter nachdenklich an. »Du hast mir nie gesagt«, flüsterte sie nach einem Blick durch die Tür auf ihre Enkelin, die nebenan in *Die kleine Hexe* vertieft war, »wer Leonies Vater ist.«

»Was hat das jetzt damit zu tun?«, empörte sich Julia. In dem Augenblick, in dem sie die Frage formulierte, fielen ihr die sprichwörtlichen Schuppen von den Augen. »Leonie«, murmelte sie. »Mit *Begünstigter* meinst du Leonie. Ralf hat sie als Erbin eingesetzt.«

Ihre Mutter lächelte. »Also ist … war Ralf Börnsen …« Sie holte Luft und atmete heftig aus. »Daher die Wohnung! Und mit seinem Testament sichert er die Zukunft seiner Tochter. Das ist doch anständig. Findest du nicht?«

»Das ist vor allem gefährlich. Für Leonie, für mich, für uns alle.«

»Wie kann eine Erbschaft gefährlich sein?«, entgegnete Monika Jacobs. »Was redest du für einen Unsinn.«

»Ralf hat einen erwachsenen Sohn. Der wird alles daransetzen, das gesamte Erbe für sich zu bekommen. Mit *alles* meine ich wirklich *alles.*«

»Börnsen? Sohn? Hast Du ihn nicht sogar gekannt?« Julias Mutter schüttelte energisch den Kopf. »Der ist schon vor zwanzig Jahren oder so auf der Nordsee tödlich verunglückt. Ich erinnere mich noch an die Zeitungsartikel. Du nicht?«

»Doch«, bestätigte Julia. »Aber er ist nicht wirklich ums Leben gekommen. Er ist wieder da.«

»Das glaube ich nicht. Der ist mit einem Segelboot unterwegs gewesen. Und das ist gesunken. Es gab einen Toten. Weiß ich noch genau. Wer behauptet denn, dass der junge Börnsen …?«

»Ich habe ihn gesehen«, unterbrach Julia ihre Mutter. »Beim Sommerfest am Meer. In der Grimmershörn-Bucht.« Die weiteren Begegnungen mit Erik erwähnte sie nicht.

»Du musst dich geirrt haben. Wie willst du denn nach so langer Zeit jemanden erkennen, der inzwischen fast zwanzig Jahre älter ist. Unter so vielen Leuten, in dem Gedränge ...«

»Ich weiß es«, beharrte Julia. »Und es macht mir Angst.« Sie warf ebenfalls einen Blick ins Nebenzimmer und senkte die Stimme. »Ich würde Leonie ja gern abholen. Aber nun ... Kann sie noch ein paar Tage bei dir bleiben?«

»Selbstverständlich. Solange du willst und solange sie möchte. Ich freue mich, wenn sie bleibt. – Was hast du vor?«

»Ich muss nachdenken. Und mich um diese Erbschaftsangelegenheit kümmern.«

»Denk daran, dass es nicht um dich geht!« Monika Jacobs hob einen ausgestreckten Zeigefinger. »Du hast nicht das Recht, deinem Kind sein Erbe vorzuenthalten.«

»Ich weiß«, murmelte Julia, »es geht mir um etwas anderes.« Sie stand auf und nahm ihrer Mutter den Brief aus der Hand. »Ich sage Leonie Bescheid.«

Ihre Tochter sah nur kurz auf. »Cool, dass ich noch bei Oma bleiben darf«, sagte sie und vertiefte sich sofort wieder in ihre Lektüre. Das Buch von der *Kleinen Hexe* hatte Julia als Kind ebenfalls verschlungen. Leonie schien ihre Leidenschaft fürs Lesen geerbt zu haben, das gefiel ihr. Wenngleich sie der kühle Abschied ihrer Tochter ein wenig schmerzte.

*

Das Restaurant am Dorumer Tief war Marie vertraut. Trotzdem machte sie sich voller gespannter Erwartung auf den Weg. Es war weniger das kulinarische Angebot als die Hoffnung auf Erkenntnisse zum Fall der 2002 verschollenen Yacht. Konrad Röverkamp hatte sie angerufen und vom Inhalt der Akten und von Gesprächen mit Angehörigen des seinerzeit vermissten Mädchens berichtet. Christiansen würde dem Hinweis auf die Insel Helgoland nachgehen und heute Abend das Ergebnis seiner Recherchen mitbringen. Marie knüpfte daran die Hoffnung, ein klareres Bild der damaligen Ereignisse zu bekommen. Ob ihr das allerdings weiterhelfen würde, war völlig unklar.

Zurzeit traten sie im Fall Ralf Börnsen auf der Stelle. Die Obduktion hatte Hinweise auf die Ursache des Sturzes ergeben. Auf der Brust des Hoteliers waren Hämatome entdeckt worden, die auf einen kräftigen Stoß hindeuteten. Die Annahme, dass er durch Fremdverschulden ums Leben gekommen war, hatte sich dadurch erhärtet. Leider hatten die Kriminaltechniker noch keine weiterführenden Spuren gefunden. Der Täter musste Handschuhe getragen oder einen Gegenstand benutzt haben.

Jan vertrat die Auffassung, dass auch eine Frau die Tat begangen haben konnte und hielt Julia Jacobs jetzt für hinreichend verdächtig. Marie war inzwischen sicher, dass sie Börnsen nicht vom Hoteldach gestoßen hatte, musste sich aber eingestehen, dafür keine Beweise zu haben, sondern lediglich ihr Gefühl ins Feld führen zu können. Zusätzlich erschwerte ausgerechnet Felix die Ermittlungen. Nachdem er das Ereignis als Thema entdeckt hatte, brachte er in jeder neuen Ausgabe der Cuxhavener Nachrichten einen Artikel zum Fall Börnsen. »Der bringt uns neue Leser«, hatte er freudestrahlend verkündet. »Mysteriöses Verbrechen in unserer Stadt – das interessiert die Leute.«

Damit hatte er offensichtlich Recht. Denn in der Zentrale der Polizeiinspektion liefen die Telefone heiß. Unzählige Anrufer wollten zur Aufklärung beitragen, sich wichtigmachen oder auch nur für Verwirrung sorgen. Pressesprecherin Anne Lüken hatte alle Hände voll zu tun, die Spreu vom Weizen zu trennen. In den sozialen Medien tobte ein Wettbewerb um größtmögliche Aufmerksamkeit. Die Beiträge der Nutzer reichten von schwülstigen Kondolenzbezeugungen über angebliche Beobachtung der Tat und hämische Anmerkungen zur Unfähigkeit der Polizei bis zur Verhöhnung des Todesopfers. Anne war nicht zu beneiden, denn sie musste stündlich abwägen, ob sie mit Richtigstellungen reagieren, den Unsinn ignorieren oder brauchbar erscheinende Hinweise an die ermittelnden Kollegen weiterleiten sollte.

Die Strandhalle gehörte zu einem Gebäudekomplex, in dem auch das *Watt'n Bad* untergebracht war. Die Badelandschaft schien gut besucht zu sein, denn als Marie ihren Roller abstellte, wehte die typische Geräuschkulisse zu ihr hinüber. Auch am Hafen war Betrieb. Einige der farbenfrohen Kutter lagen am Kai und löschten gerade ihre Ladung. Begleitet wurde der Abtransport des Fangs von zahlreichen Touristen. Der Gedanke an frische Krabben ließ Marie das Wasser im Mund zusammenlaufen. Vielleicht würde sie heute statt Lachsfilet auf Blattspinat lieber das Fischerfrühstück nehmen oder die Krabben mit Bandnudeln in Kräuterrahmsauce. Sie schluckte und eilte den Weg zur Strandhalle hinauf.

»Hallo, Marie!« Vom Gezeitenbrunnen winkte ihr Jan Feddersen zu. Er hielt sein Smartphone hoch und bedeutete ihr, näherzukommen.

»Lass uns ein Foto machen! Fürs Büro. Mit dem Leuchtturm Obereversand im Hintergrund. Wir haben Hochwasser, die Sonne scheint. Im Hafen liegen Schiffe, draußen fahren Segelboote. Traumhaft. In der dunklen Jahreszeit können wir uns dann darüber freuen.«

»Schöne Idee!«, lachte Marie und zog ebenfalls ihr Handy aus der Tasche. »Jeder macht eine Aufnahme, und das schönere Bild hängen wir auf. Aber dann lass uns reingehen! Ich habe Hunger. Und wie ich meine alten Chefs kenne, sitzen die schon am Tisch und studieren die Speisekarte.«

»Guten Tag, Frau Janssen«, begrüßte die Frau des Inhabers sie, als sie das Restaurant betraten. »Herr Röverkamp ist schon da. Mit einem Kollegen.« Sie deutete zur weitläufigen Terrasse. »Die Herren möchten draußen einen Aperitif nehmen. Ihr Tisch am Fenster ist aber auch bereit.«

Marie machte sie mit Jan Feddersen bekannt und ging voraus. Konrad Röverkamp und Claus-Peter Christiansen saßen in einem der Strandkörbe, hatten jeder ein großes Bier vor sich und waren offensichtlich bester Laune. »Schön, dass ihr da seid!«, rief Maries ehemaliger Chef und Kollege und gab einem der Kellner einen Wink. Der begrüßte die Ankömmlinge mit einem freundlichen Lächeln von der geöffneten Terrassentür aus und ging sofort hinein, ohne ihre Bestellung entgegengenommen zu haben.

»Setzt euch!«, forderte Röverkamp und deutete zu den Sesseln auf der anderen Seite des Tisches, auf dem zwei Speisekarten lagen. »Entschuldigt bitte, dass wir schon Getränke bestellt haben. Wir sind mit unseren Fahrrädern hier. Sind zwar E-Bikes, trotzdem hat uns die Spritztour ein bisschen ins Schwitzen gebracht. Ihr kriegt auch gleich was.«

Kaum hatten Marie und Jan sich gesetzt, erschien der Kellner mit einem Tablett, darauf ein frisch gezapftes Bier und ein beschlagenes Glas, in dem eine orangerote Flüssigkeit perlte. »Einen Aperol Spritz für die Dame und ein Pils für den Herrn«, sagte er und stellte die Getränke vor ihnen ab. »Zum Wohl!«

»Was für ein Service!«, entfuhr es Marie. »Ich bekomme meinen Lieblingsaperitif, ohne zu bestellen.«

Konrad Röverkamp warf dem Kellner einen konspirativen Blick zu und grinste. »Frau Aggelidis war so freundlich, uns einen kleinen Tipp zu geben. Und dass Kollege Feddersen ein kühles Bier nicht verachtet, weiß ich seit meiner Abschiedsfeier.« Er hob sein Glas. »Prost!«

Nachdem alle miteinander angestoßen hatten, schob Claus-Peter Christiansen die Speisekarten über den Tisch. »Konrad und ich haben schon gewählt. *Fischplatte Dorumer Tief* und *Wurster Variation.*«

»Ich nehme was mit Krabben«, erklärte Marie und schlug die Karte auf. Mit dem Ellenbogen stieß sie Jan Feddersen an, der den Blick aufs Meer gerichtet hatte. »Und du? Auch Fisch? Sonst kann ich dir das Rumpsteak empfehlen.«

»Ich kann mich gar nicht von dem Anblick trennen«, antwortete ihr Kollege. »Einen so schönen Platz mit Blick auf die Nordsee habe ich hier nicht vermutet.«

»Genau genommen sind wir noch im Bereich der Wesermündung«, erklärte Claus-Peter Christiansen und deutete zur Seeseite. »Da hinten kannst du Kreuzfahrt- und Frachtschiffe auf dem Weg von und nach Bremerhaven sehen. Bei guter Sicht erkennt man die Container-Brücken vom Jade-Weser-Port Wilhelmshaven.«

»Und den Windpark Nordergründe«, ergänzte Marie und wandte sich an den Kellner. »Ich nehme das Fischerfrühstück.«

»Und ich das Pfeffersteak.« Feddersen klappte die Speisekarte zu.

Nachdem der Kellner sich abgewandt hatte, um ihre Bestellungen zur Küche zu bringen, warf Marie einen Blick in die Runde und beugte sich vor. »Ich kann's gar nicht abwarten«, raunte sie. »Habt ihr was für uns herausgefunden?«

Die pensionierten Kriminalisten sahen sich an und grinsten. »Eigentlich«, antwortete Röverkamp, »möchten wir erst in Ruhe essen und danach die dienstlichen Angelegenheiten besprechen.«

Marie stöhnte auf. »Oh nein. Das halte ich nicht aus. Wollt ihr uns wirklich so lange zappeln lassen?«

»Würden wir schon gern«, gab ihr ehemaliger Kollege lächelnd zu. »Um euch ein bisschen auf die Folter zu spannen. Aber ihr sollt natürlich das Essen entspannt genießen. Ein paar gute Nachrichten können sicher dazu beitragen.« Er wandte sich an Claus-Peter Christiansen. »Willst du anfangen?«

Der ehemalige Kriminaloberrat nickte und zog einen Schreibblock aus der Tasche. »Wir haben vielleicht ein wenig unsere Kompetenzen überschritten. Aber niemand hat sich beschwert und das Ergebnis kann sich sehen lassen.«

Claus-Peter Christiansen warf einen Blick auf seine Notizen. »Zu den Ereignissen im Juni 2002 haben wir eine interessante Entdeckung gemacht. Damals sind drei Personen verschwunden. Ein junger Mann ist später als Leiche angetrieben worden, zwei andere wurden vermisst. Tatsächlich sind aber beim Start in Cuxhaven vier Menschen an Bord gewesen. Die Reise ging nach Helgoland. Die vierte Person ist dort von Bord gegangen, weil es offenbar Unstimmigkeiten gegeben hat. Mein alter Freund und Kollege Otto Reimers von der Insel Helgoland hat mir Kontakt zu einer Kollegin vermittelt, die damals dort Dienst hatte und sich noch an die Begegnung erinnern kann. Auch an den Vornamen der jungen Frau. Sie hieß Julia.« Er verschränkte die Arme und lehnte sich zurück.

Marie öffnete verblüfft den Mund und schloss ihn wieder.

»Aber nicht Julia Jacobs?«, fragte Jan Feddersen. »Oder?«

»Das müsst ihr schon selbst herausfinden«, warf Konrad Röverkamp ein. »Wir dürfen ja keine Vernehmungen durchführen, schon gar nicht mit Zeugen eines aktuellen Tötungsdelikts. Aber es könnte sich lohnen, mit der Dame zu sprechen. Wenn es eine Verbindung von ihr zu Erik Börnsen gibt ...«

»... bekommt ihr Besuch bei Ralf Börnsen eine neue Dimension«, ergänzte Marie. »Und unser Fall womöglich eine Wendung.« Sie hob ihr Glas. »Herzlichen Dank für eure Mühe! Das habt ihr toll gemacht. Eine Kompetenzüberschreitung kann ich dabei übrigens nicht erkennen.« Sie wandte sich an Jan Feddersen. »Wie die Kollegen im Einzelnen an ihre Erkenntnisse gekommen sind, müssen wir nicht wissen, oder?«

Feddersen schüttelte den Kopf. »Würde mich zwar interessieren, aber ... nein, nötig ist das nicht.«

Erneut klirrten die Gläser.

»Möchten Sie nach drinnen wechseln?«, fragte der Kellner, der unbemerkt aufgetaucht war. »Die Küche ist gleich so weit.«

Die Runde entschied sich, auf der Terrasse zu bleiben. Wenig später kamen die bestellten Speisen. Marie fiel auf, dass der Mann, der sie bediente, bei der Aufnahme der Bestellung keine Notizen gemacht hatte. Trotzdem servierten er und seine Kollegin jedem das bestellte Gericht, erklärten die Zusammensetzung und wünschten guten Appetit.

»Toller Service«, murmelte Jan. »Findet man selten. Und das Essen sieht fantastisch aus.«

»So schmeckt es auch«, versprach Marie. Konrad Röverkamp nickte bestätigend. »Guten Appetit allerseits!«

Kapitel 12

2002

»Was wollte dieser verdammte Flieger?«, murmelte Erik Börnsen, nachdem das einmotorige Sportflugzeug die Yacht umkreist hatte und in südliche Richtung weitergeflogen war. »Wir sind kein Besichtigungsobjekt für neugierige Hobbypiloten.« Zum Glück hatte er eine Persenning über den Toten geworfen, sodass auch von oben niemand erkennen konnte, was sich darunter verbarg. Nachdem die Maschine verschwunden war, rückte die Begegnung rasch in den Hintergrund.

Er hatte ganz andere Probleme. Eine Leiche an Bord. Und eine völlig durchgedrehte Katharina. Nachdem er ihr eröffnet hatte, dass Benjamin nach ihrem Schlag mit dem Flaggenstock kein Lebenszeichen mehr zeigte, hatte sie abwechselnd geheult, getobt und geschrien. Inzwischen war sie offenbar so erschöpft, dass sie nur noch zusammengesunken in einer Ecke kauerte und vor sich hin wimmerte. In diesem Zustand konnte er sie nicht nach Hause bringen. Er malte sich aus, was passieren würde, wenn er mit ihr und dem toten Benny in Cuxhaven anlegen würde. Erst gäbe es große Aufregung im Yachthafen, dann käme Polizei an Bord und spätestens am nächsten Tag hätte die Stadt einen Skandal, in dessen Mittelpunkt er, Erik Börnsen, stehen würde. Wie sein Vater reagieren würde, mochte er sich gar nicht erst vorstellen. Und dann gab es noch die Unsicherheit mit Kathi. Würde sie den Mord an Benjamin gestehen? Genau genommen war es ja kein Mord, sondern ein

Versehen, ein Unfall, schlimmstenfalls Totschlag. Aber das würde nichts am Aufsehen ändern, das seine Ankunft verursachen würde.

Gab es einen Ausweg? Heute rechnete ohnehin niemand mit seiner Rückkehr. Kathi und Benny würden erst am Sonntagabend vermisst werden. Die Yacht und er wahrscheinlich erst am Montag. Wenn überhaupt. Bis sein Vater die Kreditkarten sperren würde, konnten etliche Tage vergehen. Bis dahin würde er bis nach Holland oder Belgien gesegelt sein, vielleicht auch nach England oder Frankreich. Das Beste wäre doch, im Ausland unterzutauchen, ein neues Leben anzufangen. Wenn Kathi nicht wäre. Oder *mit* ihr? Wie *Mickey* und *Mallory* in *Natural Born Killers* durch die Welt ziehen – natürlich ohne Menschen zu ermorden. Der Film hatte ihn vor zwei oder drei Jahren begeistert. Aber es war eben nur Kino. Trotzdem, die Idee war vielleicht gar nicht so schlecht. Zu zweit irgendwo eine Existenz aufbauen – fern von seinem Vater und spießigen Kleinstädtern, auf die man Rücksicht nehmen musste. Sein Blick wanderte zu Katharina. Bisher war sie gefügig gewesen. Aber würde das so bleiben? Wäre sie bereit, sich von allem zu trennen? Von ihrer Mutter und dem kleinen Bruder, den sie so abgöttisch liebte?

Erik aktivierte den Autopiloten und verließ den Steuerstand, um mit Kathi zu reden. Einen Versuch war es wert. Sein Fuß stieß gegen die Plane, mit der er den leblosen Körper seines Freundes bedeckt hatte. Sie war verrutscht und hatte einen Arm und ein Stück Bein freigegeben. Verärgert zog er die Abdeckung zurecht. In dem Augenblick wurde ihm klar, dass er die Leiche loswerden musste. Ob er seinen Plan mit oder ohne Katharina verwirklichen würde – mit einem Toten an Bord konnte er keinen Hafen ansteuern. Kathi konnte er zur Not irgendwo absetzen, aber Benny musste von Bord. Am besten sofort. Er warf einen Blick in die Runde. Die Gelegenheit war günstig, kein Schiff in der Nähe, auch kein Flugzeug. Mit Kathi würde er später reden. Rasch rollte er die Persenning zusammen und warf sie in den Niedergang. Dann packte er Benjamins Oberkörper und zerrte ihn auf die Reling. Als er die Beine anhob, schrie Katharina hinter ihm auf.

»Erik! Was machst du? Du kannst doch nicht …« Plötzlich stand sie hinter ihm und zerrte an seiner Schulter. Erik löste eine Hand von Benjamin, holte aus und schlug Kathi ins Gesicht. Sie taumelte zurück, fiel rückwärts auf die Sitzbank. Rasch wuchtete er Bennys Beine über die Reling und stieß den Körper hinüber. In dem Augenblick, als er fiel, drang ein Aufstöhnen an Eriks Ohr.

Erneut stieß Katharina einen Schrei aus. »Er lebt noch!«, rief sie. »Wir müssen ihm helfen!« Im nächsten Augenblick hatte sie Schuhe und Jeans abgestreift, stand auf einer der Sitzbänke, schwang ein Bein über die Reling.

»Lass den Blödsinn!«, schrie Erik, versuchte, sie zu packen, erwischte ihr Top. Es zerriss, als sie über Bord sprang.

Fluchend stürzte Erik zum Steuerstand und leitete das Mann-über-Bord-Manöver ein. Nachdem er die Yacht auf Gegenkurs gebracht hatte, hielt er Ausschau nach Katharina. Kurz sah er ihren Kopf auf einem Wellenkamm auftauchen und wieder verschwinden. Benny war nicht zu sehen. Kathi würde ihn nicht retten können. Wenn er wirklich noch gelebt hatte, würde er ertrinken, bevor sie ihn erreichte. Sie konnte von Glück sagen, wenn sie selbst überlebte, wenn es ihm gelang, sie aus dem Wasser zu ziehen. Aber die Bedingungen waren ungünstig. Er musste die Segel reffen und mit Motorkraft versuchen, sie wiederzufinden. Beides würde wahrscheinlich zu lange dauern. Angestrengt starrte er in die Richtung, in der er Katharina vermutete, konnte sie aber nicht mehr ausmachen. Unschlüssig wanderte sein Blick zwischen Großsegel und Fock hin und her, dann wieder übers Wasser. Die Stelle, an der Kathi über Bord gegangen war, ließ sich nur noch erahnen. Minuten später glaubte er, sie erreicht zu haben, suchte die Wasseroberfläche ab, fand aber nicht den geringsten Anhaltspunkt. Kurz darauf vollzog er erneut eine Wende, ließ die *Seeteufel* treiben, entdeckte aber kein Lebenszeichen.

»Es hat keinen Zweck«, murmelte er und wandte sich seinen Navigationsgeräten zu, um einen neuen Kurs festzulegen. Das Schicksal hatte entschieden. Nach Cuxhaven konnte er nicht zurückkehren. Niemand würde ihm glauben, dass Katharina Blessing seinen Freund Benjamin Wedemeyer getötet und selbst später in die Nordsee gesprungen war. Und dann war da ja auch noch Julia Jacobs. Der dummen Pute würde wahrscheinlich nichts Besseres einfallen, als ihn zu belasten.

Nachdem das Boot wieder Fahrt aufgenommen hatte, entdeckte er voraus einen Arm. Und einen Kopf. Kathi? Er erwog, vorbeizufahren. Doch dann drang das dumpfe Wummern eines Schiffsdiesels an seine Ohren. Eine Fähre, die sich von Süden her näherte. Dieses oder ein anderes Schiff konnte Katharina aufnehmen. Ihren Rettern würde sie wohl kaum verschweigen, warum sie in die Nordsee gesprungen war.

*

Auf dem letzten Stück des Fluges war Julia ordentlich durchgeschüttelt worden. Vom Wasser aus hatte sie den Anblick von Cuxhaven noch genießen können. Kugelbake, Alte Liebe und die Häfen mit ihren Schiffen von oben zu sehen, war wie der Blick auf ein Spielzeugland gewesen. Nachdem sie das Industriegebiet zwischen Neuem Fischereihafen und Grodener Wettern passiert hatten, war der Pilot der Autobahn 27 gefolgt. Über dem Land hatte das kleine Flugzeug angefangen zu wackeln und zu schütteln. Wie ein Auto, das über einen sehr holprigen Untergrund fuhr. »Das ist die Thermik«, hatte der Pilot erklärt, »die durch die Sonneneinstrahlung entsteht.« Schließlich war sie froh gewesen, die Maschine nach der Landung in Nordholz verlassen zu können.

Wenig später hatte ein Mitglied der Sportfluggruppe sie nach Cuxhaven mitgenommen. Für die Reise von der Insel Helgoland bis zur Wohnung im Stadtteil Süderwisch hatte sie nur ein Drittel der Zeit gebraucht, die Eriks Yacht für die Hinfahrt benötigt hatte.

Der Gedanke an das Erlebnis mit Erik Börnsen beschäftigte sie, seit sie zu Hause angekommen war. Ihre Mutter hatte keine Fragen gestellt und sich mit der Erklärung zufriedengegeben, dass sie vorzeitig zurückgekommen sei, weil Steffi im Restaurant ihrer Eltern hatte einspringen müssen.

Nun saß sie in ihrem Zimmer und fragte sich, ob sie sich ihrer Mutter anvertrauen sollte. Sie entschied sich schließlich dafür, bis Montag zu warten und erst mit Kathi zu sprechen.

*

Sie war erschöpft und durchgefroren, als er sie an Deck zog. »Ich habe ihn nicht gefunden«, keuchte Katharina zitternd. »Benny muss ertrunken sein.« Erik konnte nicht erkennen, ob es Tränen oder Spuren von Seewasser waren, die von ihrem Kinn tropften. »Du musst das Salz abspülen«, knurrte er, »und dich aufwärmen.« Widerstandslos ließ sie sich von den letzten Kleidungsfetzen befreien, die noch an ihrem Körper hingen. Erik flößte ihr einen *Wattenläuper* ein, schleppte sie in die Dusche und drehte das heiße Wasser auf. »Danach haust du dich hin.«

Nachdem er Kathi in eine der Kabinen gebracht, ihr einen weiteren Kräuterschnaps verabreicht, sie in eine Koje gesteckt und ihr ein paar Decken übergeworfen hatte, kehrte er in den Steuerstand zurück. Für seinen Kurs nach Westen stand der Wind günstig. Er hoffte, am späten Abend die Westfriesischen Inseln zu erreichen und noch während der Nacht im Hafen von Terschelling anlegen zu können. Hundertzehn Seemeilen würden sie bis dahin zurücklegen müssen. Die *Seeteufel* machte sieben Knoten, also wären sie sechzehn Stunden unterwegs. Genug Zeit zum Nachdenken.

Die wichtigste Frage war, was mit Katharina geschehen sollte. Er rechnete nicht mehr damit, dass sie sich seinen Plänen anschließen würde. Wahrscheinlich wollte sie nach Hause, vor allem wegen des kleinen Bruders. Andererseits hatte er sie in der Hand. Sie hatte Benny erschlagen. Aber beweisen konnte er das nicht. Außerdem würde er erklären müssen, warum der Tote nicht an Bord war. Er konnte behaupten, dass

Kathi ihn ins Meer geworfen hatte. Um die Tat zu vertuschen. Aber auch hier würde Aussage gegen Aussage stehen. Wem würde die Polizei glauben? Konnten die Anwälte seines Großvaters ihn vor einer Verurteilung retten? Vielleicht. Vielleicht auch nicht. Katharina gehen zu lassen, war keine Option. Außerdem gefiel ihm die Vorstellung nicht, ohne ihre weiblichen Vorzüge auszukommen. Die kleine Eskapade mit Jule hatte sich nicht übel angelassen, aber bei Kathi wusste er, woran er war, sie hatte den Körper, der ihn auf Touren und zum Ziel brachte. Sie *musste* sich ihm anschließen. Zu zweit wären sie unschlagbar. Würden irgendwo ihr Ding machen. Eines Tages, wenn Gras über die Sache gewachsen wäre, konnten sie nach Cuxhaven zurückkehren. Mit dieser Aussicht würde er sie überzeugen, sich seinen Plänen anzuschließen.

An dieser Stelle seiner Überlegungen wurde ihm klar, dass er selbst noch gar nicht wusste, was er wollte. Erst mal nach Holland, das war klar. Die Yacht verkaufen, mit den Kreditkarten des Alten möglichst viel Geld abheben und rasch weiterziehen. Frankreich, Spanien, Portugal. Ja, Portugal wäre nicht schlecht. Vor Katharina war er mit einer Portugiesin zusammen gewesen, hatte ein wenig ihre Sprache gelernt. Südwesten und Süden des Landes lebten vom Tourismus. Viele Urlauber waren Deutsche. Mit einer Surf- oder Segelschule gab es bestimmt gute Chancen für eine Existenz. Das war eine Perspektive, die auch Kathi gefallen musste. Und wenn es in Portugal mit ihr nicht klappte, würde er nach Brasilien weiterziehen. An der *Copacabana* könnte er ein herrliches Leben führen. Auch ohne Katharina.

Im Morgengrauen legte die *Seeteufel* im *Jachthaven West Terschelling* an. Mit vor Müdigkeit brennenden Augen warf

Erik Börnsen einen Blick in Kathis Koje. Sie hatte sich fest in die Decken gerollt und schlief. Er zog sich in eine der anderen Kabinen zurück. Seine Pläne würde er später mit ihr besprechen. Nachdem sie beide frisch und ausgeschlafen wären, bei einem ordentlichen Frühstück.

*

Jemand zerrte an seinem Arm, als es ihm gerade gelingen wollte, mit Julia Jacobs zu einem Deal zu kommen. Sie würden den ersten Versuch vergessen und noch einmal von vorne anfangen. Jule hatte seinem Drängen nachgegeben und begonnen, sich auszuziehen. Als Erik die störende Hand unwillig abschütteln wollte, erwachte er und starrte überrascht in ein Gesicht, das nicht zu Julia gehörte. »Was ist denn ...«

»Wo sind wir?«, unterbrach Katharina ihn. »Das ist nicht Cuxhaven.«

Erik richtete sich auf, brauchte ein paar Sekunden, um sich zu erinnern. Enttäuscht schloss er die Augen, um zu seinem Traum zurückzukehren. Doch Kathi ließ ihm keine Ruhe. »Wo sind wir?«, wiederholte sie und rüttelte an seiner Schulter. Seufzend schwang Erik die Beine aus der Koje. »In Holland. Terschelling. Das ist eine der Westfriesischen ...«

»Was soll ich in Holland?«, unterbrach sie ihn erneut. »Ich will nach Hause.«

Erik rollte sich aus der Koje. »Willst du in den Knast? Du hast Benny erschlagen. Schon vergessen?«

»Hab ich nicht!«, heulte Katharina. »Er hat noch gelebt. Du hast ihn ins Meer geworfen, du hast ihn umgebracht!«

»Das wird sich kaum beweisen lassen.« Er schob sie beiseite. »Ich will pissen. Und duschen. Danach muss ich kurz weg. Einklarieren, einkaufen, Geld holen. Wenn ich zurück bin, frühstücken wir und unterhalten uns in Ruhe. Okay?«

»Einkla... – was?«

»Muss uns beim Hafenmeister anmelden. Einreiseformalitäten erledigen. Keine große Sache, die Holländer sehen das ziemlich locker. Sicherheitshalber nehme ich deinen Perso mit. In einer Stunde bin ich wieder da. Du bleibst unter Deck und verhältst dich ruhig – verstanden?«

Katharinas nickte. Ihre Miene wirkte ängstlich. »Aber du kommst wieder?«

»Natürlich.« Erik kratzte sich an seinen Kronjuwelen. »Wir haben einiges zu besprechen, bevor es weitergeht.«

»Weiter? Wohin?«

»Das erkläre ich dir später. Du kannst schon mal überlegen, ob du in den Knast gehen oder mit mir in die Freiheit segeln willst.«

Nachdem er geduscht und sich angezogen hatte, durchwühlte er ihre Reisetasche und nahm ihre Geldbörse an sich. »Ich brauche deinen Perso«, erklärte er. »Für die Anmeldung. Und vielleicht auch ein bisschen Geld für die Gebühren. Muss erst was holen.«

*

Der Montag war besonders anstrengend. Am Wochenende wurden häufig Notfälle eingeliefert, die den Operationsplan durcheinanderbrachten. Auf fast allen Stationen ging es noch hektischer zu als an anderen Wochentagen. Julia hatte gut zu tun und kaum Gelegenheit, an ihre Erlebnisse vom Samstag zu denken. Außerdem gab es auf den Fluren und im Schwesternzimmer Diskussionen um die Zukunft des Stadtkrankenhauses. Julia war heilfroh, ihre Ausbildung beendet zu haben, denn in diesem Sommer war die Krankenpflegeschule geschlossen worden. Pflegeschülerinnen und -schüler würden in Zukunft die theoretische Ausbildung in Debstedt absolvieren müssen. Zudem gab es Gerüchte, die Klinik würde privatisiert werden. Dann, vermuteten erfahrene Kolleginnen, würde die Bezahlung schlechter werden.

Für Julia waren diese Überlegungen weit weg. Kaum hatte sie ihren Dienst beendet, kehrte die Erinnerung an den Helgoland-Trip zurück. Um ihrer Mutter keine Gelegenheit zu kritischen Nachfragen zu geben, rief sie aus einer Telefonzelle vor dem Krankenhaus bei Katharina Blessing an. Ihr kleiner Bruder meldete sich. »Kathi ist nicht da, sie ist gestern nicht nach Hause gekommen«, berichtete er. »Meine Eltern sind bei der Polizei. Sie haben Angst, dass ihr etwas zugestoßen ist. Aber wenn du in Cuxhaven bist, muss sie ja auch hier sein. Du bist doch hier, oder?« In seiner Stimme schwang Unsicherheit mit. Julia zögerte mit der Antwort. Was sollte sie dem Jungen sagen?

»Ihr seid am Wochenende zusammen gesegelt?«, fragte er nach.

»Ja«, begann sie. »Aber ... Kathi, also, ich ... Mich haben sie ... schon früher abgesetzt.«

»Und wo ist meine Schwester jetzt?«

»Ich weiß es nicht, Basti.« Julia brach der Schweiß aus. Warum war Katharina nicht nach Hause gekommen? Was war passiert? Das Bild, das sie vom Flugzeug aus gesehen hatte, kreiste in ihrem Kopf. Eine Plane, unter der eine Hand und ein nackter Fuß herausragten. Wenn sie es richtig gesehen hatte. Eigentlich konnte es nicht sein. »Ich weiß es wirklich nicht«, wiederholte sie. »Sie wird schon wieder auftauchen. Oder sich bei euch melden. Sie hat gesagt, dass sie diese Woche noch Urlaub hat. Vielleicht haben sie und ihr Freund den Segeltörn verlängert.«

»Meine Eltern haben schon versucht, Herrn Börnsen anzurufen. Aber sie haben ihn nicht erreicht.«

»Dann sollten sie es weiter versuchen. Er weiß bestimmt, wo sich seine Segelyacht befindet. Alles wird sich aufklären. Ich muss jetzt Schluss machen. Morgen rufe ich wieder an. Okay?«

»Okay«, bestätigte Katharinas Bruder und legte auf.

Fast wäre Julia der Hörer aus der Hand gerutscht, so feucht waren die Innenflächen ihrer Hände.

Sie hängte ein, verließ die Telefonzelle und machte sich auf den Heimweg. Vom Krankenhaus bis zur Wohnung im Drangstweg hatte sie fünfzehn Minuten zu laufen. Den Weg hätte sie im Schlaf zurücklegen können, jedes Gebäude und jeder Baum, jede Hecke und jeder Zaun war ihr vertraut. Doch heute nahm sie nichts davon wahr, sie hätte, als sie die Wohnungstür aufschloss, nicht einmal sagen können, wie sie nach Hause gekommen war. Erleichtert stellte sie fest, dass ihre Mutter noch nicht da war. Sie nahm eine Flasche Mineralwasser aus dem Kühlschrank, füllte ein Glas und ließ sich auf einen Küchenstuhl sinken. Seit dem Gespräch mit Katharinas Bruder gingen ihr wieder die Bilder von der *Seeteufel* durch den Kopf. Und die Frage, wo Kathi abgeblieben sein konnte.

Und wo Benny war. Sie leerte das Glas und holte das Telefon, um ihn anzurufen. Sollten Erik und Katharina die Reise spontan verlängert haben, mussten sie auch ihn irgendwo abgesetzt haben. Es sei denn, es verhielt sich ganz anders.

Unter der Plane an Deck der Yacht hatte sie einen Menschen liegen sehen. Oder hatte sie sich das eingebildet? War Erik mit seinem abartigen Bedürfnis zu weit gegangen? Hatte er Kathi erwürgt? Der Gedanke verursachte einen Schweißausbruch und Gänsehaut zugleich. Rasch kippte sie Wasser nach und leerte hastig das Glas. Dann wählte sie Bennys Nummer. Doch bei ihm meldete sich niemand. Innere Unruhe ließ sie aufspringen und in der Wohnung auf und ab laufen. Seine Familie wohnte in Stickenbüttel, mit dem Fahrrad konnte sie in fünfzehn Minuten da sein. Und von dort aus in einer weiteren Viertelstunde den Yachthafen erreichen. Um nach der *Seeteufel* Ausschau zu halten. Vielleicht schaukelte sie längst friedlich im Wasser und die schrecklichen Szenen in ihrem Kopf waren reine Fantasie. Eine Stimme in ihrem Kopf warnte sie davor, sich die Wahrheit zurechtzubiegen, aber Julia blendete sie aus, griff nach dem Schlüssel und verließ die Wohnung.

Eine gute Stunde später kehrte sie unverrichteter Dinge zurück. Bei Familie Wedemeyer hatte niemand geöffnet, und die *Seeteufel* war weder im Yachthafen noch im Landwehrkanal zu finden gewesen.

»Was ist mit dir los?«, fragte ihre Mutter, als Julia die Wohnung betrat. »Du siehst aus wie ... Jedenfalls nicht gut.«

»Es ist nichts«, antwortete Julia und zog sich in ihr Zimmer zurück. Um dem beängstigenden Kreislauf ihrer Gedanken zu entgehen, vertiefte sie sich in Joanne K. Rowlings *Harry Potter und der Gefangene von Askaban.* Zwei Bände hatte sie schon verschlungen, nun folgte sie Harry bei seinem Kampf gegen *Sirius Black.* Obwohl sie dem Alter der Kinder- und Jugendbücher längst entwachsen war, tauchte sie noch immer gern in die Welt der *Muggel* und Zauberer ein. Ihre Lektüre unterbrach sie nur zum Essen, wich den Fragen ihrer Mutter aus, verkroch sich ins Bett und las, bis ihr die Augen zufielen.

Der Arbeitsalltag des folgenden Tages nahm Julia bis zum späten Nachmittag so in Anspruch, dass sie dem Verbleib ihrer Freunde keinen zusammenhängenden Gedanken widmen konnte. Umso heftiger schlug am Abend eine Nachricht der Wasserschutzpolizei Cuxhaven ein. Ihre Mutter hatte ihren freien Nachmittag und war bereits zu Hause, als Julia eintraf. In der Küche lief das Radio. Udo Jürgens sang von griechischem Wein, Monika Jacobs trällerte mit, während sie Geschirr aus der Spülmaschine räumte. »Moin«, murmelte Julia. Ihre Mutter hielt in ihrem Gesang inne und musterte sie aufmerksam. »Geht's dir heute besser?« Julia nickte kaum merklich. Als das Musikstück zu Ende war, meldete sich ein Sprecher mit einer Sondermeldung. »Am Strand der ostfriesischen Insel Baltrum ist heute die Leiche eines jungen Mannes angetrieben worden. Aufgrund von Papieren, die der Tote bei sich trug, konnte er als der seit Sonntagabend vermisste Benjamin W. aus Cuxhaven identifiziert werden. Der Neunzehnjährige ist nach Angaben der Polizei vermutlich mit einer gleichaltrigen Frau und einem Freund auf dessen Yacht unterwegs gewesen. Beide werden ebenfalls vermisst. Von dem Segelboot fehlt jede Spur, darum gehen die Behörden davon aus, dass es gekentert und gesunken ist, wobei die übrigen Insassen ertrunken sein dürften. Die Todesursache von Benjamin W.

steht noch nicht fest. Seine Leiche wird zur Obduktion ins Institut für Rechtsmedizin nach Oldenburg gebracht. Bei uns geht es weiter mit einem Oldie von der Goombay Dance Band. *Sun of Jamaica.*«

Julia wandte sich ab, stürzte ins Bad und übergab sich in die Toilette. Im nächsten Augenblick stand ihre Mutter hinter ihr. »Was ist los mit dir, Kind? Du bist doch nicht etwa …?«

Energisch schüttelte Julia den Kopf, wischte sich mit Klopapier den Mund ab und spülte. »Das ist Benny«, stieß sie hervor. »Benjamin Wedemeyer aus unserer Clique. Und Kathi und Erik. Sie waren zusammen auf der Yacht. Und die ist untergegangen.«

»Untergegangen? Was eben im Radio kam? Ich habe gerade nicht richtig zugehört.«

»Ja«, schluchzte Julia. »Benjamin W. – das kann nur Benny sein.«

»Wie schrecklich.« Monika Jacobs half ihrer Tochter auf und schloss sie in die Arme. »Drei junge Menschen in deinem Alter. Unfassbar.«

Kapitel 13

2019

»Moin, Jan. Ist dir das Essen gestern gut bekommen?«, fragte Marie ihren Kollegen am nächsten Morgen, als er das Büro betrat. Sie hatte bereits die Fenster geöffnet und saß vor ihrem Computermonitor.

»Ausgezeichnet«, erwiderte Jan Feddersen. »Obwohl es ein bisschen üppig war. Mit dem kunstvoll angerichteten Dessert ... Aber der Ouzo vom Küchenchef hat es wieder ausgeglichen. Hat mir jedenfalls gut gefallen.« Er hob einen Daumen.

Marie strahlte. »Mir auch. Und ich freue mich, dass ihr euch so gut versteht und jetzt per Du seid.«

»Die Hinweise deiner ehemaligen Kollegen waren nicht schlecht. Sieht so aus, als könnten wir zumindest den Fall von 2002 aufklären. Ich bin schon gespannt auf das Gespräch mit Julia Jacobs.«

Marie deutete auf den Bildschirm. »Sie arbeitet in der Helios-Klinik an der Altenwalder Chaussee. Ich habe ihr Facebook-Profil gefunden. Dort nennt sie sich *Schwester Jule*, aber auf einem Gruppenfoto war sie zu erkennen.« Sie drehte den Bildschirm, sodass Jan ihn sehen konnte. »Jetzt ist die Frage, ob wir sie an ihrem Arbeitsplatz aufsuchen oder nach Feierabend befragen wollen.«

Jan betrachtete die Fotogalerie. »In der Schwesterntracht hätte ich sie nicht erkannt. Aber du hast Recht. Scheint ein besonderes Ereignis gewesen zu sein.«

»Genau«, bestätigte Marie. »Die Geriatrie hat eine neue Chefärztin bekommen und konnte wieder eröffnet werden. Julia Jacobs gehört anscheinend zu den Krankenschwestern der Abteilung.«

»Oder sollen wir sie ganz offiziell vorladen? Schließlich ist sie Zeugin in einer Todesfallermittlung. Wir können sie auch als Täterin nicht ausschließen.«

»Ich weiß nicht.« Marie neigte den Kopf. »Einen Mord traue ich ihr nicht zu. Auf mich wirkt sie sensibel. Sie müsste schon sehr abgebrüht sein, wenn sie Börnsen vom Dach gestoßen hätte und gleichzeitig so unbefangen über ihren Besuch bei ihm reden konnte.«

»Aber sie hat gelogen«, wandte Jan ein. »Bei der Frage nach den Ereignissen von 2002 hat sie behauptet, nichts darüber zu wissen. Nach dem, was wir gestern von Christiansen und Röverkamp gehört haben, ist sie damals die vierte Person auf der Yacht gewesen. Sie hat das entsprechende Alter und kannte den jungen Börnsen. Es müsste mit dem Teufel zugehen, wenn es eine zweite Julia gäbe, die dazu passt.«

»Wahrscheinlich hast du Recht«, gab Marie zu. »Trotzdem würde ich mit ihr behutsam umgehen. Wir wissen noch nicht, was damals passiert ist. Möglicherweise ist sie durch das Unglück traumatisiert. Wenn wir aus ihr die ganze Wahrheit herausbekommen wollen, haben wir mit Geduld und Feingefühl größere Chancen. Aber es ist deine Entscheidung. Du bist Leiter des Fachkommissariats.«

»Oh, das vergesse ich manchmal.« Jan grinste. »Gut, dass du mich daran erinnerst.« Er legte zwei Finger an die Stirn und schloss die Augen. »Lass mich nachdenken. Wenn ich mich recht erinnere, hast du mit deinem Bauchgefühl schon öfter richtig gelegen. Also entscheide ich mich jetzt für deinen Weg. Vielleicht ist es sogar von Vorteil, wenn du erst einmal allein mit ihr sprichst. Ich meine, bevor wir eine offizielle Vernehmung durchführen. Was hältst du davon?«

»Das halte ich für eine sehr gute Idee. Ich werde mich mit ihr an einem neutralen Ort verabreden. Sie wohnt in der City Marina Cuxhaven, da ist das Restaurant *Austernperle* ganz in der Nähe. Wenn das Wetter so bleibt, können wir draußen sitzen. So gefällt mir die Ermittlungsarbeit.«

»Schön für dich.« Jan schmunzelte, dann wurde sein Ausdruck ernst. »Diese Wohnungen sind nicht gerade günstig. Von ihrem Gehalt als Krankenschwester dürfte sie sich die kaum leisten können. Die Einrichtung sah auch nicht nach Ikea aus.«

»Vielleicht hat sie geerbt«, wandte Marie ein. »Ich kann ja mal vorsichtig fragen, wie man an so eine Wohnung kommt. Aber selbst wenn sie's mir erzählt, bringt uns das kaum in unserem Fall voran.«

»Stimmt«, stellte ihr Kollege fest. »Hauptsache, du bekommst Klarheit über die Ereignisse von 2002. Ob uns das für den Fall Ralf Börnsen weiterhilft, werden wir sehen. Ich hoffe immer noch, dass die kriminaltechnischen Untersuchungen irgendwas zutage fördern. Kollege Damme hat uns zwar wenig Anlass zum Optimismus gegeben, aber er und seine Leute sind noch nicht fertig.«

Marie nickte und tastete nach ihrem Smartphone, das in ihrer Hosentasche vibriert. »Entschuldige bitte«, sagte sie nach einem Blick auf das Display, »das ist Felix. Da muss ich mal eben drangehen.«

»Felix«, begrüßte sie ihn. »Ist was mit Nele?«

»Nein«, antwortete er. »Alles in Ordnung. Aber ich habe eine interessante Information bekommen. Die dürfte euren Fall betreffen.«

Marie warf Jan einen Blick zu und verdrehte die Augen. »So wichtig, dass du mich jetzt anrufen musst?«

»Ich glaube ja. Es geht um das Hotel Alte Liebe. Bei uns ist eine Pressemitteilung eingegangen. Danach wird der Sohn des verstorbenen Hoteliers nach Deutschland zurückkehren und die Leitung des Hauses übernehmen. Der Hotelbetrieb wird weitergeführt. Allerdings ist mit konzeptionellen Veränderungen zu rechnen. Der neue Inhaber möchte ...«

»Wer soll das sein?«, unterbrach Marie ihn und gab ihrem Kollegen aufgeregt Zeichen. »Haben die Börnsens zwei Söhne?«

»Darüber steht hier nichts«, antwortete Felix. »Aber ein Name. Der künftige Hotelchef heißt Erik Börnsen. Unterzeichnet ist die Mitteilung von ...«

»Ich glaub es nicht«, rief Marie. »Erik Börnsen ist wieder da. Also ist er damals nicht ... Danke für die Info, Felix! Steht da auch, wann er kommt?«

»Nein. Jedenfalls kein Datum und keine Uhrzeit. Aber es heißt hier, er wird seine Tätigkeit umgehend aufnehmen. Was immer das bedeuten mag.«

»Steht da sonst noch irgendwas, das für uns relevant sein könnte?«

»Ich weiß nicht, ob es euch interessiert. Zweite Geschäftsführerin wird eine gewisse Joana Santos. Das ist alles.«

»Okay. Noch mal danke, Felix. Gut, dass du angerufen hast. Bis heute Abend.« Marie legte auf und sah ihren Kollegen an. »Das ist ja 'n Ding!«

»Wenn ich's richtig verstanden habe«, sagte er, »ist Erik Börnsen aufgetaucht. Im doppelten Wortsinn.«

»Na ja, wenn die Information stimmt und es sich tatsächlich um ihn handelt, ist er 2002 nicht untergegangen, sondern untergetaucht. Und wir können ihn befragen. Auf seine Version bin ich gespannt.«

»Dann sollten wir uns aufteilen«, schlug Jan Feddersen vor. »Du sprichst mit Julia Jacobs und ich unterhalte mich mit Erik Börnsen.«

*

Die Kanzlei Dr. Lindhorst & Partner befand sich im Erdgeschoss einer aufwendig restaurierten Gründerzeitvilla in der Großen Hardewiek. Im Respekt einflößenden Eingangsbereich wurde Julia von einer elegant gekleideten Dame empfangen, die hinter einem halbrunden Empfangstresen residierte. »Guten Tag. Frau Jacobs?«

Julia nickte und hob den Brief hoch, den sie vom Notar bekommen hatte. »Ich soll hier ...«

»Sie werden erwartet. Wenn Sie mir bitte folgen wollen.« Die Empfangsdame umrundete ihren Tresen. »Hier entlang bitte.« Sie führte Julia zu einer offenen Tür und deutete ins Innere des Raumes. »Bitte nehmen Sie Platz, Herr Doktor Lindhorst ist noch im Gespräch, aber er ist gleich für Sie da.«

Julia sah sich um. Eine Jalousie vor dem Fenster dämpfte die Helligkeit. Die gegenüberliegende Wand bestand aus Schranktüren, an den anderen hingen Gemälde mit Jagdmotiven. Um einen großen Tisch mit polierter Holzplatte, der den

Raum beherrschte, standen sechs Stühle. Auf einem ließ Julia sich nieder. Vor jedem Platz gab es eine Mineralwasserflasche, ein Glas und eine Kaffeetasse. Julias Blick blieb an einem der Gemälde hängen. Es war bestimmt zwei Meter lang und stellte eine Jagdszene mit zahlreichen rot gekleideten Jägern und weißen, sehr schlanken Hunden dar. Die Kleidung der Männer deutete auf längst vergangene Zeiten hin. Mittelalter, vermutete sie.

»Paolo Uccello«, erklang eine dunkle Männerstimme hinter ihr. »Die Jagd im Wald. Frührenaissance.«

In der Tür stand ein weißhaariger älterer Herr in einem hellgrauen Anzug. Er hielt eine Ledermappe in der Hand. Seine Miene zeigte die Andeutung eines Lächelns. »Guten Tag, Frau Jacobs. Mein Name ist Lindhorst. Bitte behalten Sie Platz.« Er trat auf sie zu und gab ihr die Hand. »Es geht gleich los. Wir warten noch auf Frau Börnsen. Sie ist schon im Haus und wird jeden Augenblick ... Ah, da ist sie schon.«

Hinter Lindhorst erschien die Dame vom Empfang mit einem Rollstuhl, in der eine Frau mittleren Alters saß. Eine sehr schöne Frau. Sie wandte sich zu ihrer Begleitung um und griff in die Handreifen. »Danke, ich komme allein zurecht.« Zügig rollte sie in den Raum. »Guten Tag allerseits!«, rief sie, musterte Julia interessiert, kam auf sie zu und streckte die Hand aus. »Freut mich, Sie kennenzulernen. Ich bin Christina Börnsen.«

Unsicher erwiderte Julia die Begrüßung. »Jacobs«, murmelte sie und senkte den Blick. »Mein aufrichtiges Beileid.«

»Danke«, erwiderte Christina Börnsen. »Der Verlust trifft Sie wahrscheinlich genauso stark oder genauso wenig wie mich.« Sie wandte sich an den Notar. »Mein lieber Herr Lindhorst, hätten Sie vielleicht einen kühlen Prosecco? Ich würde gern mit der reizenden jungen Dame anstoßen.«

Mit offenem Mund starrte der Notar sie an. Die Empfangsdame rettete die Situation. »Kommt sofort«, rief sie und eilte davon.

»Hatten Sie eine gute Anreise?«, fragte Lindhorst – nach Julias Eindruck eher aus Verlegenheit als aus Interesse.

»Ich hab mich fahren lassen«, antwortete Christina Börnsen. »Die Bundesstraße dreiundsiebzig ist zwar eine katastrophale Strecke, aber mit diesem Ding«, sie schlug auf die Räder ihres Gefährts, »ist es im Zug zu beschwerlich. Außerdem hat der Wagen eine Klimaanlage, die ich selbst regeln kann.«

Lindhorst nickte und setzte sich an den Tisch. »Ja, also kommen wir zur Sache.« Er schlug seine Mappe auf. »Ich habe Sie zu mir gebeten«, begann er, »weil der verstorbene Ralf Börnsen in unserem Notariat ein Testament hinterlegt und dazu eine Erklärung abgegeben hat, welche Personen darin als Begünstigte genannt werden. Das sind die hier anwesenden Christina Maria Börnsen sowie Leonie Jacobs.« Der Notar sah auf und warf jeder der Frauen einen Blick zu. Dann fuhr er fort. »Der Erblasser hat zudem verfügt, dass die Testamentseröffnung in Ihrer beider Gegenwart erfolgen soll.«

»Und was ist mit meinem Sohn?«, warf Christina Börnsen ein.

Sichtlich irritiert sah Lindhorst auf. »Ihr Sohn? Wie darf ich die Frage verstehen, verehrte Frau Börnsen? Ihr Sohn ist doch …«

»Ist er nicht«, unterbrach Christina Börnsen ihn. »Erik war im Ausland und ist aus Anlass des Todes von Ralf nach Cuxhaven zurückgekehrt.«

Lindhorst öffnete den Mund und schloss ihn wieder. Für einige Sekunden herrschte Stille. Sie wurde erst durch die Angestellte unterbrochen, die die Tür öffnete und mit einem Tablett erschien. Darauf standen eine Flasche Prosecco und drei Gläser.

Nachdem sie das Getränk abgestellt und den Raum verlassen hatte, deutete Christina Börnsen auf das Tablett. »Möchten Sie uns nicht einschenken, lieber Herr Lindhorst?«

»Selbstverständlich«, murmelte der Notar und füllte die Gläser. Seine Hand zitterte kaum merklich. »Ja, also ... das ist jetzt eine unerwartete Neuigkeit für mich. Wir können Ihren Sohn, wenn Sie beide einverstanden sind, hinzuziehen. Allerdings ändert das nichts am Letzten Willen Ihres verstorbenen Gatten, Frau Börnsen. Wenn Ihr gemeinsamer Sohn noch lebt, wird das Nachlassgericht eine Lösung finden müssen, bei der seine Ansprüche aus dem gesetzlichen Pflichtteil des Erbes berücksichtigt werden. Grundsätzlich bleibt aber der Wille des Erblassers maßgebend. Ich schlage vor, dass wir uns zunächst damit befassen.«

»Einverstanden«, erklärte Christina Börnsen und griff nach einem der Gläser. »Wenn Ralf nur Frau Jacobs und mich als Erben eingesetzt hat, muss für Erik eine andere Lösung gefunden werden. Also brauchen wir ihn jetzt nicht.«

»Freut mich«, sagte der Notar, »dass Sie das so sehen. Allerdings muss ich Sie korrigieren, liebe Frau Börnsen. Frau Jacobs ist nicht die Begünstigte. Sie ist hier in ihrer Funktion als Testamentsvollstreckerin für ihre Tochter Leonie.«

Jetzt war es Christina Börnsen, die vor Überraschung kein Wort herausbrachte. Sie sah Julia mit großen Augen an.

Schließlich hob sie ihr Glas. »Auf den Schreck. Offenbar hat mein Mann noch ziemlich spät eine Tochter bekommen. Wie alt ist Leonie?«

»Sieben«, antwortete Julia.

»Also 2011 gezeugt. In dem Jahr nach meinem Unfall.« Christina Börnsen seufzte. »Ich habe geahnt, dass da was war.«

»Es tut mir leid«, sagte Julia. »Ich wusste damals nicht ...«

»Machen Sie sich keine Gedanken!« Christina Börnsen winkte ab. »Unsere Beziehung war längst keine mehr. Mein Mann und ich ... Jeder hat sein eigenes Leben gelebt. Ich bin nur überrascht, dass ich davon nichts wusste. Aber vielleicht wollte ich auch nichts wissen.« Sie leerte ihr Glas und wandte sich an Lindhorst. »Können wir jetzt zum Inhalt des Testaments kommen?«

Während der Notar mit monotoner Stimme einleitende juristische Erläuterungen abgab, wanderten Julias Gedanken in die Vergangenheit.

2011

Es war an einem Montag im Mai, als sie Ralf das erste Mal begegnete. Im Krankenhaus. Ein Mann in den besten Jahren, hätte ihre Mutter gesagt. Gut aussehend. George-Clooney-Typ. Mit dunklem Teint, vollem Haar und grauen Schläfen. Dynamisches Auftreten, jugendliche Ausstrahlung. Aber zu alt, um Julias Interesse zu wecken. Sie schätzte ihn auf Anfang fünfzig. Er kam mit einem üppigen Blumengebinde in der Hand den Flur entlang. Als er sie erreichte, blieb er stehen und streckte ihr den Strauß entgegen. »Für Sie, Schwester ...« Sein Blick glitt zu ihrem Namensschild. »Schwester Julia.«

Irritiert schüttelte sie den Kopf, suchte in seiner Miene nach einer Erklärung, fand ein paar dunkle Augen von unergründlicher Tiefe, deren warmes Lächeln ein seltsames Gefühl in ihr auslösten.

»Bitte nehmen Sie sie an!« Seine Stimme war dunkel und ein wenig rau. »Meine ... Cousine möchte keine Blumen. Und es wäre doch schade drum.« Er hob den Strauß ein wenig an. »Santini, Bartnelken, Germini, Rosen und Limonium. Wunderschöne Sommerblüten. Passen zu Ihnen.«

»Aber Sie können sie doch mitnehmen«, wandte Julia ein, »und zu Hause in eine Vase ...«

»Zu spät«, unterbrach er sie. »Daran habe ich gedacht. Aber nachdem ich Sie gesehen habe, möchte ich, dass Sie die Blumen in eine Vase stellen. Bei sich zu Hause. Oder mögen Sie keine Schnittblumen?«

»Doch, aber die waren bestimmt teuer. Die können Sie doch nicht einfach an irgendjemanden verschenken.«

»Das habe ich auch nicht vor.« Er lächelte und nickte ihr aufmunternd zu. »Nicht an irgendjemanden, sondern an Sie, Schwester Julia.« Er streckte die Hand aus. »Mein Name ist Ralf.«

»Jacobs«, sagte Julia und kam sich dabei vor wie ein dummer Teenager. Zu allem Überfluss spürte sie, wie ihr das Blut in die Wangen schoss. Gleichzeitig umwehte sie der Duft der Sommerblumen, überdeckte den Geruch des Krankenhauses und löste einen Anflug unbestimmter Sehnsucht aus. Von Patienten durfte sie keine Geschenke von Wert annehmen. Aber dieser Mann war kein Patient. Unwillkürlich bewegte sie ihre Hände in Richtung Strauß.

Ein Leuchten ging über sein Gesicht. »Sie machen mir eine große Freude.« Er drückte ihr die Blumen in die Hand. »Danke, Schwester Julia.«

»Ich habe zu danken«, antwortete sie und sog den Duft des Sommers ein. »Einen so schönen Strauß habe ich lange nicht bekommen. Und ich weiß nicht einmal, wofür.«

»Für das, was Sie hier leisten, müssten Sie öfter Blumen bekommen«, entgegnete er und wandte sich zum Gehen. »Auf Wiedersehen, Schwester Julia. Die Begegnung mit Ihnen hat mir den Tag erhellt.« Er wandte sich um und eilte den Flur entlang. Julia sah ihm nach. Bevor er durch die Tür zum Treppenhaus entschwand, drehte er sich noch einmal um und winkte ihr zu. Unwillkürlich hob Julia eine Hand, ließ sie aber rasch wieder sinken. Zwiespältige Empfindungen machten sich in ihr breit.

Der Mann war mindestens zwanzig Jahre älter als sie. Dennoch hatte er Regungen in ihr ausgelöst, die sie lange nicht gespürt hatte. Männer seines Alters hatte sie bisher nie als Mann wahrgenommen. Typen, die deutlich jünger waren als sie, allerdings auch nicht. In ihrer Altersgruppe waren fast alle verheiratet oder in festen Beziehungen, und die wenigen, auf die das nicht zutraf, erwiesen sich früher oder später als Vollpfosten. »Du bist zu kritisch«, behauptete ihre Mutter, wenn mal wieder der Versuch einer Beziehung gescheitert war. Dabei hatte sie selbst keine dauerhafte Partnerschaft mehr gefunden, nachdem Julias Vater kurz nach ihrer Geburt tödlich verunglückt war. Wer als Mädchen vaterlos aufwächst, hatte sie einmal gelesen, könne einen Vaterkomplex entwickeln und sich zu älteren Männern hingezogen fühlen. War es das, was ihre Gefühlsverwirrung ausgelöst hatte? Tief in ihrem Inneren spürte sie den Wunsch, Ralf wiederzusehen. Gleichzeitig sträubte sich etwas in ihr gegen den Gedanken, sich mit einem wesentlich älteren Mann einzulassen.

»Wer soll denn diesen tollen Strauß bekommen?« Die Stimme einer Kollegin riss sie aus ihren Gedanken. »Oder hast du endlich einen Verehrer? Hoffentlich kein Patient. Das gibt meistens Ärger.«

Julia schüttelte den Kopf. »Ein Besucher«, erklärte sie, »der seinen Strauß nicht losgeworden ist.« Sie setzte sich in Bewegung. »Ich hole eine Vase und stelle ihn ins Stationszimmer.«

Während der folgenden Tage versuchte Julia, die Begegnung zu vergessen. Doch der Blumenstrauß hielt die Erinnerung wach. Auch wenn sie zu Hause war und sich in eins ihrer Bücher vertiefte, erschien das Gesicht des Mannes vor ihrem inneren Auge.

Am darauffolgenden Montag wurde sein Anblick Realität. Diesmal traf er sie nicht auf dem Flur der Station, sondern erwartete sie am Ausgang des Krankenhauses. Und er hatte keine Sommerblumen dabei, sondern einen Strauß dunkelroter Rosen. »Frau Jacobs!«, rief er und eilte auf sie zu. »Darf ich Sie kurz aufhalten?«

Wieder wurde Julia von zwiespältigen Gefühlen heimgesucht. Der Auftritt eines Mannes mit roten Rosen erschien ihr einem alten Film oder einem Theaterstück entsprungen zu sein. Auch in ihren Büchern kamen solche Szenen vor. Doch sie verband damit Menschen einer Gesellschaftsschicht, die mit ihrer Lebenswirklichkeit nichts zu tun hatten. Andererseits brachte dieser Ralf mit seiner charmanten Ausstrahlung und mit seinem formvollendeten Auftreten den Anflug eines zwar ungewohnten aber nicht unangenehmen Flairs gehobener Lebensart mit. Das erschien ihr unwirklich und anziehend zugleich.

Er ergriff ihre Hand und verbeugte sich. »Ich musste Sie wiedersehen. Ihr Bild ging mir nicht mehr aus dem Kopf.« Er hielt ihr den Rosenstrauß hin und strahlte wie ein Schuljunge. »Darf ich Sie ein Stück begleiten?«

»Ich bin mit dem Fahrrad hier.« Julia nahm den Strauß entgegen und lachte. »Wollen Sie auf dem Gepäckträger mitfahren?«

»Selbstverständlich.« Ralf strahlte wieder. »Mit Ihnen würde ich jedes Transportmittel akzeptieren. Aber vielleicht darf ich Ihnen einen Vorschlag machen.« Er deutete in Richtung Parkplatz. »Wir laden Ihr Rad in mein Auto und fahren motorisiert. Für die Blumen ist das sicher die bessere Lösung.«

Wenig später waren Julias Rucksack und das Fahrrad in Ralfs Mercedes T-Modell verstaut. Sie nahm auf dem Beifahrersitz Platz und erklärte den Weg. »Wir müssen nach Altenwalde. Meine Wohnung ist in der Hauptstraße.«

Während der Wagen die Altenwalder Chaussee entlangrollte, fragte Ralf nach Einzelheiten ihres Arbeitsalltags. Julia gab bereitwillig Auskunft, denn sie spürte echtes Interesse. Gleichzeitig fragte sie sich, ob sie sich mit einer Einladung zum Kaffee bedanken sollte. Vordergründig sprach dagegen, dass ihre Einzimmerwohnung, die sie nach dem Ende ihrer Ausbildung bezogen hatte, nicht unbedingt vorzeigbar war. Noch mehr die Befürchtung, Ralf könnte das Angebot missverstehen. Andererseits mochte sie ihn auch nicht einfach wegschicken. Er war unterhaltsam, klug und witzig, brachte sie zum Lachen, interessierte sich ernsthaft für sie. Nicht zuletzt fühlte sie sich auf eine eigentümliche Art zu ihm hingezogen und wünschte sich, mehr über ihn zu erfahren.

Zu Julias Überraschung machte er keinerlei Anstalten, das Zusammentreffen auszudehnen. Nachdem er ihr Fahrrad ausgeladen, ihr den Rucksack und die Blumen überreicht hatte, breitete er die Arme aus. »Mehr kann ich wohl nicht für Sie tun? Es war mir jedenfalls ein Vergnügen, und ich würde mich freuen, wenn ich Sie wiedersehen dürfte.«

Das gab den Ausschlag. Julia hielt Rucksack und Blumenstrauß hoch. »Könnten Sie vielleicht noch mein Fahrrad reinbringen? Ich hätte auch was zu trinken im Kühlschrank oder könnte uns einen Cappuccino machen.«

Es wurde ein langer Abend, in dessen Verlauf zwischen Ralf und ihr eine seltsame Vertrautheit entstand. Noch waren sie nicht zum »Du« übergegangen, noch hatte es keine Zärtlichkeiten gegeben, noch hielt Julia »Ralf« für seinen Familiennamen.

In den folgenden Wochen sahen sie sich immer öfter. Wie in einem Sog stürzte Julia von Tag zu Tag tiefer in die leidenschaftliche Affäre. Als sie erfuhr, dass er mit Nachnamen Börnsen hieß und Erik sein Sohn gewesen war, konnte das schon nichts mehr ändern. Ralf war ein behutsamer, zärtlicher und rücksichtsvoller Liebhaber, überschüttete sie mit Zuneigung und entführte sie in die Welt der schönen Dinge.

»Haben Sie das verstanden, Frau Jacobs?« Die Stimme des Notars rief sie in die Gegenwart zurück.

»Ja. Nein. Ich weiß nicht. Können Sie vielleicht noch einmal …«

»Ihre Tochter Leonie erbt das Hotel Alte Liebe. Bis zur Vollendung ihres achtzehnten Lebensjahrs wird ein geschäftsführender Direktor eingesetzt, der das Haus weiterführt. Herr Börnsen hatte sich vorbehalten, einen oder mehrere Kandidaten für diese Aufgabe zu benennen. Das ist infolge seines vorzeitigen Ablebens nicht erfolgt. Für diesen Fall hat der Erblasser mir die Aufgabe übertragen, im Benehmen mit Ihnen, Frau Jacobs, einen geeigneten Geschäftsführer einzusetzen.« Lindhorst sah Julia fragend an. »Ist Ihnen jetzt klar, was Herr Börnsen verfügt hat?«

Julia nickte, obwohl sie nicht sicher war, ob sie die Bedeutung der Aussage wirklich erfasst hatte. »Und Frau Börnsen?«

»Machen Sie sich um mich keine Gedanken«, meldete sich Christina Börnsen zu Wort. »Ich bin finanziell unabhängig. Trotzdem hat mein Mann mir freundlicherweise die Villa in Duhnen und das Geschäftshaus in der Nordersteinstraße hinterlassen. Falls ich mich entschließe, nach Cuxhaven zurückzukehren.«

»Mit der Einschränkung«, warf der Notar ein, »dass Sie das Wohnhaus erst in Besitz nehmen können, wenn Herr Berend Börnsen das Zeitliche gesegnet hat.«

»Natürlich«, bestätigte Christina Börnsen. »Mein Schwiegervater hat dort lebenslanges Wohnrecht. Das war seinerzeit seine Bedingung, als er seinem Sohn Haus und Hotel überschrieben hat. Ich habe ohnehin keine Eile. Mir geht es gut in Hamburg.«

»Und was ist mit Erik?«, fragte Julia. »Er hat doch bestimmt damit gerechnet, das Hotel zu erben. Wenn er jetzt leer ausgeht oder nur einen Pflichtteil bekommt …«

Christina Börnsen ließ ein leises Lachen hören. »Meinen Sohn konnte ich mir früher beim besten Willen nicht in der Hotelbranche vorstellen. Er hat zwar bedenkenlos von unserem Geld profitiert, aber das Gewerbe abgelehnt. Das hat sich offenbar grundlegend geändert. Also wird er warten müssen, bis seine Halbschwester achtzehn ist und sich mit ihr einigen. So einfach ist das. Bis dahin muss er aber nicht am Hungertuch nagen. Wenn mein Mann mit der Möglichkeit gerechnet hätte, dass er noch lebt, wäre das Haus in der Stadt wahrscheinlich für ihn bestimmt gewesen. Ich werde es ihm überschreiben. Damit hat er mehr als genug zu tun und ein mehr als ausreichendes Einkommen.«

Kapitel 14

Zu Hause öffnete Julia eine Flasche, die sie zu ihrem letzten Geburtstag bekommen hatte, und schenkte sich ein Glas ein. Grappa. Es schüttelte sie, während die scharfe Flüssigkeit durch ihre Kehle rann. Sie kniff die Augen zusammen und nahm einen weiteren Schluck. Der Alkohol, hoffte sie, würde Magen und Nerven beruhigen. Seit sie die Kanzlei von Dr. Lindhorst verlassen hatte, rumorte es in ihren Eingeweiden. Bis zur Testamentseröffnung hatte sie gehofft, Ralf Börnsens Erbschaft irgendwie zu entkommen, und mögliche Folgen verdrängt. Die Ausführungen des Notars und die Begegnung mit der Witwe hatten ihre Illusion zerstört. Ihre Tochter Leonie sollte an ihrem achtzehnten Geburtstag Hotelbesitzerin werden. Jeder andere würde sich darüber freuen, Julia dagegen empfand die Aussicht als Belastung. Von einem Tag auf den anderen würde das Mädchen zur Millionärin werden. Das konnte nicht gutgehen. Noch schwerwiegender erschien ihr die Bedrohung, die von Erik Börnsen ausging. Er war nach Cuxhaven zurückgekehrt, um den Betrieb seines Vaters zu übernehmen. Mit dieser Möglichkeit hatte Ralf bei der Abfassung seines Testaments nicht gerechnet. Für Julia stand fest, dass Erik sich damit nicht zufriedengeben würde. Er würde alles daransetzen, das Hotel in die Hand zu bekommen. Daran konnten weder sie noch die Großzügigkeit seiner Mutter etwas ändern.

Sie zuckte zusammen, als es an der Tür klingelte. Rasch räumte sie die Flasche weg, spülte das Glas aus und stellte es in die Spüle. Der Blick aus dem Fenster verriet ihr nicht, wer etwas von ihr wollte. Auf der Straße stand lediglich ein Motorroller. Sie drückte den Türöffner und wartete hinter der Wohnungstür auf den Besucher. Kurz darauf erschien im Blickfeld des Spions ein bekanntes Gesicht. Die Kriminalbeamtin. Oberkommissarin Janssen. Diesmal allein. Was konnte sie noch wollen? Julia öffnete nach kurzem Zögern.

»Moin, Frau Jacobs.« Die Polizistin lächelte. »Entschuldigen Sie die Störung. Es haben sich noch Fragen ergeben. Darf ich kurz reinkommen?«

»Bitte.« Julia trat zur Seite. »Sie wissen ja, wo ...«

»Bevor ich Ihnen sage, worum es geht,« begann die Kommissarin, nachdem sie sich gesetzt hatte, »möchte ich etwas klarstellen. Dies ist keine Vernehmung, sondern ein Informationsgespräch. Wir werden Sie allerdings noch in unsere Dienststelle bitten und ein Protokoll aufnehmen müssen. Bis dahin können Sie sich überlegen, wie Sie sich entscheiden.«

»Entscheiden?«, echote Julia. »Was soll ich denn ...?«

»Ob Sie uns die Wahrheit sagen wollen. Oder ob Sie weiter lügen und uns zwingen wollen, Ihnen Ihre Falschaussagen nachzuweisen.«

»Lügen? Falschaussagen? Was meinen Sie?«

»Wir haben herausgefunden, dass Sie im Jahr 2002 in Begleitung von Erik Börnsen, Katharina Blessing und Benjamin Wedemeyer mit einer Segelyacht auf Helgoland waren. Sie haben uns gegenüber behauptet, darüber nicht mehr zu wissen, als seinerzeit in der Zeitung stand.«

Julia hielt die Hand vor den Mund. Erschreckt starrte sie die Besucherin an. Ihr Puls beschleunigte sich und das Blut schoss ihr in die Wangen. »Ich dachte«, murmelte sie, »das spielt keine Rolle. Es ging doch um den Tod von Ralf, ich meine, von Herrn Börnsen. Was hat denn die Sache von damals damit zu tun?«

»Zweierlei«, antwortete die Kommissarin. »Erstens könnte man aus Ihrem Verhalten schließen, dass Sie es mit der Wahrheit nicht so genau nehmen. Zweitens steht jetzt fest, dass Sie mit Erik Börnsen näher bekannt waren, sonst hätte er Sie nicht mit nach Helgoland genommen. Also gibt es eine Verbindungslinie zwischen Ihnen und seiner Familie. Das lässt Ihren Besuch bei Ralf Börnsen an dessen Todestag in einem neuen Licht erscheinen. Im Übrigen ...«

»Nein!« Julia schrie fast. »Mit seinem Tod habe ich nichts zu tun. Er lag schon unten, als ich ...« Erneut presste sie eine Hand auf die Lippen. Tränen schossen ihr in die Augen. Ihr war, als rollte ein riesiger Felsbrocken auf sie zu. Was würde die Polizistin noch herausfinden? Wenn sie ihre Beziehung zu Ralf aufdeckte und von seinem Vermächtnis für Leonie erfuhr ...

»Sie waren also am Tattag in der Wohnung«, stellte die Kommissarin fest. »Das haben Sie bisher bestritten. Noch eine Falschaussage, Frau Jacobs. Langsam wird es eng für Sie.«

Der steinerne Klotz kam näher, warf seinen Schatten über sie, drohte sie zu erdrücken. Julia atmete heftig, ihr Herz raste, und in ihrem Kopf überschlugen sich die Gedanken. Fieberhaft suchte sie nach einem Ausweg, wollte den bedrohlichen Bildern ausweichen, die auf sie einstürzten. Polizisten, die sie verhafteten; ein Richter, der sie verurteilte; eine Gefängniswärterin, die sie einschloss. Leonie, die nach ihrer Mutter rief. Die Szene mit ihrer verzweifelt weinenden Tochter ließ den Widerstand zusammenbrechen. Der Fels überrollte Julia und riss ihr Innerstes auf. Von Weinkrämpfen geschüttelt begann sie zu reden, berichtete vom Segeltörn nach Helgoland, von ihrer späteren Beziehung zu Ralf Börnsen, dessen Vaterschaft und von seinem Erbe für Leonie. Nur die Begegnungen mit Erik erwähnte sie nicht – aus Angst, er könnte ihr oder ihrem Kind etwas antun.

*

»Moin zusammen«, begrüßte Erik die Mitarbeiter. Mit Hilfe der Direktionsassistentin hatte er die Angestellten des Hotels Alte Liebe in einem der Veranstaltungsräume zusammenrufen lassen. »Mein Name ist Börnsen. Erik Börnsen. Nach dem unerwarteten Ableben meines Vaters werde ich die Leitung des Hauses übernehmen.« Er machte eine Pause und wartete, bis sich die Unruhe unter den Zuhörern gelegt hatte. »Hier wird sich in Zukunft einiges ändern«, fuhr er fort. »Wir brauchen ein modernes Konzept, um unsere Position in der Region zu halten, und müssen vor allem auf Rentabilität achten.« Joana stieß ihn unauffällig an und raunte ihm etwas zu. Unwillig schüttelte er den Kopf, doch dann überlegte er es sich anders. Sie hatte Recht, man musste dem Personal die Angst vor Veränderungen nehmen. »Für Sie ändert sich natürlich nichts. Jeder behält seinen Arbeitsplatz, die Gehälter bleiben, wie sie sind. Wenn Sie Fragen haben, ein Problem erkennen oder Vorschläge machen wollen, wenden Sie sich vertrauensvoll an Frau Santos. Selbstverständlich stehe auch ich Ihnen zur Verfügung – nur nicht jeden Tag und zu jeder Zeit. Dafür haben Sie sicher Verständnis.« Er ließ seinen Blick über die versammelten Mitarbeiter wandern. »Als Erstes werden wir die Berufskleidung ändern. Ich sehe zu viel Schwarz und zu viel Grau. Wir brauchen mehr Farbe.«

Unter den Angestellten entstand erneut leichte Unruhe. Schließlich hob eine junge Frau den Arm. Erik sah Joana an. Sie nickte unmerklich. »Ja bitte!«, rief Erik und deutete in Richtung der Mitarbeiterin.

»Mein Name ist Jennifer Dehne. Ich bin Restaurantfachfrau und arbeite im Service. Wir haben im vorigen Jahr erst neue Kleidung bekommen. Damit sind wir sehr zufrieden, denn Herr ..., also Ihr Vater, hat uns bei der Auswahl mitbestimmen lassen.« Der Beitrag löste zustimmendes Gemurmel aus.

Erik hob beide Hände. »Seien Sie versichert, dass Sie auch in Zukunft um Ihre Meinung gebeten werden. Aber bei unternehmerischen Entscheidungen hat nun mal der Inhaber das letzte Wort. Hier und heute werde ich Details nicht mit Ihnen diskutieren. Sie sollten heute nur Ihren neuen Chef kennenlernen. Jetzt können Sie an Ihren Arbeitsplatz zurückkehren.«

Erst zögernd, dann zunehmend zügig verließen die Angestellten den Raum. Gegen den Strom drängte sich ein Mann durch die Tür und kam auf Erik und Joana zu. »Moin. Herr Börnsen?« Er griff in die Tasche und zog ein grünes Papier hervor, das nach einem Ausweis aussah. »Kriminalhauptkommissar Jan Feddersen, Polizeiinspektion Cuxhaven.« Er hielt Erik das Dokument vor die Nase. »Ich würde gern mit Ihnen sprechen.«

Börnsen empfand unwillkürlich Widerwillen gegen den Mann, dessen Lächeln ihm wie höhnisches Grinsen erschien. Begegnungen mit Polizisten hatten in den zurückliegenden Jahren keine guten Erinnerungen hinterlassen. Mit einer

Kopfbewegung deutete er auf Joana. »Frau Santos kann Ihnen einen Termin geben. Ich muss mich um das Hotel kümmern.«

»So geht's leider nicht«, erklärte der Polizist. »Wir werden uns *jetzt* unterhalten. Anderenfalls müsste ich Sie bitten, mir zur Dienststelle zu folgen. Im Fall einer Weigerung bekämen Sie Begleitung durch uniformierte Kollegen.«

Börnsen bezwang einen drohenden Wutanfall, nickte Joana zu und deutete zur Tür. »Wir gehen in mein Büro.«

»Was verschafft mir die Ehre Ihres Besuchs?«, fragte er mit deutlicher Ironie in der Stimme, als er hinter dem Schreibtisch seines Vaters Platz genommen hatte. Dem Polizisten bot er keinen Platz an, doch der ließ sich ungerührt in einem der Besuchersessel nieder. »Es geht um den unaufgeklärten Fall einer vermissten Frau und den Tod eines Mannes aus dem Jahr 2002. Sie wissen, wovon ich spreche. Damals wurde angenommen, die Yacht, mit der Sie gemeinsam unterwegs waren, wäre auf der Nordsee gekentert und gesunken. Nachdem Sie wieder in Cuxhaven aufgetaucht sind, stellt sich die Frage, was seinerzeit geschehen ist, insbesondere, was aus der vermissten Katharina Blessing geworden ist. Auch der Fall Benjamin Wedemeyer muss neu aufgerollt werden, denn offensichtlich hat es keinen Bootsunfall gegeben.«

Die Worte des Polizisten trafen Erik Börnsen nicht unvorbereitet. Zwar hatte er gehofft, das Verschwinden der *Seeteufel* sei längst in Vergessenheit geraten, aber mit Fragen dieser Art hatte er rechnen müssen. »Doch«, widersprach er kühl. »Es hat einen Unfall gegeben, wenn auch keine Havarie. Benny – Benjamin Wedemeyer – war unaufmerksam und hat bei einer Wende den Baum an den Kopf bekommen. Der Schlag hat ihn über Bord geworfen. Wir haben nach ihm gesucht, ihn aber nicht gefunden. Ein bedauerlicher Unfall, aber strafrechtlich nicht relevant. Wenn es in meinem Verhalten Rechtsverstöße gegeben haben sollte, wären sie verjährt. Was Kathi betrifft ...« Er unterbrach sich und seufzte. »Da kann ich Ihnen leider nicht weiterhelfen. Wir wollten gemeinsam ein neues Leben anfangen. Ohne unsere Väter, unter denen jeder von uns auf seine Weise gelitten hat. In Portugal haben wir unseren Traum verwirklicht. Leider ist sie dort verstorben. Verkehrsunfall.«

2002

Aus der angekündigten Stunde wurden zwei, ohne dass Erik zurückgekehrt wäre. Je länger Katharina wartete, desto nervöser wurde sie. Voller Unruhe tigerte sie unter Deck auf und ab. Obwohl er ihr eingeschärft hatte, sich nicht zu zeigen, riskierte sie hin und wieder einen Blick nach draußen. Erik hatte das Schott am Niedergang nicht verschlossen, sodass sie die Stufen zum Deck hinaufsteigen konnte. Wenn sie sich umsah, fragte sie sich, warum er etwas dagegen hatte, dass sie sich draußen aufhielt. Auf dem Kai und den benachbarten Booten waren nur wenige Menschen zu sehen. Die waren beschäftigt. Niemand achtete auf sie, niemand hätte von ihr Notiz genommen, wenn sie das Boot verlassen hätte.

Nach einer weiteren halben Stunde wurde der Drang, sich Eriks Einfluss zu entziehen und auf eigene Faust den Rückweg nach Deutschland anzutreten, fast übermächtig. Doch dann wurde ihr klar, wie gering ihre Erfolgschancen waren. Sie sprach kein Wort holländisch, hatte kein Geld und keinen

Ausweis. Außerdem befand sie sich auf einer Insel. Wie sollte sie eine Mitfahrgelegenheit finden? Höchstens auf einem deutschen Boot. Sie müsste die Stege abklappern und fremde Menschen um Hilfe bitten. Damit würde sie Aufsehen erregen, vielleicht sogar von der Polizei aufgegriffen werden. Erik würde sie beschuldigen, Benny getötet zu haben. Wie sollte sie ihre Unschuld beweisen? Die Ausweglosigkeit ihrer Situation ließ sie in Tränen ausbrechen. Zum Gefühl der Ohnmacht gesellte sich Hunger. Gestern hatte sie nichts gegessen, heute war sie seit drei Stunden auf den Beinen, ohne etwas zu sich nehmen zu können. Erik hatte von Frühstück gesprochen. Aber wo blieb er? Sie wusch sich das verheulte Gesicht und erklomm erneut die Stufen des Niedergangs. Er war nirgends zu sehen. Enttäuscht und erschöpft ließ sie sich auf die Decksplanken sinken.

»Du solltest doch unten bleiben«, knurrte Erik, als er wenig später über die Reling sprang. Er trug eine gefüllte Plastiktüte und zwei große Becher aus Pappe in den Händen. Mit einer Kopfbewegung deutete er zum Niedergang. »Los!« Katharina warf einen Blick auf die Uhr und sah ihn an. »Eine Stunde!«, zischte sie. »Jetzt sind es fast drei.«

»Ging nicht schneller.« Erik zuckte mit den Schultern. »Aber dafür habe ich schon ziemlich viel Kohle zusammen.« Er grinste. »Mit Kreditkarten kriegt man nur tausend Euro pro Tag. Aber so schnell schalten die wohl nicht. Ich habe bei verschiedenen Banken schon sechstausend Tacken zusammengekriegt. Morgen geht's weiter. Erst noch mal Kohle einsammeln, dann segeln wir nach Amsterdam.«

Katharina schöpfte Hoffnung. »Amsterdam? Was willst du da?«

Erik wedelte mit der Einkaufstüte und stellte die Becher ab. Sie trugen die Aufschrift *Koffie.* »Jetzt lass uns reingehen und erst mal frühstücken! Und dann machen wir Pläne. Ich habe ein paar gute Ideen. Könnten dir gefallen.«

Der Kaffee war nicht mehr richtig heiß, aber die Grilled-Chicken-Burger, Cheeseburger und Big Macs, die Erik mitgebracht hatte, schmeckten so gut wie lange nicht. Mit Heißhunger verschlang Katharina ihren Anteil, ließ keinen Krümel zurück und lehnte sich schließlich mit einem Seufzer zurück. Während des Frühstücks hatte sie geschwiegen. Jetzt, nachdem sich das angenehme Gefühl träger Sattheit in ihr ausbreitete, fühlte sie sich stark genug, um ihre Forderung zu wiederholen. »Egal, was du sagst – ich gehe nach Hause zurück.« Sie streckte die Hand aus. »Mein Portemonnaie!«

Erik schüttelte den Kopf. »Du bleibst bei mir, bis wir angekommen sind. Wenn du dann immer noch nicht zur Vernunft gekommen bist, kannst du meinetwegen abhauen.«

»Angekommen? Was soll denn das heißen? Ich will nirgends ankommen. Außer in Cuxhaven.«

»Ja«, ätzte Erik. »Da warten sie schon auf dich. Dein dich liebender Vater und die Polizei. Du hast die Wahl zwischen Pest und Cholera. Entweder darfst du zu Hause deinen Arsch hinhalten oder im Knast in der Zelle schmoren. Kannst dir schon mal überlegen, was dir lieber ist.«

Eine Welle heißer Wut durchströmte Katharina. Sie sprang auf und schlug mit beiden Fäusten auf Erik ein. »Gib mir mein Geld und meinen Perso zurück!«

Höhnisch grinsend wehrte Erik ihre Angriffe ab, packte eins ihrer Handgelenke und drehte ihren Arm auf den Rücken, sodass sie vornüberkippte und mit den Knien auf dem Boden aufschlug. Plötzlich hatte er ein Seil in der Hand, band ihre Gelenke zusammen, zerrte sie hoch und stieß sie auf eine der Sitzbänke. Der Schmerz ließ sie aufstöhnen, aber die aufsteigenden Tränen drängte sie erfolgreich zurück, spuckte Erik ins Gesicht. »Ich hätte es wissen müssen«, zischte sie. »Du bist ein Arschloch.«

Gleichmütig wischte Erik sich das Gesicht ab und zuckte mit den Schultern. »Wer nicht hören will, muss fühlen. Kennst du doch von deinem Alten. Du bleibst jedenfalls an Bord, bis wir in Amsterdam sind. Hier kommst du eh nicht weg. Da kannst du dich meinetwegen an die Straße stellen. Gibt genug Typen, die auf dein Aussehen abfahren. Mit viel Glück erwischst du einen Trucker, der dir nichts antut. Wahrscheinlich ist das aber nicht. Du kannst auch mit mir weiterreisen. Ich nehme dir deine Ausraster nicht übel. Und wenn du dich ein bisschen beruhigt hast, erkläre ich dir, welches Leben uns in dem Fall erwartet.«

Katharina kämpfte mit sich. Wenn Basti nicht wäre, würde sie Erik vielleicht folgen. Aber die Vorstellung, ihren kleinen Bruder nicht beschützen zu können, machte ihr Angst. Zwischen dem strengen und gewalttätigen Vater auf der einen und der endlos verwöhnenden Mutter auf der anderen Seite gab es keinen Halt, keine Orientierung für den pubertierenden Jungen. Ohne seine große Schwester war er verloren. Andererseits war abzusehen, dass er sich früher oder später von ihr nicht mehr viel sagen lassen würde. Ob sie ihm dann noch würde helfen können? Aber worin bestand die Alternative? Welche Ideen hatte Erik, von denen er meinte, sie könnten ihr zusagen? Vielleicht sollte sie sich anhören, was in seinem Kopf vorging. Sie hätte es ihm gegenüber niemals zugegeben, aber sie musste sich eingestehen, dass sie neugierig war.

»Also gut«, murmelte sie schließlich. »Was sind das für Pläne, von denen du glaubst, sie würden mir gefallen? Ich kann mir das nicht vorstellen. In Amsterdam mache ich auf jeden Fall die Fliege. Aber du kannst ja mal erzählen, was du vorhast.«

Grinsend ließ Erik sich ihr gegenüber nieder. »Ein Leben unter der Sonne. Wärme, Sand und Sangria. Musik und Meeresrauschen. Am Strand, in der Bar, am Swimmingpool – wo du willst. Jeden Tag ein Event, jeden Abend Party, jede Nacht 'ne heiße Nummer. Wie im Paradies.«

Katharina schüttelte den Kopf. »Wie soll das gehen? Wovon sollen wir existieren? Wer bezahlt das alles?«

»Die Touristen«, antwortete Erik großspurig. »Im Urlaub sitzt das Geld locker. Ich seh's doch bei meinem Alten im Hotel. Und das im langweiligen Cuxhaven an der grauen Nordsee. Wir gehen nach Portugal, an die Algarve. Oder nach Brasilien. Copacabana. Eröffnen eine Strandbar, eine Surf- oder Segelschule. Später vielleicht eine kleine Pension, irgendwann wird daraus ein großes Hotel. Wir spezialisieren uns auf deutschsprachige Urlauber. Dein Aussehen und dein Charme werden unser Aushängeschild. Du empfängst die Gäste, ich kümmere mich ums Geschäftliche. Wirst sehen, es wird ein Riesenerfolg.«

»Dafür brauchst du Startkapital«, wandte Katharina ein. »Auch wenn du klein anfängst.«

»Kein Problem«, verkündete Erik. »Das kriegen wir mit den Kreditkarten meines Alten. Sechs Mille habe ich schon. In den nächsten Tagen komme ich locker auf zwanzig oder dreißig, vielleicht auch fünfzig. In Amsterdam verkaufe ich die Yacht. Die hat eine halbe Million gekostet und ist fast neu. Also gibt's mindestens die Hälfte.«

»So viel«, staunte Katharina. »Aber ich weiß nicht. Unsere Eltern werden uns suchen lassen. Und dich sucht dann vielleicht sogar die Polizei. Wegen der Kreditkarten und der Yacht, meine ich.«

»Sie werden uns nicht finden. In Portugal legen wir uns andere Namen zu. Ich kann die Sprache ein bisschen. Und du mit deinem schwarzen Haar und den dunklen Augen gehst allemal als Portugiesin durch.« Erik breitete die Arme aus. »Überleg's dir! Bis Amsterdam sind es achtzig Seemeilen. Auf dem Ijsselmeer sind wir nicht so schnell wie auf hoher See. Das heißt, wir sind ungefähr fünfzehn Stunden unterwegs. Die Zeit sollte reichen.« Er stand auf. »Ich gehe noch mal los. Lebensmittel kaufen. Vielleicht finde ich auch noch eine Bank, bei der ich noch nicht war, oder einen Geldautomaten. Brauchst du noch irgendwas?«

Katharina rollte sich von der Bank, drehte sich um und streckte ihm die auf dem Rücken zusammengebunden Hände entgegen. »Mach mich los! Ich bleibe auch unter Deck.«

Erik zögerte einen Moment. »Lieber nicht«, entschied er dann. »Ist mir zu riskant. Ich bin in einer Stunde, sagen wir in zwei Stunden zurück. Dann kannst du dich wieder frei auf dem Boot bewegen. Und wenn du dich entscheidest, mit mir nach Portugal oder Brasilien zu gehen, sowieso. Also bis dann.«

»Arsch!«, murmelte Katharina resigniert. Solange Erik ihr Geld und ihren Ausweis hatte, war sie machtlos. Sie würde warten müssen, bis sie in Amsterdam von Bord gehen konnte. Aber wollte sie das wirklich? Eriks Darstellung einer gemeinsamen Zukunft unter südlicher Sonne hatte farbenfrohe Bilder in ihrem Kopf erzeugt. Sie sah sich an einem weißen Strand im Liegestuhl einen Cocktail schlürfen und durchtrainierte junge Männer beobachten, die in der Brandung herumtobten und ihr bewundernde Blicke zuwarfen. Dagegen waren ihre Erinnerungen an Cuxhaven grau eingefärbt. Die Wohnung am Lotsengang, der aggressive Blick ihres Vaters, die leidende Miene ihrer Mutter, das Restaurant, in dem sie ihre Ausbildung abgeschlossen hatte und dessen Chef sie übernehmen wollte, wenn sie sich ein bisschen entgegenkommender verhalten würde. Auch in ihrer Heimat schien die Sonne. Als sie zum Helgoland-Törn aufgebrochen waren, herrschten geradezu karibische Temperaturen, sie waren fröhlich und unbeschwert. Bis zu der Sache mit Erik und Jule. Und mit Benny. Es gelang ihr nicht, die Bilder aus dem Kopf zu bekommen. Der Schlag mit dem Flaggenstock. Benny unter der Plane. Sein Körper, der über die Reling rollte. Das Stöhnen. Gern hätte sie die Handflächen gegen die Ohren gepresst. Aber wahrscheinlich hätte das nichts genützt. Ungeschehen machen ließ sich das Ganze ohnehin nicht. Benny konnte nicht überlebt haben. Alle würden nach ihm fragen, wenn sie nach Cuxhaven zurückkäme. Eltern, Freunde, Polizei. Hatte Erik Recht? Käme sie ins Gefängnis? Ihr Vorstellungsvermögen reichte nicht aus, um sich das auszumalen. Dagegen waren die Bilder, die Erik in ihrem Kopf erzeugt hatte, klar und deutlich, aufregend und verlockend. Wäre sie wirklich in der Lage, ihr altes Leben dafür hinter sich zu lassen?

Diesmal dauerte es tatsächlich nur zwei Stunden, bis Erik wieder an Bord kam. Er stellte zwei gefüllte Plastiktüten ab und sah sie an. »Und? Hast du dich schon entschieden?«

Kapitel 15

2019

»Um die Frage, inwieweit Ihr damaliges Verhalten strafrechtlich relevant ist, wird sich der Staatsanwalt kümmern. Mit Konsequenzen müssen Sie rechnen, falls sich der Tod von Benjamin Wedemeyer als Tötungsdelikt herausstellen sollte. Wir haben die Ermittlungen wieder aufgenommen, sie sind also noch nicht abgeschlossen. Dazu werden wir Sie gegebenenfalls gesondert vernehmen.« Kriminalhauptkommissar Feddersen fixierte Erik Börnsen, dessen Kiefer mahlten und an dessen Schläfe die *Arteria temporalis* deutlich hervortrat. »Aber jetzt komme ich erst noch einmal auf die Ereignisse der Gegenwart zurück.«

Er hätte die Standardfrage nach dem Alibi vielleicht nicht gestellt, wenn ihm Börnsen nicht so selbstgefällig und herablassend gegenübergetreten wäre. Obwohl er anscheinend zur Tatzeit nicht in Cuxhaven gewesen war, konnte Börnsen als Täter nicht ausgeschlossen werden. Er profitierte vom Tod seines Vaters wie kein anderer. Die Aussicht auf ein Millionenerbe war als Mordmotiv nicht gerade abwegig. Feddersen beobachtete aufmerksam den Mann hinter dem Schreibtisch, während er die Frage formulierte. »Wo waren Sie zum Zeitpunkt des tödlichen Sturzes, bei dem Ihr Vater ums Leben gekommen ist.«

In Börnsens Miene spiegelte sich nacheinander kurzes Erschrecken, unwillige Ablehnung und schließlich überhebliche Selbstgewissheit. »In Portugal«, antwortete er. »Vom

Tod meines Vaters habe ich über das Internet erfahren. Zwei Tage später bin ich nach Deutschland gekommen. Das Flugticket für den Flug von Faro nach Hamburg stelle ich Ihnen gern zur Verfügung. Auch die Taxiquittungen für die Fahrt vom Flughafen zu meiner Mutter und von dort zum Bahnhof kann ich Ihnen vorlegen. Und natürlich den Fahrschein der *Trainline.*«

»Sehr gut.« Jan Feddersen erhob sich. »Bitte lassen Sie uns die Reiseunterlagen möglichst umgehend zukommen.« Er zog eine Visitenkarte aus der Tasche und reichte sie Börnsen. »Unsere Dienststelle befindet sich in der Poststraße, im Haus der Volksbank. Sicher gibt es Zeugen, die bestätigen können, dass Sie sich zur fraglichen Zeit in Portugal aufgehalten haben. Wenn Sie bitte die entsprechenden Namen und Adressen hinzufügen würden, damit wir unsere portugiesischen Kollegen um Amtshilfe bitten können.«

Der letzte Satz schien Börnsen nicht zu gefallen, seine Miene drückte Ablehnung aus. Aber er hatte sich im Griff und versprach, die erbetenen Informationen zu liefern. Feddersen fiel auf, dass sich sein Tonfall verändert hatte. Er klang jetzt weniger selbstsicher.

Während sich der Kriminalhauptkommissar verabschiedete, vibrierte in seiner Tasche das Smartphone. Im Hinausgehen nahm er das Gespräch an. »Hallo, Marie«, meldete er sich. »Konntest du mit Frau Jacobs sprechen?«

»Ja«, antwortete seine Kollegin. »Es war etwas schwierig, aber für uns ergeben sich neue Aspekte. Bist du noch bei Börnsen?«

»Ich komme gerade aus seinem Büro. – Warte bitte mal kurz«, unterbrach er sich. Hinter ihm hatte ein Telefon geklingelt. Börnsen hatte abgenommen und sich gemeldet. Feddersen schloss die Tür nicht vollständig und blieb stehen.

»Probleme? Wieso? Ein Testament?«, fragte Börnsen mit hörbarem Entsetzen in der Stimme. »Geben Sie mir Doktor Lindhorst! Er soll mir sagen, was los ist. – Nicht am Telefon, zu ihm? – Jetzt? – Also gut, ich komme.« Der Hörer wurde auf den Apparat geknallt. Rasch eilte Feddersen davon. »Marie«, flüsterte er in sein Smartphone. »Bist du noch da? Ich rufe dich gleich zurück.«

Vor dem Hotel wartete er nur wenige Augenblicke, bis ein dunkler SUV mit Cuxhavener Kennzeichen aus der Tiefgarage kam, am Steuer der Sohn des ehemaligen Besitzers.

Da Feddersen sicher war, das Ziel zu kennen, machte er sich nicht die Mühe, dem Wagen zu folgen. Stattdessen wählte er Maries Nummer. »Ich glaube«, sagte er, als sie sich meldete, »unser Freund Börnsen hat ein Problem mit dem Nachlass seines Vaters.«

»Ja«, bestätigte Marie Janssen. »Ich *weiß*, dass er ein Problem hat. Julia Jacobs übrigens auch. Und beide hängen zusammen. Außerdem stellen sich die Ereignisse von 2002 tatsächlich anders dar als in der offiziellen Version. Wir sollten uns noch mal mit Konrad und Claus-Peter zusammensetzen.«

»Also treffen wir uns im Keller?«

»Gute Idee.« In Maries Stimme schien ein Grinsen mitzuschwingen. »Da haben wir's kühl und laufen dem Lütten nicht über den Weg. Bis dahin!«

*

Ab Segelckestraße war die Große Hardewiek Einbahnstraße. Erik Börnsen preschte mit seinem SUV trotzdem geradeaus weiter, ohne auf Fußgänger und Radfahrer Rücksicht zu nehmen. Wegen der kurzen Strecke zur Anwaltskanzlei würde er keinen Umweg fahren. Im Halteverbot vor den Parkplätzen des Anwesens ließ er den Wagen stehen, eilte zur Tür und drückte auf den Klingelknopf, bis der Summer ertönte und die Tür aufsprang.

»Wo ist er?«, rief er der Empfangsdame zu.

Die Frau hinter dem Tresen musterte ihn kühl. »Herr Börnsen, nehme ich an?«

»Allerdings. Der alte Lindhorst will mich sprechen. Also wo?«

»Ich weiß nicht«, erwiderte die Frau, »ob Herr Doktor Lindhorst Sie sofort empfangen kann. Eventuell müssen Sie sich ein paar Minuten gedulden.« Sie deutete auf eine offenstehende Tür. »Wenn Sie einen Moment Platz nehmen möchten. Ich melde Sie an.«

»Was Sie wissen oder nicht wissen, ist mir völlig schnuppe«, fauchte Börnsen. »Ich will den Notar sprechen. Jetzt.«

»Sie können im Wartebereich Platz nehmen«, antwortete die Angestellte. »Oder hier stehen bleiben. Das wiederum ist *mir* völlig schnuppe.« Sie griff zum Telefonhörer und drückte eine Taste. »Herr Börnsen wäre jetzt hier. – Ja, selbstverständlich.«

Sie legte auf, hob den Kopf und sah durch ihn hindurch. »Herr Doktor Lindhorst ist in einem Gespräch, aber er ist gleich für sie da.« Sie wandte sich ihrem Monitor zu und zog die Tastatur heran.

Erik Börnsen bezwang mühsam seine Wut. Die Frechheit dieser Schlampe hätte er am liebsten mit einer Ohrfeige beantwortet. Doch ihm war klar, dass er sich in dieser Umgebung keine Schwäche erlauben durfte. Er befand sich in einer renommierten Kanzlei, die seit Generationen die Geschäftstätigkeit der Familie juristisch betreute. Sich mit Lindhorst anzulegen, konnte ihm schaden. Also ergab er sich seinem Schicksal und wartete. Um die Zicke hinter dem Tresen zu ärgern, wanderte er im Empfangsbereich auf und ab. Bis Lindhorst endlich auftauchte und ihn in sein Büro bat. »Willkommen in der Heimat, Herr Börnsen. Die Nachricht von Ihrer ... Rückkehr hat mich doch sehr überrascht. Ihre Frau Mutter ...«

»Was ist mit dem Testament?«, unterbrach Börnsen den Anwalt. »Hat mein Alter tatsächlich ...?«

Lindhorst nickte. »Ihr Herr Vater hat in unserem Notariat ein Testament hinterlegt und verfügt, dass die Personen, die er darin begünstigt, der Eröffnung beiwohnen. Sie, Herr Börnsen, hat er nicht benannt. Wohl weil er annehmen musste, Sie seien ...«

»... in der Nordsee abgesoffen«, knurrte Erik Börnsen. »Ich weiß. Nur war das nicht so. Wie Sie selbst sehen können, bin ich hier. Was steht denn nun in dem verdammten Testament?«

»Ich bin nicht befugt, Ihnen darüber Auskunft zu geben«, antwortete der Notar. »Aber aus der Tatsache, dass Sie nicht zur Testamentseröffnung geladen wurden, können Sie Rückschlüsse ziehen.«

»Ich komme darin nicht vor«, stieß Börnsen wütend hervor. »Wie kann das sein, ich bin der Sohn. Also der rechtmäßige Erbe.«

»Selbstverständlich steht Ihnen ein gesetzlicher Pflichtteil zu. Über die Höhe wird das Nachlassgericht befinden. Zunächst muss aber der Gesamtumfang des Erbes ermittelt werden. Daraus berechnet sich Ihr Anteil.«

»Anteil? Wieso Anteil? Es gibt doch außer mir niemanden ...«

»Doch«, widersprach der Notar. »Ich empfehle Ihnen, sich an Ihre Frau Mutter zu wenden. Sie ist nicht an die Schweigepflicht gebunden.«

»Ach so, es geht um meine Mutter.« In Erik Börnsen machte sich Erleichterung breit. »Sie ist es, die er als Erbin eingesetzt hat. Das ist kein Problem, mit Mama komme ich klar.«

»Das freut mich für Sie«, erklärte Lindhorst. »Wenn Sie sich mit Ihrer Frau Mutter einigen können, ist für Sie schon viel gewonnen. Sie scheint Ihnen wohlgesonnen zu sein. Ich kann mir vorstellen, dass sie für eine angemessene finanzielle Ausstattung sorgt. Anderenfalls müssten Sie sich an eventuelle weitere Erben wenden und die Herausgabe der Mindestbeteiligung verlangen.«

»Eventuelle weitere Erben?« Börnsen sprang auf. »Was soll das denn heißen?«

»Sprechen Sie mit Ihrer Frau Mutter!«, wiederholte der Notar. »Mehr kann ich Ihnen dazu nicht sagen.«

Börnsen ballte die Fäuste und stürmte aus dem Büro. Auf dem Weg nach draußen zog er sein Smartphone aus der Tasche. Seine Mutter meldete sich sofort. »Schön, dass du anrufst, Erik. Wir haben etwas zu besprechen.«

»Allerdings«, rief Börnsen ins Telefon. »Anscheinend gibt es ein Testament. Was hat der Alte sich da ausgedacht?«

»Kein Grund zur Beunruhigung«, erwiderte Christina Börnsen. »Dein Vater konnte nicht wissen, dass du noch lebst. Trotzdem ist für dich gesorgt. Mach dir keinen Kopf! Können wir uns treffen? Vielleicht in Stade? Dann wäre es für jeden von uns nicht so weit.«

»Natürlich können wir uns treffen. Aber sag mir bitte, was in dem Testament steht! Der alte Lindhorst hat so eine merkwürdige Andeutung gemacht. Als könnte noch jemand anders als Erbe eingesetzt worden sein. Ich kann mir nicht vorstellen, wer das sein sollte.«

»Lass uns darüber in Ruhe reden!«, schlug Christina Börnsen vor. »Wann hast du Zeit für einen Ausflug nach Stade? Ich würde mich freuen, wenn wir uns bald sehen.«

»Ich kann sofort losfahren. In einer Stunde bin ich da.«

»Okay, ich auch«, bestätigte Christina Börnsen. »Wir treffen uns im Café im Goebenhaus. Kannst du dich daran erinnern? Wir waren da früher ...«

»Ich finde es«, unterbrach Börnsen seine Mutter. »Mache mich sofort auf den Weg. Bis nachher.« Er legte auf, suchte die genaue Adresse mit seinem Smartphone heraus, während er zum Wagen lief, stieg ein und wendete. Nach einem Blick auf die Tankanzeige tippte er das Ziel ins Navigationsgerät und gab Gas.

Die Bundesstraße 73 war in der Zeit, die er nicht in Cuxhaven verbracht hatte, ausgebaut worden; Otterndorf hatte eine Umgehungsstraße bekommen. Dennoch musste er immer wieder abbremsen, weil es Autofahrer gab, die sich an die Geschwindigkeitsbeschränkung hielten oder weil Lastwagen und landwirtschaftliche Fahrzeuge die freie Fahrt behinderten. Der Verkehr hatte deutlich zugenommen, sodass er trotz seiner Fahrweise das Zentrum von Stade zehn Minuten später erreichte, als das Navi ursprünglich angezeigt hatte.

In der Kehdinger Straße entdeckte er eine Parklücke. Das Café befand sich in einem denkmalgeschützten dreigeschossigen Doppelhaus aus dem Mittelalter. Börnsen hatte keinen Blick für die Schönheit des Bauwerks und hastete zum Eingang. Seine Mutter hatte ihren Rollstuhl im hinteren Bereich so platziert, dass sie die Tür im Blick hatte. Sie winkte ihm zu und gab auch der Bedienung ein Zeichen.

»Was möchtest du trinken?«, fragte sie, als er an den Tisch trat, und deutete auf das halbvolle Sektglas vor ihr auf dem Tisch. »Auch Prosecco?«

»Zu feiern gibt's ja wohl nichts«, murrte Börnsen und setzte sich. »Wie kommt der Alte dazu, ein Testament zu machen?«

»Ja – wie kommt er dazu?« Seine Mutter lächelte nachsichtig. »Schließlich war er weder krank noch altersschwach. Im Gegenteil. Mit über fünfzig war er offenbar so fit, dass er noch einmal für Nachwuchs sorgen konnte.«

»Wie Nachwuchs?« Börnsen schüttelte den Kopf. »Ich verstehe nicht. Was meinst du?«

»Gleich«, antwortete sie und deutete mit einem Kopfnicken auf die Bedienung, die sich mit einem weiteren Glas Prosecco näherte. Nachdem sie es vor Börnsen abgestellt hatte, hob seine Mutter ihr Glas. »Auf dein Wohl! Ich gratuliere dir, Erik. Du hast eine Schwester, eine Halbschwester, um genau zu sein. Sie heißt Leonie und ist sieben Jahre alt.«

Erik Börnsen fiel die Kinnlade herunter und das Glas aus

der Hand. Erst nachdem die Bedienung die Scherben beseitigt und ein neues gebracht hatte, fand er seine Sprache wieder. »Dieses Kind hat Lindhorst gemeint? Das soll von unserem Erbe profitieren? Hat mein Vater dem Balg Unterhalt zugesagt oder was?«

»Darum geht es nicht.« Christina Börnsen schüttelte den Kopf. »Den Unterhalt hat er mit der Mutter anders geregelt. Sie – also die Tochter – erbt das Hotel. Bis zu ihrem achtzehnten Lebensjahr wird ein Geschäftsführer ...«

»Nein!« Erik Börnsen war aufgesprungen und hatte so laut geschrien, dass sich die anderen Gäste nach ihm umdrehten.

»Setz dich und beruhige dich!« Seine Mutter leerte ihr Glas. »Für dich ist gesorgt. Du bekommst das Haus im Zentrum. Ralf hat es mir vermacht, aber ich überschreibe es dir. Damit hast du ausgesorgt und musst dich nicht ums Hotel kümmern. Gastronomie hat dich doch nie interessiert.«

»Tut es jetzt aber«, widersprach Börnsen und nahm wieder Platz. »Ich habe während der letzten fünfzehn Jahre in der Branche gearbeitet. Und ich bin nach Cuxhaven zurückgekommen, um etwas Eigenes zu haben. Das Hotel unserer Familie. Es darf nicht in fremde Hände fallen.«

»Die kleine Leonie ist keine Fremde, Erik. Sie ist die Tochter deines Vaters. Er hat die Vaterschaft anerkannt und sie als Erbin eingesetzt. Alles notariell beglaubigt. Wenn du wirklich ins Hotel Alte Liebe einsteigen willst, musst du dich als Geschäftsführer bewerben und dich mit der Testamentsvollstreckerin und später mit deiner Halbschwester einigen.«

»Halbschwester«, murmelte Börnsen. »Dein Mann hat mit über fünfzig noch ein Kind gemacht. Das ist nicht normal. Wer ist überhaupt die Schlampe, mit der er ...«

Börnsens Mutter hob eine Hand. »Eine Schlampe ist sie ganz bestimmt nicht. Im Gegenteil – eine reizende junge Frau. Krankenschwester, hübsch, ungefähr dein Alter. Sie wollte das Erbe nicht. Aber sie kann es nicht ablehnen, weil nicht sie die Erbin ist, sondern ihre Tochter. Ich fürchte, du musst dich damit abfinden.«

Energisch schüttelte Börnsen den Kopf. »Niemals. Das Hotel gehört mir. Ich werde .... Weißt du, wie die Mutter heißt?«

Christina schloss die Augen. »Lindhorst hat uns bekannt gemacht. Ich glaube, sie hieß ... heißt ... Jakob. Nein, Jakobs.«

»Mit K oder mit C?«

»Das weiß ich nicht, ich habe den Namen nicht geschrieben gesehen. Aber ihr Vorname ist Julia.«

Börnsen spürte, wie ihm Blut in die Wangen schoss und in den Ohren rauschte. »Das kann nicht wahr sein«, stöhnte er. »Nicht Julia Jacobs.«

Überrascht sah seine Mutter ihn an. »Warum? Kennst du sie?«

»Ich muss los.« Börnsen stand wieder auf. »Tut mir leid, Mama.« Er deutete auf die Gläser. »Kannst du das übernehmen? Ich fahre zurück. Dieses Miststück ...«

Seine Mutter griff nach seiner Hand. »Mach keinen Fehler!«, mahnte sie. »Es ist, wie es ist. So wie die Dinge liegen, gibt es keine Möglichkeit, an der Entscheidung deines Vaters etwas zu ändern.«

»Es gibt immer eine Möglichkeit«, knurrte Börnsen düster. »Mach's gut, Mama!« Er umarmte sie hastig und stürmte aus dem Café.

Auf dem Weg nach Cuxhaven dachte er an Katharina. Sie war aus seinem Leben verschwunden, ohne eine Spur zu hinterlassen. Auch in Deutschland verschwanden täglich Menschen. Es musste einen Weg geben … Börnsen zermarterte sich das Gehirn, erwog eine Entführung auf See mit anschließendem Bootsunfall, einen Verkehrsunfall mit tödlichem Ausgang und eine Gasexplosion in Julias Wohnung. Bis zu seiner Ankunft im Hotel hatte er noch keine Lösung gefunden, die ihm wirklich überzeugend erschien. Er musste sich mit Joana beraten, sie hatte immer gute Ideen. Er fand sie in ihrem Büro.

Statt ihn mit einer Umarmung zu begrüßen, blieb sie auf ihrem Stuhl sitzen und schob zwei bedruckte Blätter über den Schreibtisch. »Sieh dir das an! Darum musst du dich kümmern.«

»Was ist das?«, knurrte er unwillig und legte die Papiere wieder zurück. Nach dem Schlag, der ihn in Stade getroffen hatte, stand ihm der Sinn nicht nach buchungstechnischem Kleinkram. »Hat das nicht Zeit? Ich habe etwas Wichtiges mit dir zu besprechen.«

»Das ist wichtig«, widersprach Joana Santos. »Es geht um die Personalkosten. Das sind die aktuellen Zahlen. Die wolltest du haben. Außerdem brauchen wir ein Finanzierungskonzept für den Ausbau. Unsere Mittel aus dem Verkauf des *Velho Amor* reichen dafür nicht aus. Du musst das mit der Bank klären.«

»Ich? Mit der Bank?« Börnsen stieß ein schrilles Lachen aus. »Wie soll das gehen?«

»Ganz einfach. Ich mache dir einen Termin, du gehst hin und erklärst denen, dass wir für die Erweiterung des Hotels einen Kredit brauchen. Wir haben einen guten Ruf, können auf jahrzehntelange solide Umsätze zurückblicken und haben

Sicherheiten. Dem Inhaber eines solchen Unternehmens geben die gerne Geld.«

»Dem Inhaber vielleicht. Das ist der springende Punkt. Ich bin nicht der Inhaber. Ich bin ...«

»Reine Formsache«, unterbrach Joana ihn. »Du bist Erbe und Nachfolger deines Vaters. Darum ...«

»Nichts bin ich!«, schrie Erik Börnsen und schlug mit der Faust auf den Tisch. »Das ist es, worüber ich mit dir sprechen will. Mein Alter hat ein Testament gemacht und das Hotel einer ... anderen Person vererbt.«

Entsetzt starrte Joana ihn an, öffnete den Mund und schloss ihn wieder. »Einer anderen Person?«, stieß sie schließlich hervor. »Das kann nicht sein. Ralf hatte niemanden. Seine Frau – deine Mutter – hätte nichts gewollt. Er wusste das. Ist das Testament echt?«

»Natürlich ist es echt«, fauchte Börnsen. »Beim Notar hinterlegt. Deswegen der Termin bei Lindhorst. Gestern war die offizielle Testamentseröffnung. Meine Mutter war dabei. Sie hat mir alles erzählt. Du glaubst es nicht. Mein Alter hat mit über fünfzig noch ein Techtelmechtel gehabt und ein Kind gemacht. Ausgerechnet mit ...« Er ächzte, schlug erneut auf die Tischplatte, diesmal mit beiden Fäusten, sprang auf und lief vor Joanas Schreibtisch auf und ab. »Wir müssen uns etwas einfallen lassen.«

»Woran denkst du?«, fragte Joana.

Börnsen blieb stehen. »An eine gewisse Katharina. Mit der bin ich damals nach Portugal gekommen. Also lange vor deiner Zeit. Sie musste verschwinden, weil sie ... Egal! Für sie gab's jedenfalls eine Lösung. Irgendwie muss es auch für Julia Jacobs und ihr Balg eine geben.« Er nahm seine Wanderung wieder auf. »Leider habe ich noch ein anderes Problem. Hatte Besuch von einem Bullen. Dem reicht mein Flugticket nicht aus. Er will herausfinden, ob ich an dem Sonntag wirklich noch in Portugal war.«

»Das kriegen wir hin«, versicherte Joana. »Ich finde zwei, drei Leute, die dich an dem Tag in *Sagres* gesehen haben. Falls die portugiesische Polizei dem überhaupt ernsthaft nachgeht.«

»Okay, ich verlass' mich auf dich. Und was machen wir wegen des Testaments?«

Joana sah ihn nachdenklich an »Was ist damals mit dieser ... Katharina passiert?«

Kapitel 16

2002

»Nein.« Katharina schüttelte den Kopf. »Ich habe mich noch nicht entschieden. Du hast gesagt, ich habe Zeit, bis wir in Amsterdam ankommen.«

Erik nickte und drückte ihr die Einkaufstüten in die Hand. »Für die Fahrt durchs Ijsselmeer. Sieh zu, dass du was draus machst. Auf dem Wasser gibt's weder McDonald's noch Burger King. Ich kümmere mich ums Boot.«

Erleichtert, nicht erneut mit Erik diskutieren zu müssen, trug Katharina die Tüten in die Pantry, packte sie aus und inspizierte die Ausstattung der Bordküche. Töpfe und Pfannen, Geschirr und Gläser, Bestecke und Kochutensilien – alles war da. Zu Hause hatte sie gelernt, preisgünstige Gerichte zu kochen. Mit Eriks Einkauf würden sie gut zwei Tage auskommen.

Während sie mechanisch begann, ein Pfannengericht aus Nudeln, Gemüse und Garnelen vorzubereiten, kreisten in ihrem Kopf erneut die Erinnerungen, die Erik heraufbeschworen hatte. Sie wechselten sich ab mit Szenen aus Cuxhaven. Jedes Mal, wenn sie glaubte, sich für den Weg in die Freiheit des Südens entscheiden zu können, drängten Stimmen und Bilder aus ihrer Heimatstadt in den Vordergrund. Katharina seufzte und versuchte, sich auf die Küchenarbeit zu konzentrieren. Es gelang ihr, ein akzeptables Essen zuzubereiten, aber die widerstreitenden Gedanken kehrten immer wieder zurück, verfolgten sie bis in den Abend und in die Nacht. Während die

Seeteufel mit Kurs auf Amsterdam das Ijsselmeer durchquerte, lag sie schlaflos in der Koje, lauschte auf die Geräusche der See und kämpfte mit sich selbst. Gegen Morgen fiel sie in einen unruhigen Schlaf, aus dem sie erwachte, weil es um sie herum still geworden war und das Boot nicht mehr durchs Wasser pflügte, sondern sanft schaukelte. Es musste im Hafen liegen. Amsterdam! Festland! Plötzlich wusste Katharina, wie sie sich entscheiden würde. Eilig schwang sie sich aus der Koje.

So leise wie möglich schlich sie zum Bad, wusch sich flüchtig, packte ihre Sachen zusammen und schlüpfte in Jeans und T-Shirt. Erik schnarchte hinter der Tür der zweiten Kabine. Ihr Blick fiel auf ein paar Bierdosen, die er geleert haben musste, während er das Boot zum Zielhafen gesteuert hatte. Wahrscheinlich schlief er tief und fest, sodass sie seine Taschen nach ihrem Ausweis und dem Geld durchsuchen konnte.

Vorsichtig öffnete sie die Kabinentür, verharrte kurz und warf einen Blick ins Innere. Das Schnarchen war lauter geworden, blieb aber im Klangbild unverändert. Erik lag angezogen in der Koje, sein Brustkorb hob und senkte sich im Rhythmus des Geräuschs. Auf dem Boden entdeckte Katharina seine Jacke. Sie trat näher, hob sie auf und durchsuchte die Taschen. Schließlich stieß sie auf ihr Portemonnaie. Sie zog es heraus, ließ das Kleidungsstück fallen und wandte sich zum Gehen. In dem Augenblick brach das Schnarchen ab, stattdessen ertönte ein unwilliges Grunzen. Katharina hielt den Atem an, wagte weder, sich umzudrehen, noch, aus der Kabine zu flüchten. Sekunden später grunzte Erik erneut, die Koje knarrte, während er sich auf die Seite wälzte. Würde er aufspringen, sie packen und zu Boden zerren? Hinter ihr blieb es still. Mit klopfendem Herzen schlich Katharina aus der Kabine, kontrollierte ihr Portemonnaie. Der Ausweis steckte an seinem Platz. Erleichtert packte sie ihre Tasche und kletterte von Bord.

Über die Stege eilte sie, so schnell sie konnte, in die Richtung, in der sie die Stadt vermutete, erreichte das Pflaster des befestigten Bereichs, der in eine Straße mündete. Sie war von Gebäuden auf hohen Betonstelzen gesäumt. Aus deren Schatten tauchte ein dunkler Lieferwagen auf. Der Fahrer bremste ab, fuhr in Schrittgeschwindigkeit neben ihr her und ließ das Fenster herunter. »Hallo, mooie vrouw. We kunnen u meenemen.«

Katharina hob die Schultern und schüttelte den Kopf. »Ich verstehe nicht.«

Der Mann lachte. »Ah, du bist duits. Schöne Frau, sollen wir dich mitnehmen?«

Instinktiv schüttelte Katharina den Kopf. Doch dann überlegte sie es sich anders. Vielleicht war das ihre Chance, schnell weiterzukommen und die Distanz zwischen sich und Erik zu vergrößern. Sie hob einen Daumen. »Ich will zur Autobahn. Trampen. Nach Deutschland.«

»Okay, kein Problem.« Der Fahrer stoppte, auf der Beifahrerseite sprang ein zweiter Mann heraus, öffnete eine Schiebetür. Katharina umrundete den Wagen und wurde von dem rotblonden Typen empfangen, der mit einer einladenden Handbewegung auf eine Sitzbank im Inneren deutete. Katharina setzte einen Fuß auf das Trittbrett, doch ein plötzliches Gespür für Gefahr ließ sie zögern. »Ga je gang!« Der Blonde verzog das Gesicht zu einem Lächeln, aber seine Augen blieben kalt. Hastig trat Katharina einen Schritt zurück, schüttelte den Kopf, suchte nach einer Erklärung für ihren Sinneswandel, wollte sich abwenden. Doch in dem Augenblick stieß der Mann sie in den Wagen, sprang hinterher und drückte sie zu Boden. Die Schiebetür rauschte ins Schloss, der Wagen beschleunigte, Reifen kreischten. Mit Händen und Füßen wehrte sich Katharina gegen den Angreifer, versuchte zu schreien, doch der Mann presste seine Hand auf ihren Mund, hielt mit der anderen ihren Hals umklammert und drückte ihr die Luft ab. Bis ihr die Sinne schwanden.

2019

Für Marie war es fast wie früher. Nachdem Jan und sie Konrad Röverkamp und Claus-Peter Christiansen begrüßt und an dem alten Tisch im Keller der Polizeiinspektion Platz genommen hatten, nickte der ehemalige Kripochef seinem ehemaligen Ersten Kriminalhauptkommissar aufmunternd zu. Wie zu ihrer gemeinsamen Zeit im Fachkommissariat eröffnete Konrad darauf das Gespräch mit der Frage: »Also – was haben wir? – Möchtest du anfangen, Marie?« In dem Augenblick schien ihm bewusst zu werden, dass er nicht mehr der Leiter des FK 1 war. »Entschuldigung!« Er wandte sich an seinen Nachfolger. »Ist ja jetzt deine Angelegenheit, Jan. Ich will dir natürlich nicht vorgreifen. War nur so … aus Gewohnheit …«

Jan Feddersen winkte ab. »Kein Problem. Marie hat ohnehin die interessantesten Informationen.«

»Ich habe mit Julia Jacobs gesprochen«, begann seine Kollegin und berichtete, was sie in Erfahrung gebracht hatte. Anschließend ergänzte Jan Feddersen ihre Darstellung um Erik

Börnsens Aussage. »Der Mann steht ziemlich unter Druck«, schloss er. »Nach meinem Eindruck allerdings nicht, weil er seinen Vater verloren hat, sondern weil ihm sein sicher geglaubtes Erbe durch die Lappen geht. Noch hat er ein Alibi, aber ich will es überprüfen lassen.« Er wandte sich an Claus-Peter Christiansen. »Dazu brauche ich Amtshilfe der portugiesischen Polizei.«

»Du hältst Börnsen für den Täter?«, fragte Christiansen.

Feddersen breitete die Arme aus. »Die Beweislage ist dürftig, ich weiß. Aber er ist von allen, mit denen wir es zu tun haben, der Einzige, dem ich einen Mord zutraue. Bisher sprechen die Fakten eher für Julia Jacobs, aber sie halte ich nicht für fähig, eine solche Tat zu begehen. Nach dem, was Marie gerade berichtet hat, erst recht nicht.«

»Das sehe ich auch so«, bestätigte Marie Janssen.

»Da wir gerade bei persönlichen Einschätzungen sind«, fuhr Feddersen fort, »mir ist noch etwas aufgefallen. Wenn mich mein Eindruck nicht täuscht, kennen sich Erik Börnsen und Joana Santos schon länger, vielleicht sind sie sogar ein Paar. So wie die sich angesehen haben ...«

»Das wär' ja ein Ding«, entfuhr es Marie. »Aber du hast Recht, die Vermutung ist nicht abwegig. Beide haben nach eigenen Angaben in Portugal gelebt. Beide haben in der Hotelbranche gearbeitet. Von daher ist es nicht unwahrscheinlich, dass sie sich kannten, bevor Börnsen nach Cuxhaven gekommen ist. Fragt sich nur, warum sich Frau Santos drei Monate vorher im Hotel Alte Liebe beworben hat. Das wäre übrigens noch ein Argument für den Antrag auf Amtshilfe durch die portugiesischen Kollegen. Börnsen und Santos könnten gemeinsam den Plan verfolgt haben, das Hotel zu übernehmen.«

Konrad Röverkamp nickte. »In diesem Fall hätte er ein Motiv gehabt, seinen Vater aus dem Weg zu räumen. Ich würde diese Hypothese weiterverfolgen.« Er deutete auf die Akten, die noch auf dem Tisch lagen. »Wir dürfen aber auch den Fall von 2002 nicht aus den Augen verlieren. Nachdem wir wissen, dass die Segelyacht damals nicht gesunken ist, Frau Jacobs auf der Rückreise nicht mehr dabei war und Benjamin Wedemeyer nicht durch ein Bootsunglück ums Leben gekommen ist, stellt sich die Frage nach dem Verbleib der zweiten weiblichen Person. Katharina Blessing. Ihre Eltern mussten damals annehmen, sie sei ertrunken. Was ist wirklich mit ihr geschehen?«

»Noch ein Grund, in Portugal zu recherchieren«, warf Claus-Peter Christiansen ein. »Sie könnte mit Erik Börnsen dorthin gegangen sein.«

2002

Als Katharina wieder zu sich kam, spürte sie zuerst hämmernden Schmerz hinter der Stirn, dann ein Stechen im Unterleib und einen kühlen Luftzug auf ihrer Haut. Mühsam hob sie den Kopf, sah, dass sie nackt war und am ganzen Körper zitterte. Hose und T-Shirt, Schuhe und Slip waren um sie herum im Gras verstreut. Neben ihr ragte eine Bretterwand auf, die zu einem Schuppen zu gehören schien. Während sie ihre Kleidungsstücke heranzog und überstreifte, drangen die Geräusche des Hafens in ihr Bewusstsein. Damit kehrte auch die Erinnerung zurück. Ihre Flucht von der *Seeteufel*, die Begegnung mit den Männern im Lieferwagen. Sie tastete nach ihrer Geldbörse. Die Scheine fehlten, alles andere war noch da. Auch ihre Tasche. Mühsam richtete sie sich auf, tastete sich an der Schuppenwand entlang, erreichte erst einen Trampelpfad, dann eine Straße und erkannte wenig später die Gebäude wieder, an denen sie entlanggelaufen war. Ohne darüber nachzudenken, welches Ziel sie ansteuern sollte, wanderte sie weiter in Richtung Yachthafen. Alles, was sie jetzt wollte, waren eine Dusche und ein Bett, in das sie sich verkriechen konnte.

Drei Tage verbrachte Katharina in der Koje, wurde von Erik versorgt und unerwartet fürsorglich behandelt. Er war angesichts ihres Zustands entsetzt gewesen, hatte sich ehrlich über ihre Rückkehr gefreut, ihr keine Vorwürfe gemacht und jeden Wunsch von den Lippen abgelesen. Gedanken an einen neuen Fluchtversuch hatte sie seitdem verdrängt. Schon die Vorstellung, allein zu sein, löste Panik in ihr aus. Sobald die Erinnerung an die Männer mit dem Lieferwagen in ihr Bewusstsein kriechen wollte, beschwor sie die Bilder herauf, die Erik mit seinen Plänen erzeugt hatte. Wenn ihr das nicht gelang, bat sie ihn, ihr vom Leben unter südlicher Sonne zu erzählen. Mit Begeisterung und in aller Ausführlichkeit kam er ihren Wunsch nach.

Am Tag vier nach dem schrecklichen Ereignis überraschte er sie mit der Bitte, die Koje zu verlassen. »Wir müssen hier raus, Kathi. Ich habe das Boot verkauft. Es hat nicht ganz so viel gebracht, wie ich gehofft hatte, weil ich nicht alle Papiere habe. Aber wir haben genug Kohle, um in Portugal ein neues Leben anzufangen. Das Land ist in der Europäischen Union. Als deutsche Restaurantfachfrau findest du sofort einen Job in einem Hotel, das auf Urlauber aus deutschsprachigen Ländern spezialisiert ist.«

»Und du? Was machst du?«

»Das findet sich, wenn wir da sind. Surf- und Segelschule vielleicht. Zur Not suche ich mir 'n Job im Gastgewerbe. Für den Anfang. Irgendwann machen wir uns selbstständig. Du und ich mit eigenem Hotel – das ist mein Ziel.«

Katharina stellte Eriks Plan nicht infrage. Sie wunderte sich über sich selbst, weil ihr stattdessen ein praktisches Problem in den Kopf kam. »Wie kommen wir nach Portugal?«

»Mit dem Flugzeug. KLM oder TAP. Hab mich erkundigt. Schon morgen könnten wir fliegen. Flughafen Schiphol. Knappe halbe Stunde mit dem Taxi. Drei Stunden Flug bis Faro.«

Katharina erschien der Weg in den Süden nun endgültig als Rettung. Alles hinter sich lassen, Erinnerungen aus dem Gedächtnis streichen, neu anfangen. Der Gedanke trieb sie aus der Koje. »Machen wir klar Schiff?«

Am frühen Abend hatten sie die Kabine gereinigt, das Boot auf Vordermann gebracht und an den Vertreter einer Agentur übergeben. Durch den Verkauf und weitere Abhebungen mit Hilfe der Kreditkarten waren fast eine Viertelmillion Euro zusammengekommen. Gut gelaunt präsentierte Erik ihr einen silberglänzenden Aluminiumkoffer voller Bargeld.

Ein Taxi brachte sie zum *Sheraton Airport Hotel*, wo sie eine Suite in der Club-Etage bezogen. Den Abend verbrachten sie im *Stripes Restaurant* und an der Bar. Während sie mit einem Ohr Erik zuhörte und mit den Augen einem Barbesucher folgte, der aussah wie Nick Carter von den *Backstreet Boys*, trank Katharina reichlich Caipirinha, versank im Gefühl der Schwerelosigkeit, das die Cocktails auslösten, und genoss den Traum, in das sich ihr Leben verwandelt hatte.

Am Morgen spürte sie die Folgen des Alkohols, doch mit dem Sekt beim Frühstück in der Lounge tauchte sie rasch wieder in die Illusion eines neuen Lebens ein. Sie erstarrte, als der gutaussehende Typ vom Vorabend auf sie zukam, sie anlächelte und ihr zunickte. »I like your hair«, sagte er und verharrte kurz an ihrem Tisch, bevor er weiterging. Es *war* Nick Carter! Und er hatte sie angesprochen! Katharina bekam eine Gänsehaut. Rasch leerte sie ihr Glas. Wenn sie vom realen Nick Carter wie eine gute Bekannte begrüßt wurde, war der Traum vom anderen Leben schon jetzt Realität geworden. Sie bedauerte, ihren Freundinnen nicht davon erzählen zu können. Noch nicht. Eines Tages, wenn sie als erfolgreiche Geschäftsfrau nach Cuxhaven zurückkehren würde, konnte sie die Begegnung beiläufig erwähnen.

2019

Seit der Testamentseröffnung war Julia voller innerer Unruhe. Am Tag danach hatte sie den Notar noch einmal aufgesucht, um ihn zu fragen, ob es nicht doch eine Möglichkeit gebe, das Erbe auszuschlagen. Doch Dr. Lindhorst hatte ihr haarklein auseinandergesetzt, was ihre Mutter vorausgesagt hatte. »Du musst dich damit abfinden und dich mit dem Notar auf einen Geschäftsführer einigen. Es passiert ja sonst weiter nichts, das dich oder Leonie belastet. Nach ihrem achtzehnten Geburtstag kann sie selbst entscheiden, ob sie die Erbschaft annehmen will oder nicht. Bis dahin ändert sich für euch nichts.«

In dieser Hinsicht konnte Julia ihr nicht folgen. Ihr Leben hatte sich bereits geändert. Wenn sie gerade nicht abgelenkt war, drehten sich ihre Gedanken im Kreis. Sie war sicher, dass Erik Börnsen die Entscheidung seines Vaters nicht akzeptieren und versuchen würde, das Hotel an sich zu bringen. Einen legalen Weg gab es nicht. Also musste er Leonie aus dem Weg räumen. An dieser Stelle stoppte ihr Gedankenfluss, Panik erfasste sie und blockierte ihr weiteres Denken. Sie musste sich bewegen, joggen, Rad fahren oder putzen. Wenn sie zu ihrer Mutter fuhr, um Leonie zu besuchen, machte sie Umwege, sah sich ständig um und schlüpfte erst ins Haus, nachdem sie sich vergewissert hatte, dass niemand in der Nähe war. Noch war ihr Kind in Sicherheit, aber es war nur eine Frage der Zeit, bis Börnsen herausfinden würde, wo es sich aufhielt.

Die sympathische Polizistin, der Julia ihre Sorge um Leonie anvertraut hatte, war voller Verständnis gewesen. Sie hatte selbst eine Tochter in dem Alter. »In der gegenwärtigen Situation«, hatte sie versucht, Julia zu beruhigen, »kann Börnsen keine Straftat riskieren, auch nicht den Versuch. Er gehört zum Kreis der Verdächtigen, wir haben ihn im Auge und würden sofort eingreifen, wenn er Sie oder Ihre Tochter bedroht.« Der Satz hatte sich eingebrannt. Wieder und wieder murmelte Julia ihn vor sich hin und kontrollierte in ihrem Smartphone die Nummern, die sie von der Beamtin bekommen hatte. »Sie können mich rund um die Uhr erreichen«, hatte sie versichert. »Oder meinen Kollegen Jan Feddersen. Wir kommen sofort oder schicken eine Streifenwagenbesatzung.«

Die Gewissheit, jederzeit Hilfe rufen zu können, hatte Julia ein wenig beruhigt. Dennoch zuckte sie jedes Mal zusammen, wenn sich ihr Telefon meldete, jemand an der Haustür klingelte oder sie Schritte im Treppenhaus vernahm. So wie jetzt.

Das Smartphone summte und zeigte einen Anruf mit unterdrückter Nummer an.

Sie meldete sich mit einem halblauten »Ja?«

»Hallo, Julia, Erik hier. Ich bin an der Haustür. Lässt du mich rein? Ich möchte dir einen Vorschlag machen.«

Unbewusst schüttelte sie den Kopf. »Kommt nicht infrage. Ich lasse dich nicht in meine Wohnung. Sag, was du willst! Oder ich lege auf.«

»Es gibt eine Lösung für unser Problem«, behauptete Börnsen. »Aber das ist etwas kompliziert. Ich würde dir das gern persönlich erklären. Es wäre auch zu deinem Vorteil.«

»Mag sein, dass du ein Problem hast. Aber ich habe keins«, widersprach Julia, obwohl sie seit der Testamentseröffnung die Last des Erbes vor Augen und die Angst um ihre Tochter ständig im Bewusstsein hatte, »schon gar keins mit dir gemeinsam.«

»Doch, Julia.« Erik klang ungewohnt nachsichtig. »Es hat keinen Sinn, sich etwas vorzumachen. Ich werde auf das Hotel meines Vaters nicht verzichten. Wenn ich Lindhorst richtig verstanden habe, hättest du das Erbe gern ausgeschlagen. Weil du aber gar nicht geerbt hast, kannst du das nicht.« Er machte eine Pause und fügte hinzu: »Noch nicht.«

Julia brauchte ein paar Sekunden, um die Drohung zu verstehen.

»Bist du noch da?«, fragte Erik nach einer Weile.

»Ja«, krächzte Julia heiser. Ihr Mund war trocken, ihr Puls raste, und ihre Knie wurden weich. Sie sank auf einen Stuhl, unterdrückte den Impuls, das Telefon von sich zu werfen. »Wir können uns in der *Austernperle* treffen«, flüsterte sie schließlich. »Das Restaurant vorne an der Ecke. In zehn Minuten.«

»Auch gut. Bis gleich.« Erik beendete die Verbindung.

Julia legte das Telefon zurück in die Ladeschale, zog sich Schuhe an und griff nach ihrem Smartphone. Auf dem Display wurde der Telefonbucheintrag der Kriminalpolizistin sichtbar, den sie vorhin aufgerufen hatte. *KOK Janssen.* Sollte sie die Beamtin anrufen und ihr sagen, dass sie sich mit Erik Börnsen traf? Ihr von seiner indirekten Drohung berichten? Sie entschied sich dagegen. Leonie war in Sicherheit. Und ihr konnte er im Restaurant nichts antun. Zuerst würde sie sich seinen Vorschlag anhören. Danach würde sie wissen, was Börnsen wollte und konnte Marie Janssen oder ihren Kollegen darüber informieren.

*

Das Gespräch mit Kriminalrat Lütjen war unerwartet erfolgreich verlaufen. Er hatte sich die bisherigen Ermittlungsergebnisse angehört, Marie und Jan gelobt und einem Amtshilfeersuchen zugestimmt. Sogar Maries Vorschlag, für Julia Jacobs notfalls Personenschutz zu organisieren, hatte er positiv aufgenommen. Obwohl er sie weiterhin für verdächtig hielt. Maries Verblüffung schien sich in ihrer Miene gespiegelt zu haben, denn der Lütte hatte plötzlich geschmunzelt und einen vertraulichen Ton angeschlagen. »Staatsanwalt Krebsfänger sieht den Fall inzwischen ein wenig anders. Es geht ihm offenbar nicht mehr um Diskretion und Rücksichtnahme im Umgang mit der Familie Börnsen, sondern um rückhaltlose Aufklärung.« Lütjen hatte einen Zeigefinger gehoben und hinzugefügt: »Seine Worte. Er hat sogar angedeutet, die

Anklage nicht selbst zu erheben, sondern den Fall an einen Kollegen abzugeben, wenn es so weit kommt.« Dann hatte er die Stimme noch weiter gesenkt. »Dabei scheint ein Gespräch eine Rolle gespielt zu haben, das er mit dem Senior der Sippschaft geführt hat. Berend Börnsen hat ihn anscheinend ermuntert, den Fall von 2002 aufzuklären. Vielleicht reden Sie noch einmal mit dem Senior.«

*

Der alte Herr empfing sie diesmal deutlich weniger abweisend. Marie glaubte sogar, den Anflug eines Lächelns wahrgenommen zu haben, als er sie begrüßte. Selbst die Raumtemperatur in seinem Arbeitszimmer schien nicht mehr ganz so niedrig zu sein.

Börnsen kam sofort zur Sache. »Ich habe mit Staatsanwalt Krebsfänger gesprochen. Offenbar sind Sie mit Ihren Ermittlungen vorangekommen.«

»So ist es«, bestätigte Jan Feddersen. »Das angebliche Bootsunglück von 2002 stellt sich inzwischen völlig anders dar. Die Yacht ist nicht gesunken. Ihr Enkel Erik ist nicht ertrunken, sondern erfreut sich bester Gesundheit.«

»Er ist wieder in Cuxhaven«, fügte Marie hinzu.

Wenn Börnsen überrascht war, ließ er es sich nicht anmerken. »Haben Sie herausgefunden«, fragte er, »was damals wirklich passiert ist?«

»Nur zum Teil«, antwortete Feddersen. »Wir wissen, dass er die Yacht in Holland verkauft hat und weiter nach Portugal gereist ist. Dort hat er sich seitdem aufgehalten. Nicht aufklären konnten wir bisher den Verbleib einer weiblichen Person, die mit auf der *Seeteufel* war.«

Börnsen nickte nachdenklich. »Wissen Sie, wann Erik zurückgekommen ist? Vor oder nach dem ... Ereignis?«

»Wir überprüfen selbstverständlich die Alibis aller Personen, die für die Tat infrage kommen«, versicherte Jan Feddersen. »Warum fragen Sie? Halten Sie es für möglich, dass ihr Enkel ...«

Mit einer energischen Handbewegung schnitt Börnsen ihm das Wort ab. »Erik ist nicht mein Enkel. Er ist der Sohn meiner Schwiegertochter. Aber Ralf war nicht der Erzeuger.«

Marie sah ihn überrascht an. »Woher wissen Sie das?«

»Beweisen kann ich es nicht«, gab Börnsen zu. »Aber ich kann zwei und zwei zusammenzählen. Im Jahr vor Eriks Geburt hatte Christina eine Affäre mit einem unserer Angestellten, einem Fitnesstrainer. Für sich genommen, muss das nichts bedeuten. Aber ich habe das Kind aufwachsen sehen. Wie zuvor meinen Sohn Ralf. Zwischen beiden gab es keinerlei Ähnlichkeit. Weder im Verhalten noch im Aussehen. Dafür glich die Physiognomie des jungen Erik von Jahr zu Jahr mehr der des Trainers. Den habe ich natürlich entlassen und ihm eine Stelle in der Schweiz besorgt, damit er von hier verschwand.«

»Und Ihr Sohn? Wie ist er damit umgegangen?«

»Solange Erik Kind war, ging alles gut. Ralf hat sich einigermaßen um ihn gekümmert. Später, in der Pubertät, gab es wie in allen Familien heftige Auseinandersetzungen. Und danach einen Wechsel zwischen Zuwendung und Abneigung. Ralf hat irgendwann den Fehler gemacht, Eriks Zuneigung mit Geld erkaufen zu wollen. Damit hat er den Jungen endgültig verdorben.«

»Sie haben vorhin indirekt nach Eriks Alibi gefragt«, erinnerte Jan Feddersen. »Darum noch einmal meine Frage. Halten Sie es für möglich, dass er Ihren Sohn vom Hoteldach gestoßen hat?«

Berend Börnsen antwortete nicht sofort. Marie sah ihm an, dass es in ihm arbeitete. Wahrscheinlich kämpfte er noch immer mit der Angst vor dem Ansehensverlust, den seine Familie treffen konnte. »Ich halte alles für möglich«, stieß er schließlich hervor.

*

»Das ist ihm nicht leichtgefallen«, bemerkte Marie, als sie wieder neben Jan saß, der den Dienstwagen zurück in die Stadt lenkte. Sie kamen nur langsam voran, weil vor ihnen auf dem Wehrbergsweg eine kleine Kolonne gelb leuchtender Wattwagen unterwegs war, die vom Tagesausflug zur Insel Neuwerk zurückkehrten.

»Du meinst das mit dem Kuckuckskind?«, fragte Jan.

»Ja, das auch. Und den Verdacht gegen seinen Enkel zu äußern, der Erik Börnsen ja offiziell ist. Ich hätte dem alten Herrn wirklich nicht zugetraut, dass er sich so der Realität stellt. Sie uns gegenüber einzuräumen, zeugt von innerer Stärke.«

Jan nickte. »Wahrscheinlich hat er sich mit Krebsfänger beraten, und die beiden sind übereingekommen, die Flucht nach vorn anzutreten. Je schneller der Fall aufgeklärt ist, desto eher kommt der Name Börnsen aus der öffentlichen Diskussion.«

»Vermutlich liegen sie damit richtig.« Marie warf einen Blick auf die Uhr. »Vielleicht ist der Bericht der Kriminaltechnik schon da, wenn wir in die Dienststelle kommen.«

»Ja«, bestätigte Jan mit sarkastischem Unterton und deutete nach vorn auf die hochrädrigen Wagen. »Wenn wir es heute noch schaffen.«

Marie schmunzelte. »Ein paar Minuten wird's noch dauern. Die Wattwagen biegen nach und nach in Seitenstraßen ab. Dann hast du wieder freie Fahrt.« Sie wandte sich ihm zu. »Bist du eigentlich schon mal mit dem Wattwagen nach Neuwerk gefahren?«

»Hab ich noch nicht geschafft.« Jan hob die Schultern. »Hat irgendwie nie gepasst. Aber ich hab's vor.«

»Wird auch Zeit. Du bist jetzt mindestens drei Jahre bei uns in Cuxhaven. Als sportlicher Mensch kannst du eine Strecke zu Fuß zurücklegen. Luca macht sicher gerne mit.«

»Da wäre ich nicht so sicher«, widersprach Jan. »Aber ich mach's. Versprochen. Vielleicht kommt ihr ja mit – du und Felix und Nele.«

»Einverstanden.« Marie hob einen Daumen. »Ich werde dich daran erinnern, wenn die Saison zu Ende geht und es etwas ruhiger wird.«

2005

»Das muss aufhören!« Erik Börnsen hatte Mühe, seine Wut zu bezwingen. Seit sie das Hotel am Stadtrand von *Sagres* an der portugiesischen Algarve übernommen hatten, gab es immer öfter Auseinandersetzungen mit Katharina. Sie war für die Gästebetreuung zuständig und erfüllte diese Aufgabe gern, indem sie mit ihnen trank. Sie animierte die Urlauber, ihren Durst mit *Vinho verde*, diesem leicht prickelnden frischen Weißwein zu löschen und den Bedarf an mehr Alkohol durch *Medronho* zu befriedigen. Der scharfe Obstschnaps wurde aus der Frucht des Erdbeerbaums gewonnen, war günstig zu bekommen und brachte deutlich mehr Gewinn als andere hochprozentige Getränke.

Erik hatte das Haus *Velho Amor* getauft. Noch war es nicht das, was ihm vorschwebte, aber es war ausbaufähig. Wegen seiner Lage mit Blick aufs Meer war es gut gebucht. Die Ausstattung der Zimmer konnte den Ansprüchen betuchter deutscher Gäste nicht genügen. Das würde sich ändern. Die überwiegend englischen Gäste störte das schlichte Ambiente jedenfalls nicht, sie kamen auch nicht wegen der Aussicht, sondern weil vom *Velho Amor* Diskotheken, Bars und Clubs gut zu erreichen waren. Von dort kehrten die meisten von ihnen stark angeheitert zurück und verlangten an der hauseigenen Bar nach Whisky, Gin oder Medronho. Anfangs war der Umsatz an Getränken die wichtigste Stütze des Betriebs gewesen, aber die ausufernden Gelage bis in die frühen Morgenstunden gingen Erik zunehmend auf die Nerven. Zumal Katharina regelmäßig volltrunken ins Bett fiel und dort den halben Tag verbrachte. Fehler bei Buchungen, beim Einkauf und beim Personaleinsatz häuften sich. Am späten Nachmittag saß sie meistens schon wieder an der Bar. Wie jetzt – obwohl noch keine Urlauber da waren.

»Lass mich in Ruhe!«, zischte Katharina und schenkte sich nach. »Ohne mich hättest du nur halb so viele Gäste und halb so viel Umsatz.«

Dass dieses Argument nicht von der Hand zu weisen war, ärgerte Erik zusätzlich. Trotzdem mochte er es nicht mehr gelten lassen. Es wurde Zeit, umzusteuern. Renovieren, das Niveau erhöhen, einen Stern hinzugewinnen, bessere Klientel bekommen. Weniger Umsatz an der Bar wäre dann zu verkraften. »Ich warte nicht, bis du völlig abdrehst. Wenn du nicht aufhörst zu saufen«, drohte er, »schmeiße ich dich raus.«

Katharina leerte ihr Weinglas und kicherte. »Das wagst du nicht. Du bist auf mich angewiesen. Die Typen, die uns die Kohle bringen, stehen auf mich.«

»Das ist nicht zu übersehen«, knurrte Erik. »Aber mit denen kommen wir nicht weiter. Im Winter wird renoviert, die Zimmer werden besser ausgestattet. Dann können wir eine andere Zielgruppe ins Auge fassen. Mehr Leute mit mehr Geld. Solche, die nicht zum Saufen herkommen, weil hier der Sprit billiger ist als zu Hause. Ich will den dritten Stern und ein Jahr später den vierten. Eine alkoholisierte Chefin passt dazu nicht. Also entscheide dich!«

Erneut füllte Katharina ihr Glas. »Ich lasse mir meinen *Vinho* nicht wegnehmen,« maulte sie. »Meinen besten Freund und Helfer.«

Erik nahm ihr das Glas weg und leerte es ins Spülbecken. »Das ist er mit Sicherheit nicht. Du gehst daran kaputt. Ist nur eine Frage der Zeit.«

Katharina griff nach der Weinflasche, doch Erik war schneller und entfernte sie aus ihrer Reichweite. »Ich meine es verdammt noch mal ernst«, brüllte er. »Und jetzt verzieh dich nach oben! Ich mache das hier heute. Die Bar bleibt für dich tabu.«

»Aber …« Plötzlich brach Katharina in Tränen aus. »Nur eine«, schluchzte sie. »Eine kleine Flasche. Nur noch heute. Ab morgen trinke ich nichts mehr. Versprochen.«

»Das hatten wir schon«, zischte Erik. »Du kriegst keinen Tropfen mehr. Und du bleibst im Haus. So lange, bis du trocken bist. Und danach heißt es, um sechs Uhr aufstehen und abends um zehn ins Bett.«

»Du willst mich einsperren?«, kreischte Katharina. »Das ist kriminell! Du bist ein Verbrecher, Erik Börnsen! Von dir lasse ich mich nicht einsperren. Von dir nicht. Ich verlasse dich. Hier gibt es genügend Männer mit Verständnis für eine Frau mit …«

»… krimineller Vergangenheit?«, fiel Erik ihr ins Wort. »Du hast Benny Wedemeyer erschlagen. Schon vergessen?«

»Das ist eine Lüge!« Katharina schlug mit beiden Fäusten auf Erik ein. »Er hat noch gelebt, als du ihn über Bord geworfen hast.«

Börnsen stieß sie von sich. »Hat er nicht. Das redest du dir ein – in deinem Suff. Verschwinde jetzt! Du kriegst nichts mehr.«

»Leck mich!« Mit erhobenem Arm und ausgestrecktem Mittelfinger stolzierte sie aus der Bar, durchquerte die Hotelhalle und verschwand im Aufzug.

Ich muss nachsehen, ob sie in der Wohnung ist, dachte Erik, verschob den Kontrollgang aber, weil eine Gruppe junger Männer auftauchte, die bedient werden wollten. Weitere Gäste strömten herein, sodass er keine Gelegenheit fand, die Hotelbar zu verlassen. Erst gegen Morgen sah er Katharina wieder.

Sie torkelte ins Schlafzimmer und fiel stöhnend aufs Bett.

»Wo warst du?«, fragte er, obwohl ihm klar war, in welchen Bars sie die Nacht verbracht haben musste. »Ich hatte dir doch gesagt, dass du …«

»Und ich habe dir gesagt«, unterbrach sie ihn, »dass du mich am Arsch lecken kannst.« Sie kicherte und richtete mühsam ihren Oberkörper auf. »Am besten gleich. Letzte Gelegenheit.«

Er sah sie fragend an.

»Ich habe«, fuhr sie undeutlich fort, »beschlossen, dich zu verlassen. Dich und dieses verfluchte Hotel. Ich gehe zurück nach Cuxhaven. Und dann erfahren alle, was für ein Arschloch du bist.« Sie ließ sich aufs Bett sinken. »Ende der Durchsage.«

Erik fand keinen Schlaf. Die Drohung hatte Katharina nicht zum ersten Mal ausgesprochen. Aber diesmal, spürte er, meinte sie es ernst. Vor seinem inneren Auge sah er sie mit alten Freundinnen und Freunden zechen, hörte sie ihre Geschichte erzählen und ihre Anschuldigung vorbringen. Zur Polizei würde sie wohl nicht gehen. Aber es war nur eine Frage der Zeit, bis jemand die Behörden aufmerksam machen würde. Und es seinem Vater zu Ohren kam. Ihn hatte er um die Yacht und viel Geld erleichtert. Wie würde er reagieren? Würde er versuchen, alles totzuschweigen? Oder würde er ihn zur Rechenschaft ziehen wollen? Aber Kathi wusste, wo er zu finden war. Wenn sie nach Deutschland zurückkehrte, war er geliefert. Wenn sie nicht zur Vernunft kam, musste er sie zum Schweigen bringen.

Kapitel 17

2019

Er saß an einem der Tische vor dem Restaurant. Äußerlich hatte er sich verändert. Erik Börnsen war glattrasiert, trug keine Kappe mehr, hatte die Jeans durch eine leichte Chino und das T-Shirt durch ein fein gemustertes Baumwollhemd ersetzt. Er macht jetzt auf seriös, dachte Julia und ließ sich an der gegenüberliegenden Seite des Tisches nieder.

»Schön, dass du gekommen bist.« Er hatte ein charmantes Lächeln aufgesetzt. »Was möchtest du trinken?«

Julias Anspannung ließ nach. Fast fühlte sich die Begegnung wie ein harmloses Wiedersehen an. »Wasser«, antwortete sie. »Mit wenig Kohlensäure.«

Erik bestellte und sah sie aufmerksam an. »Ich habe meine Existenz in Portugal aufgegeben«, begann er, »um hier das Hotel meiner Familie zu übernehmen. Für mich gibt es kein Zurück. Wir müssen also eine Lösung finden. Du hast es in der Hand, ob sie einvernehmlich sein wird oder ob ich meinen Anspruch gegen dich und deine Tochter durchsetzen muss. Ich kann euch eine Viertelmillion anbieten. Das ist der Erlös aus dem Verkauf des Hotels, dass ich in Sagres aufgebaut habe. Eigentlich wollte ich es in den Ausbau der Alten Liebe stecken. Aber das stelle ich zurück, wenn wir uns einig werden.«

»Theoretisch verstehe ich das«, erwiderte Julia. »Aber wie das praktisch aussehen soll, kann ich mir nicht vorstellen. Ich kann das Erbe nicht ausschlagen. Selbst wenn ich wollte, könnte ich dir also nicht entgegenkommen. Im Übrigen will ich kein Geld von dir.«

»Du musst an die Zukunft deiner Tochter denken«, wandte Erik ein. Er lächelte noch immer. »Ausbildung, Studium – was weiß ich. Kleine Kinder kosten kleines Geld, große Kinder großes. Zweihundertfünfzigtausend Euro im Hintergrund sind vielleicht sogar besser als ein Hotel, um das man sich kümmern muss.«

»Es geht aber nicht.« Julia breitete die Arme aus und schüttelte den Kopf. »Der Notar ...«

»Lass den alten Lindhorst aus dem Spiel!«, unterbrach Erik sie. »Es gibt Anwälte, die flexibler sind. Ich habe mich erkundigt. Wir könnten einen Vertrag machen, in dem festgelegt wird, dass ich als Geschäftsführer eingesetzt werde und alle Vollmachten bekomme. Wenn Leonie achtzehn wird, geht das Hotel in meinen Besitz über. Dafür musst du sorgen. Zu dem eben genannten Preis. Wenn du unbedingt willst, auch für einen symbolischen Euro. Aber da möchte deine Tochter dann vielleicht ein Wörtchen mitreden.«

War Eriks Angebot eine Möglichkeit, den Albtraum loszuwerden, fragte Julia sich. Konnte eine Lösung wirklich so einfach sein? Aber die Vorstellung war verlockend. Sie würde mit ihrer Mutter darüber sprechen, Vor- und Nachteile abwägen.

Weil die Bedienung die Getränke brachte, musste sie nicht gleich antworten. »Ich weiß zwar nicht«, sagte sie dann, »ob das wirklich geht, aber überrascht bin ich schon. Du gehst damit ein unkalkulierbares Risiko ein. Leonie könnte, wenn sie achtzehn ist, ihre Zustimmung verweigern.«

»Ja, könnte sie.« Erik nickte. »Aber sie wird es nicht tun, wenn du sie rechtzeitig darauf vorbereitest. Wenn du ihr klarmachst, dass sie eine enorme Verantwortung übernehmen müsste. Für ein großes Haus mit regelmäßig wiederkehrendem Investitionsbedarf und für die Angestellten. Mit achtzehn oder neunzehn Jahren interessiert man sich für andere Dinge als für einen Vierzehn-Stunden-Job. Es ist ein gewisses Risiko für mich, aber ich schätze es als gering ein.«

»Was bringt dich dazu, uns auf diese Weise entgegenzukommen?«

Erik hob sein Glas und lächelte. »Natürlich gibt es eine Bedingung.«

»Hätte ich wissen müssen.« Julia verzog das Gesicht. »Du hattest schon immer Hintergedanken.«

Sein Lächeln verwandelte sich zu einem Grinsen. »Nichts Hinterlistiges, Jule. Nur eine kleine Gegenleistung. Kannst du dir nicht denken, was ich von dir erwarte?«

»Ich soll für mich behalten, dass du schon zwei Tage vor dem Tod deines Vaters in Cuxhaven warst? Damit du nicht unter Verdacht gerätst?« Sie sah ihn aufmerksam an. »Hast du deinen Vater umgebracht?«

»Traust du mir das zu?«

»Durchaus«, bestätigte Julia ernsthaft. Sie nahm einen Schluck Wasser. »Was ist, wenn ich deinen Vorschlag nicht annehme?«

Erik antwortete nicht sofort, seine Miene wurde starr. »Auch das«, flüsterte er schließlich, »kannst du dir denken.«

Julia spürte, wie ihr der Schweiß ausbrach. Sie griff zum Glas und leerte es in einem Zug. Eben noch hatte sie über ihre eigene Gelassenheit gestaunt, die sich eingestellt hatte, als die Lösung ihres Problems greifbar erschienen war. Nun schlug ihr Herz wieder schneller. Saß sie einem Mörder gegenüber, der nicht davor zurückschrecken würde, ein Kind zu töten? Die Antwort überstieg ihr Vorstellungsvermögen. Und sie fragte sich allen Ernstes, ob sie in der Lage wäre, das Leben ihres Kindes zu retten, indem sie Erik Börnsen umbrachte. Zum Beispiel mit einer Injektion.

Um sie herum herrschte fröhliche Ausgelassenheit. Menschen aller Altersgruppen waren in Urlaubsstimmung, genossen Wärme und Sonne und das Zusammensein. Niemand ahnte, dass nur wenige Tische weiter zwei Menschen tödliche Überlegungen anstellten.

»Ich lasse es mir durch den Kopf gehen«, erklärte sie und sprang auf. »Melde mich.« Sie musste diesen Ort verlassen, sich bewegen, ihre Gedanken ordnen, nach Leonie schauen, mit ihrer Mutter sprechen. Und mit Marie Janssen. Die Kriminalpolizistin hatte selbst eine kleine Tochter. Sie würde sie verstehen, auf ihre Fragen Antworten wissen und ihr helfen.

»Okay.« Erik deutete auf ihr Glas. »Ich übernehme das.«

*

Etwas außer Atem erreichte Julia das Haus im Stadtteil Süderwisch, in dem ihre Mutter wohnte. Obwohl sie einen Schlüssel für den Notfall hatte, drückte sie auf die Klingel und wartete auf den Summer. Als sich nichts rührte, zog sie ihr Smartphone aus der Tasche, um Monika anzurufen. Sie brauchte zwei Anläufe, und es dauerte einige Zeit, bis sie sich meldete. »Hallo, Julia?« Es klang, als telefonierte sie im Auto.

»Wo seid ihr? Ich bin vor dem Haus, wollte euch besuchen.«

»Wir sind gleich da. Drei Minuten, Liebes. Willst du auf uns warten?«

»Ja, ich warte. Fahr vorsichtig! Bis gleich.« Julia beendete die Verbindung. Sie war ihrer Mutter für die Unterstützung dankbar, hielt aber wenig davon, dass sie ihre Enkelin mit dem Auto durch die Gegend fuhr. An warmen Sommertagen konnte man zu Fuß gehen oder das Fahrrad benutzen.

»Mach nicht so ein böses Gesicht!«, rief ihre Mutter, als sie ihren alten Polo am Straßenrand abgestellt hatte und aus dem Wagen stieg.

»Mama, schau mal, was ich habe!« Leonie kam auf sie zu gerannt und hielt etwas in die Höhe. »Habe ich geschenkt bekommen.«

»Wo kommt ihr überhaupt her? An so einem schönen Tag muss man doch nicht mit dem Auto ...«

»Wir waren in Döse«, erklärte Monika Jacobs. »Auf dem Piratenspielplatz im Kurpark. Leonie hat dort ganz wunderbar gespielt. Sie war ständig in Bewegung. Du musst dir keine Sorgen machen.«

»Schau doch mal!« Leonie zog ihre Mutter am Ärmel und hielt der anderen Hand etwas hoch, das nach einer kleinen Puppe aussah. »Sie heißt Piccolina.«

»Ist die süß!« Julia strich erst ihrer Tochter, dann der Miniaturpuppe übers Haar. Schließlich warf sie ihrer Mutter einen kritischen Blick zu. Monika Jacobs verstand sie auch ohne Worte. Sie breitete die Arme aus und hob die Schultern. »Ich bin unschuldig. Sie hat sie von einer Frau geschenkt bekommen.«

»Die war sehr nett«, bestätigte Leonie. »Und schön. Wie Schneewittchen. Weiß wie Schnee, rot wie Blut, schwarz wie

Ebenholz.« Sie hielt eine flache Hand vor ihr Gesicht. »Spieglein, Spieglein an der Wand, wer ist die Schönste im ganzen Land?«

In Julias Erinnerung blitzte ein undeutliches Signal auf. Erst kürzlich war ihr der Vergleich ebenfalls in den Kopf gekommen. »Hat sie mit dir gesprochen?«, fragte sie. »Hat sie vielleicht ihren Namen gesagt?«

Leonie schüttelte den Kopf. »Ich bin mit Piccolina durch das blaue Rohr gerutscht. Danach war die Frau weg.«

»Lasst uns reingehen!«, schlug Monika Jacobs vor und beugte sich zu ihrer Enkelin hinab. »Wir können eine Saftschorle machen.«

»Au ja! Ich habe Durst.« Leonie hüpfte voraus in Richtung Hauseingang.

»Du siehst gestresst aus«, wandte sich Monika Jacobs an ihre Tochter. »Machst du dir Gedanken wegen der Erbschaft?«

Julia nickte. »Ich muss mit dir reden. Erik Börnsen beansprucht das Hotel für sich.«

»Oh.« Ihre Mutter zeigte eine besorgte Miene. »Das kann haarig werden.« Sie deutete aufs Haus. »Leonie bekommt eine Apfelschorle. Uns mache ich einen Tee. Wir setzen uns in die Küche und du erzählst mir alles in Ruhe.«

Nachdem Julia von Erik Börnsens Vorschlag berichtet hatte, schwieg ihre Mutter eine Weile. »Ich würde das Angebot annehmen«, sagte sie schließlich. »Allerdings mit der Bedingung, dass er die angebotene Summe jetzt zahlt, nicht erst, wenn das Hotel in seinen Besitz übergeht. Bis Leonie achtzehn wird, vergehen elf Jahre. Wer weiß schon, was bis dahin alles geschieht? Das Klima wird immer unberechenbarer. Es kann sein, dass unsere Strände in elf Jahren nicht mehr da sind. Weil der Meeresspiegel schneller steigt als berechnet. Oder das Wasser ist verdreckt. Vielleicht bricht eine Seuche aus, und Hotels müssen schließen, damit sie sich nicht weiter ausbreitet. Es könnte im Sommer unerträglich heiß oder – wenn der Golfstrom zum Erliegen kommt – unangenehm kalt werden, sodass kaum noch Touristen kommen. Unwägbarkeiten, die aus dem Erbe eine wertlose Ruine machen könnten. Selbst wenn das Haus ordentlich geführt wird. Börnsen könnte es aber auch ohne äußere Einwirkung an den Rand des Ruins bringen. Wenn er beispielsweise heimlich Geld rauszieht, Schulden anhäuft und die vorhandenen Werte versilbert. Dafür müsste er nicht das Haus veräußern, es würde reichen, das Inventar und den Namen zu verkaufen. Auch in diesem Fall bliebe für Leonie nichts übrig.«

»So habe ich das noch nicht betrachtet.« Verblüfft sah Julia ihre Mutter ein. »Wusste gar nicht, dass du dich mit dem Klimawandel befasst. Aber du hast Recht, in elf Jahren kann viel passieren. Das Hotel ist jetzt sicher das Zehnfache der Summe wert, die Erik anbietet. Das kann sich tatsächlich ändern. Ich glaube zwar nicht, dass der Klimawandel oder eine Epidemie so schnell so drastische Auswirkungen haben können. Aber wer weiß, was Erik wirklich für die nächsten elf Jahre plant. Es wäre sicher besser, ich lasse mir das Geld sofort auszahlen.«

Julias Mutter nickte. »Außerdem wärst du die Sorgen los, die jetzt auf dir lasten. Du kannst das Geld für Leonie anlegen und ruhig schlafen, weil du dir keine Gedanken mehr um ihr Erbe machen musst. Sie wird, wenn sie achtzehn ist, deinem Vorschlag folgen. Da bin ich ziemlich sicher. Und falls nicht –

zahlt sie halt die Summe zurück, die ihr jetzt bekommt. Auf eine entsprechende Klausel wird Börnsen ohnehin bestehen.«

»Du bist genial!« Julia sprang auf und umarmte ihre Mutter. »Den Vorschlag wird er akzeptieren müssen.«

Monika Jacobs lächelte verhalten. »Ich hoffe nur, dass die Geschichte bald ein Ende findet. Damit du wieder ein normales Leben führen kannst. – Apropos: Willst du Leonie mitnehmen oder darf sie noch bei mir bleiben?«

»Wenn du einverstanden bist und sie möchte ...« Julia wandte sich zur Tür und rief nach ihrer Tochter. Mit ihrer neuen Puppe in der Hand kam sie angelaufen, schien zu ahnen, worum es ging. »Darf ich mit Piccolina noch hierbleiben?«

»Natürlich.« Julia strich ihr übers Haar. »Solange Oma einverstanden ist.« Ihr Blick blieb an der Puppe hängen. Ein undeutliches Bild blitzte vor ihrem inneren Auge auf. Helle Haut, blutrote Lippen, schwarzes Haar, dunkle Augen. Wo hatte sie ein Gesicht gesehen, das an Schneewittchen erinnerte?

»Cool!« Leonie hüpfte zu ihren Spielsachen zurück. Julia schloss die Augen und beschwor die Erinnerung. *Entschuldigen Sie die Störung! Herr Börnsen schickt mich.* Die Angestellte aus dem Hotel Alte Liebe! Sie hatte ihr die Nachricht überbracht, dass Ralf sie sprechen wollte. Plötzlich fügten sich die Bilder zusammen. Nicht er hatte sie geschickt, sondern Erik. Deshalb die Aufforderung, Ralf nicht anzurufen. Und diese Frau hatte Leonie angesprochen. In Eriks Auftrag?

»Natürlich!« Julia tippte mit dem Zeigefinger gegen die Stirn.

»Was ist?«, fragte ihre Mutter.

»Nichts«, antwortete Julia. »Ich muss weg. Sofort. Pass bitte gut auf Leonie auf! Bleibt am besten zu Hause!« Sie schlüpfte in ihre Jacke und rannte aus der Wohnung. »Ich rufe dich an!«, rief sie über die Schulter.

*

»So etwas habe ich erwartet«, kommentierte Kriminalrat Lütjen Jan Feddersens Bericht von der Befragung des alten Börnsen. »Wir haben also zwei Verdächtige.« Sein Blick wanderte zwischen Marie und Jan hin und her. »Erstaunlich, was Sie in der kurzen Zeit herausgefunden haben. Kompliment! Vor dem Hintergrund Ihrer Ermittlungsergebnisse zu dem Fall von 2002 gerät Erik Börnsen zunehmend ins Visier. Es wird der Familie nicht gefallen, wenn sich herausstellen sollte, dass er wirklich der Täter ist. Wir müssen alles daransetzen, gerichtsfeste Beweise zu finden.«

Marie sah aus den Augenwinkeln, wie ihr Kollege sich um einen gleichmütigen Ausdruck bemühte. Auch sie unterdrückte ein Grinsen, während sie sich für das Lob bedankte und sich vornahm, es an Konrad Röverkamp und Claus-Peter Christiansen weiterzugeben.

Nachdem sie in ihr Büro zurückgekehrt waren, fand Jan den Bericht der kriminaltechnischen Untersuchung auf seinem Schreibtisch. Erwartungsvoll blätterte er ihn durch. Schließlich schob er die Akte zu Marie hinüber. »Ich kann keine neuen Erkenntnisse für unsere Ermittlungsarbeit entdecken. Kollege Damme ist wirklich gründlich. Er war mit seinem Team noch einmal auf dem Dach des Hotels. Und sie haben tatsächlich noch etwas gefunden. Aber ob uns das weiterhilft ...«

»Gefunden? Was denn?« Marie, die den Ordner aufgeschlagen hatte und das Inhaltsverzeichnis überflog, sah auf.

»Ein paar Arbeitshandschuhe. In dem Haufen Gerüstteile, die unter einer Plane lagern. Erinnerst du dich? Die Brüstung sollte erhöht werden. Das Material dafür lag da schon länger. Ich vermute, die Handschuhe stammen von einem der Arbeiter, die das Zeug dort gestapelt haben.«

»Kann natürlich sein«, bestätigte Marie. »Andererseits wissen wir, dass der Täter Handschuhe getragen oder einen Gegenstand benutzt haben muss.«

»Oder die Täterin«, warf Jan Feddersen ein.

»Du hältst Julia Jacobs noch immer für tatverdächtig?«

»Nicht wirklich. Sie war zwar zur Tatzeit im Penthouse ... Ein bemerkenswerter Zufall. Findest du nicht?«

»Schon. Andererseits ist sie zu dem Zeitpunkt dorthin gebeten worden. Angeblich von Ralf Börnsen selbst. Es könnte auch jemand anders gewesen sein. Jemand, der sie verdächtig erscheinen lassen wollte. Wenn Erik Börnsen kein Alibi hätte, würde ich ihm das unterstellen. Die Tat übrigens auch.«

Jan nickte nachdenklich. »Kann ich nachvollziehen. Aber wenn die portugiesischen Kollegen sein Alibi bestätigen, ist er raus.«

»So ist es.« Marie seufzte und tippte auf den Bericht der Kriminaltechniker. »Ich hoffe, Dammes Leute untersuchen die Handschuhe auf DNA-Spuren.« Sie überflog die Seite. »Ach ja, hier steht's. Sie haben bereits eine Probe ans LKA geschickt. Super!«

Sie tastete nach ihrem Smartphone, das in der Tasche vibrierte, zog es heraus und meldete sich mit einem unverbindlichen Hallo, da die Nummer nicht in ihren Kontakten gespeichert war. »Ach, Frau Jacobs. Alles in Ordnung? Oder gibt's ein Problem? – Natürlich können Sie vorbeikommen. – Ja, in zehn Minuten ist okay.« Marie beendete die Verbindung. »Sie war sehr aufgeregt. Glaubt, den Mörder zu kennen, und fühlt sich von ihm bedroht.«

»Hat sie einen Namen genannt?«, fragte Jan.

»Nein.« Marie schüttelte den Kopf. »Aber ich weiß, um wen es geht.«

»Du weißt …?« Jan sah sie fragend an.

»Natürlich nicht«, korrigierte sich Marie. »Ich *glaube* zu wissen, dass es sich um Erik Börnsen handelt.«

Kapitel 18

2005

Bevor Erik sein Büro im *Velho Amor* aufsuchte, vergewisserte er sich, dass Katharina noch im Schlafzimmer war. Sie lag bekleidet auf dem Bett und schnarchte leise. Für einen Moment fragte er sich, ob sie ihre Drohung vergessen haben würde, wenn sie aufwachte. Möglich, aber verlassen mochte er sich darauf nicht. Um ganz sicherzugehen, verschloss er die Tür und steckte den Schlüssel ein. Weder von hier noch vom angrenzenden Bad aus würde sie unbemerkt das Haus verlassen können. Im Schlafzimmer gab es ein Telefon; wenn sie halbwegs ausgenüchtert wäre oder der sinkende Alkoholpegel Nachschub verlangte, konnte sie ihn anrufen.

Nach Einbruch der Dunkelheit übergab Erik den Ausschank an einen Angestellten. Mit gemischten Gefühlen stieg er die Treppe zur Wohnung hinauf. Einerseits war er erleichtert, weil sie ihn nicht behelligt hatte, andererseits beunruhigte es ihn, nichts von ihr gehört zu haben.

Ein Lichtstreifen unter der Schlafzimmertür zeigte ihm, dass der Raum beleuchtet war, außerdem vernahm er Geräusche. Als er aufschloss und die Tür öffnete, schlug ihm Alkoholdunst entgegen. Katharina saß auf dem zerwühlten Bett zwischen Bergen von Kleidern, Schuhen und Wäsche und trank aus einer Medronho-Flasche. Auf dem Boden lag ein prall gefüllter Koffer, daneben ein zweiter mit zurückgeschlagenem Deckel, in dem Kleidungsstücke aufeinandergehäuft waren. Unter dem Bett entdeckte Erik leere Weinflaschen.

Der Anblick löste eine Explosion in Erik aus. »Woher hast du das Zeug?«, schrie er. Sie kicherte und deutete auf die Koffer. »Die kluge Frau sorgt vor. Eiserne Reserve.« Er stürzte sich auf sie, um ihr den Schnaps zu entreißen. Mit der Kraft der Betrunkenen klammerte Katharina sich an die Flasche, ließ sich von ihm vom Bett zerren, keifte und kicherte abwechselnd, gab den Medronho aber nicht frei. Erik versetzte ihr einen Schlag gegen das Kinn und riss mit der anderen Hand die Flasche an sich. Katharina taumelte rückwärts, verlor das Gleichgewicht, fiel, mit den Händen rudernd, rückwärts gegen das Bett. Es gab einen dumpfen Ton, als ihr Kopf gegen die schmiedeeiserne Verzierung des Kopfteils schlug.

Mit einem unartikulierten Laut sackte Katharina zusammen, rutschte wie in Zeitlupe an der Bettkante hinab und blieb auf dem Boden liegen.

»Das kommt von der blöden Sauferei«, knurrte Erik und stellte die Flasche zur Seite. »Kannst gleich wieder auspacken. Du bleibst hier.«

Katharina antwortete nicht. Weniger beunruhigt als verärgert beugte Erik sich über sie und rüttelte an ihrer Schulter. »Wenn du wieder einigermaßen klar bist, kommst du runter. Dann unterhalten wir uns. Aber zieh dich um! Du stinkst wie 'ne Schnapsleiche.«

Er richtete sich auf, nahm die Medronho-Flasche an sich, suchte den Raum nach weiteren alkoholischen Getränken ab, verließ schließlich das Zimmer. Erneut verschloss er die Tür.

Weit nach Mitternacht – er hatte nicht auf die Uhrzeit geachtet – kehrte Erik ins Schlafzimmer zurück. Katharina lag noch immer auf den Bodenfliesen und schlief. Er stutzte, denn sie schnarchte nicht wie sonst, wenn sie betrunken war. Mit der Fußspitze stupste er ihre Hüfte an. Sie rührte sich nicht. Auch nicht, als er sich neben sie hockte und ihre Wangen mit leichten Ohrfeigen bedachte. Schließlich griff er unter ihren Hals, um sie anzuheben. In dem Augenblick, als er die klebrige Flüssigkeit an den Fingern spürte, entdeckte er das dunkelrote Rinnsal. Es führte von ihrem Hinterkopf unter das Bett, wo sich eine Lache gebildet hatte. Erschreckt sprang Erik auf. Eine Flut von Bildern raste durch seinen Kopf. Die Ambulanz, ein Notarzt, Polizeibeamte, Bestatter, Verhöre, Zeitungsberichte, Gerichtsverhandlung, Gefängnis. »Nein«, murmelte er, »ich bezahle nicht für deine Sauferei.« Schon schob sich eine andere Szene in den Vordergrund. Ein Unfall. Mit tödlichem Ausgang. Plötzlich lag der Plan vor ihm – ebenso einfach wie genial.

Mit dem Hotel hatte er vom Vorbesitzer einen fast dreißig Jahre alten klapprigen *Citroën Méhari* übernommen. Ein kantiges Cabrio mit einer Karosserie aus Kunststoff, dessen letzte *Inspeção periódica obrigatória*, der Besuch beim portugiesischen TÜV, schon etliche Jahre zurücklag. In die heruntergekommene Kiste zu investieren, hatte sich nicht gelohnt. Aber sie fuhr noch und kam hin und wieder auf Seitenwegen und im Gelände zum Einsatz. Nachdem die Stadt zur Ruhe gekommen und im Hotel und auf der Straße niemand mehr zu sehen oder zu hören war, schleppte Erik Katharinas leblosen Körper zu dem *Méhari* und verstaute ihn auf dem Beifahrersitz. Damit sie nicht zur Seite kippte, zog er den Sicherheitsgurt stramm und stützte ihren Kopf mit einer Halskrause aus einem Sack, den er im Fußraum gefunden hatte. Schließlich lud er ein Moped in den Wagen, das auf dem Hinterhof für Angestellte bereitstand, die Botengänge zu erledigen hatten.

Der Motor des Citroëns sprang erst nach mehreren Versuchen an. Zum Glück schien niemand die Startgeräusche gehört zu haben. Vorsichtig lenkte er den Wagen durch die schmale Ausfahrt auf die Straße. Hier schlug er den Weg zur *Estrada Do Farol* ein, die als N268 von *Sagres* in Richtung des *Cabo de São Vicente* führte, dem südwestlichsten Punkt Europas. An der Strecke, nur wenige Kilometer von der Stadt entfernt, lag das F*ortaleza de Belixe*, ein kleines Fort aus dem Mittelalter. Dort führte die Straße ein Stück an der Steilküste entlang, die so dicht an das Gebäude gerückt war, dass man den Zugang aus Sicherheitsgründen gesperrt hatte. Mit dem *Méhari* würde er trotzdem bis zu der Stelle fahren können, an der es fünfzig Meter senkrecht abwärts ging. Am Fuß des Felsens gab es eine winzige Bucht – ohne Sand, nur mit Kies und Gestein.

Das Wetter begünstigte sein Vorhaben, indem eine dicke Wolkendecke das Land vom Licht des Mondes und der Sterne abschirmte. Er erreichte das Fort, ohne einem anderen Fahrzeug zu begegnen. Das Gebäude lag in völliger Dunkelheit. Erik rangierte den Wagen vor die Abbruchkante, stieg bei laufendem Motor aus und lud das Moped ab. Dann löste er den Sicherheitsgurt auf der Beifahrerseite und schob Katharinas leblosen, aber widerspenstigen Körper hinter das Steuer. Offenbar hatte die Leichenstarre bereits eingesetzt. Schließlich löste er die Handbremse, stellte von außen einen Fuß auf die Kupplung, legte den zweiten Gang ein und sprang zurück. Es gab einen Ruck, der Motor begann zu stottern, zog den Wagen aber noch über die Kante, bevor er ganz erstarb. Der vordere Teil des *Méhari* schwebte über dem Abgrund, das Gewicht des Vorderwagens reichte nicht, um ihn abstürzen zu lassen. Knirschend schaukelte die Karosserie in einem seltsam labilen

Gleichgewicht. Bis Erik die hintere Stoßstange packte und nach oben drückte. Erst langsam, dann rasend schnell, rutschte der Wagen vorwärts und verschwand nach unten. Zwei Sekunden später war der Aufprall zu hören, ganz kurz nur, dann überdeckte der tosende Atlantik alle Geräusche.

Erik startete das Moped, kehrte zur N 268 zurück und erreichte zehn Minuten später die Stadt, über der sich im Osten der Himmel rötlich färbte. Am Hotel stellte er das Zweirad ab, schlich geräuschlos durchs Haus und stieg zur Wohnung hinauf. Hier räumte er Katharinas Sachen zurück in die Schränke, verstaute die Koffer und reinigte den Fußboden im Schlafzimmer. Danach setzte er sich an den Empfang und wartete auf Madalena. Die Hausangestellte war gewöhnlich die Erste, die morgens im Hotel erschien. Sie war für das Putzgeschwader zuständig, das kurze Zeit später eintreffen würde.

»A senhora ist nicht nach Hause gekommen«, erklärte er, als die Portugiesin erschien und sich erwartungsgemäß über seine Anwesenheit wunderte. Madalena erwiderte nichts, aber ihr verstehender Blick und eine kurze Handbewegung, mit der sie andeutete, wie man ein Glas kippte, sagten genug. Natürlich konnte Katharinas Sauferei dem Personal nicht verborgen geblieben sein, aber erst in diesem Augenblick drang diese Erkenntnis in sein Bewusstsein. »Ich muss sie suchen«, murmelte er ein wenig hilflos. Doch während er den Satz aussprach, wurde ihm klar, dass es gegenüber der Polizei besser aussah, wenn er bereits in zwei oder drei Bars nach ihr gefragt haben würde. Die Polizei würde wissen wollen, wo er sie vermutete, wenn er die Vermisstenanzeige aufgab. Damit würde er allerdings noch ein paar Stunden warten.

Am Nachmittag, als es im Hotel ruhig wurde, weil die Familien zum Strand gewandert und die britischen Kurzurlauber in den Bars verschwunden waren, machte Erik seine Runde durch die Lokale, die Katharina regelmäßig aufgesucht hatte. Dann begab er sich zur Station der *Guarda Nacional Republicana.* Ohne erkennbare Regung nahmen die Beamten seine Angaben zur Kenntnis, füllten ein Formular aus und ließen ihn unterschreiben.

Zwei Tage später erschien ein Polizist in Zivil, der sich als Capitán José Cardozo auswies, ihm die Nachricht überbrachte, die Senhora Katharina Blessing sei tödlich verunglückt, und höflich kondolierte.

Die örtlichen Beamten der GNR hatten ihn pflichtgemäß informiert, obwohl sie von einem selbstverschuldeten Verkehrsunfall ausgingen. Dieser müsse auf den hohen Alkoholgehalt im Blut der Verstorbenen zurückgeführt werden. Fremdverschulden liege also nicht vor. Er habe jedoch seine Ermittlungen noch nicht abgeschlossen. Es gebe ein paar kleine Details, denen er nachgehen wolle. Über die Freigabe der Leiche würde man ihn in Kürze informieren. Er stellte Erik Fragen nach Katharinas Tagesablauf, ihren Gewohnheiten und der letzten Begegnung.

Erik Börnsen reagierte erschreckt und ein wenig konfus, was der Polizeibeamte aber offensichtlich als Ausdruck des Schmerzes und der Trauer deutete. Mit einer weiteren Beileidsbekundung verabschiedete er sich und kündigte an, Erik über den Abschluss der Ermittlungen zu informieren.

Julia Jacobs war blass und wirkte aufgeregt, als sie das Büro betrat. Marie begrüßte sie und deutete mit einem Kopfnicken auf Jan. »Sind Sie einverstanden, wenn mein Kollege Feddersen dabei ist?«

»Ja natürlich.« Julia Jacobs nickte nachdrücklich.

»Dann nehmen Sie Platz, Frau Jacobs!« Marie deutete auf zwei Stühle neben den Schreibtischen. »Möchten Sie ein Glas Wasser?«

Die Besucherin schüttelte stumm den Kopf und setzte sich.

Marie ließ sich auf ihrem Bürostuhl nieder. »Sie fühlen sich bedroht? Von wem?«

»Ich muss etwas ausholen«, antwortete Julia Jacobs und sah Marie bittend an. »Ich habe Ihnen etwas verschwiegen. Aus Angst. Es geht um Erik Börnsen. Er war schon vor dem Tag hier, an dem Ralf, ich meine Herr Börnsen ... vom Hotel gestürzt ist. Ich habe ihn gesehen. Beim *Sommerabend am Meer*. In der Grimmershörnbucht. Und dann noch zweimal. Er hat mir gedroht, also nicht direkt, aber er hat mir zu verstehen gegeben, dass mir etwas zustoßen könnte, wenn ich mit irgendjemandem darüber spreche. Und jetzt ...« Sie brach ab, Tränen liefen über ihre Wangen.

Marie reichte ihr ein Papiertaschentuch. »Und jetzt?«

»Danke.« Julia Jacobs trocknete ihre Augen. »Leonie ist zurzeit bei meiner Mutter. Sie war mit ihr auf dem Piratenspielplatz in Döse. Und da hat ihr jemand eine Puppe geschenkt. Eine Frau. Dieselbe Frau, die mich zu Ralf Börnsen bestellt hat. Danach ist sie verschwunden.«

»Woher wissen Sie«, mischte sich Jan Feddersen ein, »dass es sich um diese Person handelt?«

»Schneewittchen«, stieß Julia Jacobs hervor. »Leonie hat sie beschrieben wie Schneewittchen. Weiß wie Schnee, rot wie Blut ... Sie wissen schon.«

Marie warf ihrem Kollegen einen Blick zu. Jan nickte. Offenbar hatte er den gleichen Gedanken. »Es gibt im Hotel eine Angestellte«, sagte sie, »auf die der Vergleich zutrifft.« Sie wandte sich wieder Julia Jacobs zu. »Sie befürchten, die Frau könnte in Börnsens Auftrag gehandelt haben, um Ihnen eine Warnung zukommen zu lassen?«

»Genau. Er weiß jetzt, dass Leonie bei meiner Mutter ist. Dabei hatten wir uns schon geeinigt. Jedenfalls so gut wie.« Stockend und unter Tränen berichtete Julia Jacobs von dem Vertrag, den Erik Börnsen mit ihr abschließen wollte.

»Trotzdem setzt er Sie unter Druck«, stellte Jan Feddersen fest. »Wahrscheinlich will er sichergehen, dass Sie erstens seine Anwesenheit in Cuxhaven am Tattag nicht erwähnen und zweitens diesen ominösen Vertrag tatsächlich unterschreiben. Die Frage ist, wie wir Sie aus der Situation befreien.«

»Können Sie ihn nicht einfach verhaften? Schließlich hat er seinen Vater umgebracht.«

»Einiges spricht für diese Annahme«, erklärte Marie. »Besonders, wenn Sie bestätigen können, dass Börnsen schon früher in Cuxhaven war, als er behauptet. Allerdings fehlen uns gerichtsfeste Beweise. Mit dem, was wir haben, bekommen wir keinen Haftbefehl. Wir könnten ihn zwar vorläufig festnehmen, müssten ihn aber wieder laufen lassen.«

»Und was mache ich jetzt?« Julia Jacobs' Blick wanderte ratlos zwischen Marie und Jan hin und her.

»Ich glaube nicht«, versuchte Jan Feddersen die Besucherin zu beruhigen, »dass Börnsen gegen Sie oder Ihre Tochter vorgeht. Er würde sofort unter Verdacht geraten. Wahrscheinlich setzt er auf subtilen Druck, indem er Ihnen Angst macht.«

»Wir könnten Leonie trotzdem vorsichtshalber in Sicherheit bringen,« schlug Marie Janssen vor. »Es wäre wahrscheinlich nicht im Sinn der Dienstvorschriften, aber ich wüsste eine Lösung.«

Jans Miene spiegelte Verblüffung, die von Julia Jacobs zeigte eine Mischung aus Skepsis und Hoffnung.

»Meine Tochter Nele«, erklärte Marie, »ist zwar etwas jünger als Leonie, aber die beiden könnten ein paar Tage bei meinen Eltern in Otterndorf verbringen. Bis wir ausreichend Beweise gegen Börnsen in der Hand haben, um ihn festzusetzen. Was halten Sie davon? Glauben Sie, Ihre Tochter würde sich darauf einlassen?«

»Das wäre wunderbar.« Zum ersten Mal zeigte Julia Jacobs ein Lächeln. »Leonie liebt solche kleinen Abenteuer. Aber Ihre Eltern, wären die dazu bereit?«

Marie grinste. »Die würden sich freuen. Dann hätten Mama und Papa jeder ein kleines Mädchen, das sie verwöhnen können. Und Nele würde es auch nicht schaden, wenn sie ihre Großeltern mal teilen müsste. Außerdem wäre sie sicher begeistert, eine etwas ältere Freundin zu gewinnen.«

»Ich weiß nicht«, wandte Jan Feddersen ein, »ob Kriminalrat Lütjen so eine private Aktion akzeptieren würde.« Er wandte sich an Julia Jacobs. »So leid es mir tut, aber wir konnten Sie bisher nicht von der Liste der Verdächtigen streichen. Sie waren zur Tatzeit am Tatort.«

Hilfesuchend sah sie Marie an. Die nickte ihr aufmunternd zu. »Das nehme ich auf meine Kappe.« Ihr Blick streifte Jan. »Was Felix macht, muss unseren Chef nicht interessieren.« Erklärend fügte sie für Julia Jacobs hinzu: »Felix ist mein Lebensgefährte, der Vater von Nele. Er wird die Mädchen nach Otterndorf bringen. Wenn Sie einverstanden sind.«

Julia Jacobs nickte stumm. »Danke«, flüsterte sie schließlich.

»Dafür nicht«, erwiderte Marie und stand auf. »Ich begleite Sie zum Ausgang. Heute Abend spreche ich mit Felix und mit meinen Eltern. Morgen können wir dann Leonies Umzug nach Otterndorf organisieren.«

Zögernd erhob sich Julia Jacobs. »Was ist, wenn Erik oder seine Angestellte davon etwas mitbekommen?«

Marie lächelte. »Machen Sie sich deswegen keine Sorgen! Mein Kollege und ich behalten die beiden im Auge, während Felix Ihre Tochter abholt. Darin haben wir Übung.«

»Hoffentlich hat die Jacobs nicht wieder gelogen«, seufzte Jan Feddersen, als Marie ins Büro zurückkehrte. »Schließlich hat sie schon dreimal nicht die Wahrheit gesagt.«

»Ich habe ein gutes Gefühl«, erwiderte Marie. »Börnsens Alibi ist jedenfalls erschüttert. Noch können wir ihn damit nicht konfrontieren, ohne Julia Jacobs zu gefährden. Ich hätte zwar Lust, ihn unter Druck zu setzen, aber das können wir uns im Augenblick noch nicht erlauben. Jetzt kümmern wir uns erst mal um die Passagierlisten der Flüge aus Portugal an den Tagen vor dem Mord. Wenn Börnsen das Ganze von langer Hand geplant hat, wird er nicht unter seinem richtigen Namen eingecheckt haben. Aber vielleicht finden wir trotzdem was.«

Jan Feddersen nickte. »Wenn du dich darum kümmerst, spreche ich noch mal mit Börnsen. Wir brauchen von ihm eine Speichelprobe für den DNA-Vergleich. Außerdem soll er die Zeugen benennen, die seine Anwesenheit in Portugal am Tattag bestätigen können. Und dann muss Lütjen beim LKA wegen des Amtshilfeersuchens Druck machen.«

*

»Hast du was erreicht?«, fragte Erik Börnsen, nachdem er den Telefonhörer aufgelegt hatte. »Der Typ von der Kripo hat schon wieder angerufen und nach den Namen gefragt.«

»Ich habe mit Madalena und mit Rodrigo gesprochen«, antwortete Joana.

»Und? Machen sie's?«

»Madalena will auf keinen Fall. Sie hat Angst vor der Polizei. Rodrigo schlägt zwei Kumpel vor, die bereit wären, dein Alibi zu bestätigen. Allerdings wollen sie Kohle dafür. Tausend Euro. Jeder. Auch Rodrigo.«

Börnsen seufzte. »Okay, daran soll's nicht scheitern. Aber es muss schnell gehen. Kümmerst du dich darum, dass die das Geld kriegen? Muss ja heutzutage möglich sein, das innerhalb der EU von einem Tag auf den anderen hinzukriegen. Aber nimm dein Privatkonto für die Überweisung. Man weiß nicht, auf welche Ideen die Cuxhavener Kripoleute kommen.«

»Wenn du meinst«, antwortete Joana, »überweise ich dreitausend Euro an Rodrigo. Das geht per Sepa von heute auf morgen, ist also kein Problem. Aber wir haben keine Sicherheit. Wenn die das Geld einstecken und trotzdem keine Aussage machen, bist du gekniffen.«

»Das Risiko müssen wir eingehen.« Börnsen schob die Unterlippe vor. »Auf Rodrigo war immer Verlass. Sag ihm, dass für mich viel davon abhängt und dass wir ihm vertrauen. Aber wenn er uns bescheißt, muss er mit Konsequenzen rechnen. Dann komme ich persönlich nach Sagres und knöpfe ihn mir vor. Und das endet für ihn nicht mit einem blauen Auge.«

Joana lächelte. »Ich werd's ihm ausrichten.« Sie erhob sich und verließ sein Büro. Erik sah ihr nach und beglückwünschte sich einmal mehr, ihr begegnet zu sein. Nach Katharinas unschönem Ende war ihm sofort klar gewesen, dass er jemanden brauchte, der ihren Platz einnahm. Als Lebensgefährtin, als Managerin und als Attraktion für männliche Gäste. Nur ohne den Hang zu alkoholischen Getränken. Niemals hätte er für möglich gehalten, eine Frau zu finden, die dieses alles in sich vereinte. Ohne große Hoffnung auf Erfolg hatte er in der Lokalzeitung und im Internet nach einer Hotelfachfrau mit Deutschkenntnissen gesucht und nur wenige Rückmeldungen erhalten. Darunter nur eine, die ihn ernsthaft angesprochen hatte. Die von Joana. Sie war zu jung, zu unerfahren, zu forsch. Rodrigo, sein engster Mitarbeiter, der dem Hotel gleichzeitig als Barmann, Haustechniker und Bote diente, war skeptisch gewesen. Aber Erik hatte sie eingestellt. Einen Monat später war sie bei ihm eingezogen. Er seufzte. Wann immer seine Gedanken zu den Anfängen in Sagres wanderten, tauchten bestimmte Bilder aus der Vergangenheit auf. Dann sah er den orange-gelben Citroën *Méhari* über die Felskante rutschen, sah José Cardozo vor sich, jenen portugiesischen Polizeibeamten, der sich in den Kopf gesetzt hatte, aus Katharinas Unfall ein Tötungsdelikt und ihn dafür verantwortlich zu machen. Zwei Tage nach seinem ersten Besuch war Cardozo erneut bei ihm aufgetaucht.

2005

»Bedauerlicherweise muss ich Sie noch einmal behelligen«, begann der Polizist. Sie hatten sich in Eriks Büro zurückgezogen und saßen sich an einem kleinen Tisch gegenüber. »Es gibt da ein paar Ungereimtheiten, die ich gerne aufklären würde, Senhor Börnsen.« Er zog ein Päckchen Zigaretten und ein Feuerzeug aus der Tasche. »Darf ich?«

»Von mir aus.« Erik hob die Schultern. »Ich fürchte, ich kann Ihnen nicht helfen. Ich habe schon alles gesagt, was ich weiß.«

Cardozo nickte nachsichtig. »Manchmal glaubt man, etwas zu wissen, dass man nicht wirklich weiß. Und manchmal glaubt man, etwas nicht zu wissen, und weiß es doch.« Er klopfte eine Zigarette aus der Packung und zündete sie an. Während er den Rauch inhalierte und anschließend nachdenklich nach oben blies, drehte er das Feuerzeug spielerisch in der Hand.

Erik fragte sich, worauf der Polizist hinauswollte, verkniff es sich aber, den Gedanken zu äußern. Erwartungsvoll und skeptisch zugleich schaute er seinen Gast an. Der legte sein Spielzeug ab und gab dem Feuerzeug einen Stoß, so dass es über die Tischkante rutschte und in Eriks Schoß landete.

»Entschuldigung«, murmelte Cardozo und streckte die Hand aus. »Haben Sie das gesehen?«

»Was meinen Sie?«, fragte Erik und gab das Feuerzeug zurück. »Das hier?«

Der Polizist nickte. »Wenn ein Gegenstand über eine Kante hinaus ins Leere schießt, fliegt er – je nach Masse und Geschwindigkeit – unter Beibehaltung seiner Bewegungsrichtung noch ein Stück weiter, bevor er abstürzt.«

»Worauf wollen Sie hinaus?«, fragte Erik nun doch.

Cardozo lächelte. »Wenn Sie diese physikalische Gesetzmäßigkeit verstehen, verstehen Sie auch mein Problem.«

»Ihr Problem?«

»Mein Problem«, nickte der Polizist. »Vielleicht auch das Ihre. Es geht um den Absturz Ihres Kleinwagens mitsamt Ihrer Lebensgefährtin. Für die örtlichen Kollegen handelt es sich um einen Verkehrsunfall, verursacht durch eine stark alkoholisierte Fahrerin.« Er beugte sich vor und fixierte Erik. »Wenn die verstorbene Senhora, sei es aus suizidaler Absicht oder wegen Fahruntüchtigkeit, beim Fortaleza de Belixe von der Straße abgekommen und in den Abgrund gerauscht wäre, hätte der *Méhari* nicht direkt unterhalb der Abbruchkante gelegen, sondern einige Meter weiter.« Er lehnte sich zurück, zog an seiner Zigarette und blies den Rauch in Eriks Richtung.

Der zuckte mit den Achseln. »Theorie.«

»Richtig«, bestätigte Cardozo. »Kommen wir also zur Praxis. Es gab keine Bremsspuren. Von daher hätte die Fahrerin durchaus mit einer gewissen Geschwindigkeit ins Leere gefahren sein können. Allerdings habe ich andere Spuren gefunden – auf dem Felsen, an der Abbruchkante. Lack und Metallabrieb. Der *Méhari* ist also nicht darüber hinausgeschossen, er ist hinübergeschoben worden. Nun frage ich Sie: Wie sollte die Senhora das bewerkstelligt haben, wenn sie doch selbst im Wagen saß?«

Erik spürte, wie eine Faust seinen Magen zusammendrückte und sich ein Übelkeitsgefühl in ihm ausbreitete.

»Ist Ihnen nicht gut?«, fragte Cardozo zu allem Überfluss.

Erik schüttelte den Kopf. Er suchte nach Worten, nach Argumenten, mit denen er die Schlussfolgerungen des Polizisten widerlegen konnte, doch sein Gehirn war leer.

Kapitel 19

2019

»Der Name Börnsen stand nicht auf den Passagierlisten«, berichtete Marie, als Jan Feddersen das Büro betrat. »Zwei Tage vor der Tat sind tatsächlich etliche deutsche Reisende, aus Faro kommend, in Hamburg gelandet. Darunter ein paar Geschäftsleute aus der Hansestadt, die sich leicht identifizieren ließen. Drei portugiesische Staatsbürger waren ebenfalls dabei, davon zwei Mitarbeiter von Restaurants im Hamburger Portugiesenviertel. Der dritte Mann ließ sich bisher nicht zuordnen. Rodrigo Ferreira. Sein Flugticket wurde von einem Hotel gebucht.« Sie warf einen Blick in ihre Unterlagen. »Und das hat einen sehr interessanten Namen. *Velho Amor.*«

Jan sah sie fragend an und hob die Schultern.

Marie grinste. »*Velho Amor*«, wiederholte sie. »Auf Deutsch *Alte Liebe*. Drei-Sterne-Haus in *Sagres*, an der Algarve.«

»Ich fasse es nicht.« Jan ließ sich auf seinen Schreibtischsessel fallen und schüttelte ungläubig den Kopf. »Börnsen hat dort ein Hotel und das hat er *Alte Liebe* genannt?«

»Wahrscheinlich *hatte* er eins. Ich habe ein bisschen im Netz recherchiert. Es gehört zu einer Kette. Best Western. Aber erst seit einem Vierteljahr. Den Namen des Vorbesitzers haben sie nicht rausgerückt. Aber den können uns die portugiesischen Kollegen nennen. Im Netz habe ich kein Dokument gefunden, aus dem der Name des früheren Besitzers hervorgeht. Allerdings etliche Bilder. Vom Hotel, von der Aussicht und von der Umgebung. Aber auch Erinnerungsfotos von englischen Touristen. Bikinischönheiten am Pool und bierselige Typen an der Bar. Auf einem ist im Hintergrund Erik Börnsen zu erkennen.«

»Super!« Jan Feddersen hob einen Daumen. »Ich habe auch was. Börnsen hat zwei Zeugen benannt, die angeblich bestätigen können, dass er sich an dem Sonntag, an dem sein Vater ums Leben kam, in Sagres aufgehalten hat.«

»Dann sollten wir die Namen an die portugiesischen Kollegen vor Ort übermitteln lassen.« Marie schob ihm ein Blatt über den Schreibtisch. »Gehst du zum Lütten?«

Jan nickte, nahm den Zettel und stand auf. »Bis gleich!«

Kaum hatte ihr Kollege den Raum verlassen, machte sich Maries Smartphone bemerkbar. Das Display zeigte das Konterfei von Felix. Sie ahnte den Grund seines Anrufs. »Sag bloß, du kannst das Mädchen nicht nach Otterndorf fahren«, sagte sie, ohne ihn zu begrüßen.

»Tut mir leid, Marie.« Felix klang zerknirscht. »Ich muss den Termin eines Kollegen übernehmen. Es geht um eine Image-Kampagne der Stadt und des Landkreises. Sie haben ein Unternehmen beauftragt, einen Film zu drehen. Luftaufnahmen. *Das Cuxland von oben.* Von der Elbmündung bis Bremerhaven. Wir bekommen Fotos und begleiten das Projekt mit einer Serie. Heute kommt der Luftbild-Fotograf und zeigt die Rohfassung. Oberbürgermeister Getsch und Landrat Bielefeld sind dabei. Das kann ich nicht absagen. Nele habe ich schon heute Morgen nach Otterndorf gebracht.«

Marie seufzte. »Die Mutter der kleinen Leonie ist in Not, und ich habe ihr versprochen, dass du ihre Tochter zu meinen Eltern bringst. Wann hast du wieder Zeit?«

»Ich weiß es nicht. Habe keine Vorstellung, wie lange das dauert. Und danach habe ich noch ein paar andere Termine. Wahrscheinlich kann ich erst wieder heute Abend.«

»Okay.« Marie gab sich Mühe, nicht enttäuscht oder verärgert zu klingen. »Wir finden eine andere Lösung.«

Sie verabschiedete sich von Felix und suchte die Nummer von Julia Jacobs heraus. Vielleicht war es ohnehin einfacher, wenn sie ihre Tochter selbst nach Otterndorf brachte. »Wir müssen nur sicherstellen«, murmelte sie vor sich hin, »dass Börnsen und Santos davon nichts mitbekommen.«

*

»Ja, ich weiß, wo die Großmutter des Mädchens wohnt«, bestätigte Joana Santos. »War nicht schwer herauszufinden. Sie heißt Monika Jacobs und steht mit Adresse im Telefonbuch. Inzwischen kenne ich auch ihren Wagen. Die Kleine scheint sich zurzeit bei ihr aufzuhalten. Ob der Wink mit der Puppe funktioniert hat, kann ich natürlich nicht sagen. Aber früher oder später wird Julia erfahren, dass eine fremde Frau mit ihrer Tochter gesprochen hat. Ob sie daraus Schlüsse zieht, ist die zweite Frage.«

»Wird sie.« Erik Börnsen nickte. »Sie ist nicht dumm. Und sie steht unter Druck. Ich bin sicher, dass sie alle Antennen ausgefahren hat und jedes Signal aufnimmt. Trotzdem könnten wir die Schrauben ein bisschen anziehen. Wenn ihr Kind für eine Weile verschwindet, dreht sie am Rad. Dafür reicht eine halbe Stunde. Kriegst du das hin?«

»Ich denke schon.« Joana nickte nachdenklich. »Das Mädchen wird sich erinnern, dass sie die kleine Piccolina von mir bekommen hat, und mir vertrauen. Ich mache mich gleich auf den Weg. Allerdings brauche ich deinen Wagen.«

»Steht unten.« Erik Börnsen griff in die Tasche, zog den Schlüssel hervor und warf ihn ihr zu. »Viel Erfolg!«

*

Der Anruf der Kriminalpolizistin hatte Julia beruhigt. In wenigen Stunden würde sie Leonie bei Monika abholen und nach Otterndorf bringen. Es wurde Zeit, ein paar Sachen zusammenzupacken und das Kind auf den Besuch bei fremden Leuten vorzubereiten. Sie griff erneut zum Telefon und wählte die Mobilfunknummer ihrer Mutter. Beim zweiten Versuch meldete sie sich.

»Wo seid ihr?«, fragte Julia.

»In Sahlenburg«, antwortete Monika Jacobs fröhlich. »Im Kletterpark. Deine Tochter ist unglaublich geschickt. Die turnt an Seilen und Stangen herum wie ein Äffchen und steckt die gleichaltrigen Jungen locker in die Tasche.«

»Wie schön«, freute sich Julia. »Ich glaube, die Zeit bei dir bekommt ihr gut. Trotzdem möchte ich sie heute Nachmittag abholen. Um fünf seid ihr doch wieder zu Hause, oder?«

»Natürlich«, bestätigte Julias Mutter. »Aber warum kann sie nicht noch ein paar Tage bei mir bleiben?«

»Zur Sicherheit möchte ich sie nach Otterndorf bringen. Zu den Eltern von Frau Janssen, der Kriminalpolizistin. Sie hat eine Tochter, die etwas jünger ist als Leonie, und sie meint, die beiden würden sich gut verstehen.«

»Fremde Leute?« Monika Jacobs klang empört. »Bei mir ist sie doch auch sicher.«

»Leider nicht«, widersprach Julia. »Die Frau, die Leonie die Puppe geschenkt hat, gehört zu Erik Börnsen. Ich weiß nicht, was er vorhat; es könnte sein, dass er sie entführen will. Um mich zu erpressen.«

Für einen Augenblick herrschte Schweigen. »Bist du noch da?«, fragte Julia.

»Ja«, antwortete ihre Mutter. »Ich bin nur gerade sprachlos. Aber okay, wir sind pünktlich zum Abendessen zu Hause.«

»Gut. Du kannst ihr schon mal sagen, dass ich sie abholen werde. Oder ist sie gerade bei dir? Kann ich sie sprechen?«

»Nein. Sie turnt gerade irgendwo zwischen den Bäumen herum.«

»Aber du hast sie im Blick?«, fragte Julia.

»Im Moment gerade nicht«, gab ihre Mutter zu. »Du glaubst gar nicht, was hier los ist. So viele Kinder, die balancieren und klettern. Ich muss mal schauen. Eben war sie noch hier.«

Julia beschlich ein ungutes Gefühl. »Sieh bitte nach! Und bleib dran! Ich warte.«

Sie hörte ihre Mutter durch das Telefon atmen, vernahm ihre Schritte, im Hintergrund ertönte Kindergeschrei. Das Atemgeräusch an ihrem Ohr wurde heftiger, ging schließlich in ein hektisches Schnaufen über. »Ich finde sie nicht«, keuchte ihre Mutter schließlich. »Aber sie muss hier irgendwo sein. Gerade war sie noch beim Piratenparcours. Jedes Kind ist mit einer Leine gesichert. Mach dir keine Sorgen! Du kannst ruhig auflegen. Ich frage beim Betreuer nach. Sobald ich sie gefunden habe, rufe ich dich an. Kann sich nur um ein paar Minuten handeln. Bis gleich!« Die Verbindung wurde unterbrochen.

Mit rasendem Puls starrte Julia auf das Telefon. Sie musste sich zwingen, nicht auf die Wahlwiederholung zu drücken. Dann wäre ihr Anschluss womöglich besetzt, wenn ihre Mutter zurückrufen würde.

*

Am Piratenparcours tummelten sich zahlreiche Kinder. Leonie zu finden, sollte nicht schwer sein. Sie trug Jeans und Turnschuhe und hatte auffallend blondes Haar. Doch zu Monika Jacobs Bestürzung waren fast alle Mädchen ähnlich gekleidet, und ihr Haar steckte unter einem roten Helm, den sie zusammen mit dem Sicherungsgeschirr bei der Einweisung erhalten hatten. Mit zunehmender Beklemmung musterte sie ein Kind nach dem anderen, konnte Leonie aber nicht entdecken.

»Entschuldigung«, sprach sie einen der Betreuer an. »Ich suche meine Enkelin. Blonde Haare, blaue Augen, grünes Sweatshirt. Sie war gerade noch hier.«

»Dann kann sie nicht weit sein«, versicherte der Mann mit ruhiger Stimme. »Hier ist noch kein Kind verloren gegangen.«

»Aber ich sehe sie nirgends.« Panik stieg in Monika Jacobs auf. Gleichzeitig brach ihr der Schweiß aus. »Sie ist ... war ... hier am Piratenparcours.«

Der Mann hob die Schultern. »Die Kinder können sich eigentlich nicht selbstständig machen. Aber schauen Sie sich auch in den anderen Bereichen um. Das Gelände ist nicht eingezäunt. Es gibt nur ein Markierungsseil. Theoretisch könnte ...« Er brach ab und schüttelte den Kopf. »Wenn Sie Ihre Enkelin nicht finden, melden Sie sich an der Kasse. Meine Kollegen suchen dann mit.«

»Hier ist noch kein Kind verloren gegangen.« Der Satz des Kletterpark-Mitarbeiters kreiste in ihrem Kopf, während Monika Jacobs voller Angst über das Gelände hastete und nach Leonie Ausschau hielt. Gleichzeitig hörte sie Julia reden. »Ich weiß nicht, was er vorhat; es könnte sein, dass er sie entführen will.«

Der Gedanke an ihre Tochter verstärkte die Angst um das Kind. Wenn Leonie etwas zustieß, trüge sie, ihre Großmutter, die Schuld. Wie sollte sie damit leben? Wie sollte Julia damit leben? Nein, es konnte nicht sein, *durfte* nicht sein. Sie *musste* ihre Enkelin wiederfinden. Ein scharfer Schmerz durchzuckte ihr Fußgelenk und schoss bis zur Hüfte. Sie strauchelte, ruderte mit den Armen, verlor das Gleichgewicht und schlug auf den Waldboden. Für einen kurzen Moment schwanden ihre Sinne. Im nächsten Augenblick wurde sie von zwei kräftigen Armen gepackt. Die hoben sie hoch, trugen sie zwischen den Bäumen hindurch zum *Waldbistro* und legten sie auf einer hölzernen Sitzbank ab.

»Unser Sanitäter kümmert sich gleich um Sie«, sagte einer der Männer. »Ich rufe den Notarzt.«

»Brauche keinen Arzt.« Monika Jacobs schüttelte den Kopf und richtete sich auf. »Bin nur umgeknickt. Geht schon wieder.« Sie tastete nach ihrem Mobiltelefon. »Muss meine Tochter anrufen. Wegen ...« Sie brach ab, wedelte mit der freien Hand, um die Helfer zu verscheuchen, berührte das Symbol für die Kurzwahl. Julia meldete sich sofort, fragte atemlos nach Leonie.

Monika Jacobs wollte antworten, doch ihre Stimme versagte, Tränen verschleierten ihren Blick. Mit einer hilflosen Geste reichte sie einem der Männer ihr Telefon.

»Mama«, erklang ihre Tochter. »Bist du noch da? Hörst du mich? Was ist mit ihr?«

»Hallo«, meldete sich mit ruhiger Stimme der Kletterpark-Mitarbeiter. »Hier spricht Markus Paulsen. Ihre Mutter hatte einen kleinen Unfall. Sie ist gestürzt. Aber es geht ihr gut. Schlimmstenfalls ein Bänderriss am Fußgelenk. Wahrscheinlich aber nur verstaucht.«

»Was ist mit meiner Tochter?«, erklang es aus dem Telefon. »Leonie. Sie ist mit meiner Mutter im Kletterpark.«

Paulsen ließ das Telefon sinken. »Ihre Tochter fragt nach Leonie. Ihre Enkelin, nehme ich an.«

Monika Jacobs nickte unter Tränen und streckte die Hand nach ihrem Handy aus. »Ich glaube, jetzt geht's.«

»Es tut mir leid«, flüsterte sie ins Telefon. »Ich hatte sie für einen Moment aus den Augen verloren. Der Betreuer vom Kletterpark hat gesagt, hier ist noch kein Kind verloren gegangen. Sie suchen gleich nach Leonie. Ich kann leider nicht auftreten. Aber du musst dir keine Sorgen ... Warte mal!« Monika Jacobs starrte auf ein Kind, das aus Richtung Parkplatz angerannt kam. Täuschte sie sich schon wieder? War das wirklich Leonie? Ihr Herzschlag beschleunigte sich, sie atmete rasch, winkte zögernd. Leonie winkte zurück. »Da kommt sie!«, rief Monika Jacobs ins Telefon. »Sie ist zurück, Julia. Leonie ist wieder da. Alles in Ordnung. Ich rufe später wieder an.« Sie legte das Telefon zur Seite und breitete die Arme aus.

Sekunden später lag ihr Enkelkind in ihren Armen. »Oma«, rief das Mädchen aufgeregt und strahlte sie an. »Ich habe die nette Frau getroffen. Wir haben Eis gegessen. Banane, Erdbeer, Schoko. Sooo lecker!« Erst jetzt bemerkte Monika Jacobs den verschmierten rotbraunen Rand um die Lippen ihrer Enkelin und deren klebrige Hände. Die Erkenntnis, wie wenig Sicherheit sie dem Kind bieten konnte, traf sie wie ein Schlag. Erneut traten Tränen in ihre Augen.

»Oma, warum weinst du?«, fragte Leonie irritiert. »Willst du auch Eis?«

Monika Jacobs schüttelte den Kopf. »Nein danke, mein Kind. Ich habe mir den Fuß verknackst. Das tut ziemlich weh. Und ich kann nicht Auto fahren. Wir müssen deine Mutter anrufen. Damit sie uns abholt.«

Leonie zeigte eine betrübte Miene. »Schade, dass Schneewittchen nicht mehr da ist, wenn Mama kommt.«

»Schneewittchen?«, fragte Monika Jacobs ahnungsvoll. »Von der du die Puppe hast?«

»Ja!«, rief Leonie begeistert. Sie rollte verschwörerisch mit den Augen und näherte ihre Lippen einem Ohr der Großmutter. »Es ist unser Geheimnis«, flüsterte sie. »Aber dir kann ich es ja verraten. Wenn wir uns das nächste Mal treffen, machen wir einen Ausflug. Mit einem Schiff.« Sie richtete sich auf und klatschte in die Hände. »Ich freue mich schon.« Doch dann verdüsterte sich ihre Miene. »Mama erlaubt es bestimmt nicht.« Erwartungsvoll sah sie ihre Großmutter an. »Aber du kannst es mir ja erlauben.«

Monika Jacobs lächelte gequält. »Hat deine Mutter dir nicht gesagt, dass du niemals mit fremden Menschen mitgehen sollst?«

Leonie nickte verständig. »Ja, ich darf nicht mit fremden Männern mitgehen. Aber das ist ja Schneewittchen, kein Mann. Und wir waren auch nicht weg. Nur beim Eis.«

»Nur beim Eis«, wiederholte Monika Jacobs seufzend. »Jetzt rufe ich erst mal deine Mutter an. Damit sie uns abholt. Ich glaube, sie hat mit dir heute noch etwas vor. Auch einen Ausflug.«

*

Das Haus in Otterndorf, idyllisch an der Medem gelegen, bot von der Terrasse einen Blick ins Grüne und aufs Wasser. Marie genoss Besuche bei ihren Eltern. Wenn ihr Vater nicht gerade über die Folgen der Elbvertiefung klagte oder ihre Mutter nach Zukunftsplänen fragte, womit sie eigentlich Hochzeitspläne meinte – ihr missfiel, dass ihre Tochter und Felix nicht verheiratet waren –, konnte sie ganz entspannt den Enten, Brachvögeln und Regenpfeifern zusehen. Heute war so ein Tag, Maries Eltern waren vollauf mit Nele und Leonie beschäftigt.

Es gab Kuchen und Eis, Kakao und Limonade, ohne dass Marie eingegriffen hätte. Gelegentlich musste sie ihre Eltern daran hindern, ihre Enkelin allzu sehr zu verwöhnen. Heute war alles anders. Es ging um Leonie und die Frage, ob sie bei Maries Eltern bleiben würde, die sie gerade erst kennengelernt hatte. Die Chancen standen gut. Die Mädchen schienen sich zu verstehen. Als Sensation hatten sich die Kaninchen der Janssens erwiesen. Sie durften sie füttern, herumtragen und bemuttern. Julia Jacobs hätte wohl nicht bleiben müssen, entschied sich aber, die erste Nacht mit ihrer Tochter in Otterndorf zu verbringen.

Marie war erleichtert, weil ihr Plan aufgegangen war und sie damit Julia Jacobs hatte entlasten können, die nach einer erneuten Begegnung ihrer Tochter mit »Schneewittchen« voller Angst gewesen war. Marie zweifelte nicht daran, dass Joana Santos dahintersteckte. Und sie fragte sich, wie weit die Frau gehen würde, um Erik Börnsens hinterhältiges Vorhaben zu unterstützen. Leonie war nichts geschehen, aber ihre Aussage über einen Ausflug mit Schneewittchen deutete auf eine Entführung hin.

Es ärgerte Marie, dass sie weder Santos noch Börnsen eine kriminelle Handlung nachweisen konnte. Einem kleinen Mädchen eine Puppe zu schenken oder es zum Eis einzuladen, war ebenso wenig strafbar wie der Versuch, Julia Jacobs zu einem unanständigen Deal zu überreden. Noch mehr bedrückte sie die Ungewissheit, ob es gelingen würde, im Fall Ralf Börnsen an gerichtsfeste Beweise zu kommen. Selbst wenn sich in den sichergestellten Arbeitshandschuhen DNA-Spuren finden und Erik Börnsen zuordnen lassen würden, liefe es auf einen Indizienprozess hinaus. Marie seufzte. Außerdem, dachte sie, steht und fällt die Anklage mit Börnsens Alibi. Wenn die Männer, die er als Zeugen genannt hatte, in seinem Sinn aussagten, würde der Staatsanwalt den Fall zu den Akten legen.

Das Summen ihres Smartphones unterbrach ihre Gedanken. Felix. Wollte er jetzt doch noch die Mädchen nach Otterndorf bringen?

»Du bist zu spät«, sagte sie ohne Begrüßung. »Wir sind bei meinen Eltern. Die Mädchen verstehen sich blendend. Leonies

Mutter ist schon wieder ... Was hast du gesehen? – Auf dem Dach? Ich verstehe nicht.«

»Also noch mal«, Felix' Stimme klang aufgeregt. »Wir haben gerade diesen Film angeschaut, von dem ich dir erzählt habe. Mit OB Getsch, Landrat Bielefeld und Martin Elsen, dem Luftbild-Fotografen aus Stade. Der ist mit seiner Kamera im Hubschrauber über dem Cuxland unterwegs gewesen und hat unter anderem die Küste aufgenommen. Wunderschön. Natürlich sind auch die Strände von Cuxhaven zu sehen. Dabei kommt das Hotel Alte Liebe ins Bild. Auf dem Dach sind drei Personen zu erkennen. Und jetzt halt dich fest! Die Aufnahme ist an dem Tag entstanden, an dem Ralf Börnsen abgestürzt ist. Die genaue Uhrzeit will der Kameramann noch herausfinden. Aber er ist sicher, dass es am Vormittag war.«

Marie war vor Erregung aufgesprungen. »Kann man Gesichter erkennen?«

»Dafür ist die Entfernung zu groß und die Auflösung zu gering. Wenn ich mich nicht täusche, handelt es sich um zwei Männer und eine Frau. Mit etwas Glück bekommen wir aber auch noch ein Foto. Auf dem sind mehr Details zu erkennen. Wenn es tatsächlich eine Aufnahme von der Szene gibt, wird der Fotograf sie heraussuchen.«

»Ich muss beides haben.« Marie spürte ihren Pulsschlag. »Den Filmausschnitt und das Foto. So schnell wie möglich.«

»Kriegst du. Selbstverständlich. Du weißt doch – wir verhalten uns kooperativ.« In Felix' Stimme schien ein belustigter Unterton mitzuschwingen. Marie sah sein Gesicht vor sich. Wahrscheinlich grinste er gerade. »Danke, Felix«, sagte sie. »Für unsere Ermittlungen kann das der Durchbruch werden. Wie schnell können wir das Material bekommen?«

»Noch heute Abend. Der Fotograf ist schon auf dem Weg nach Hause. Er schneidet die Filmsequenz heraus und sucht nach der Fotodatei. Beides schickt er mir. Morgen früh kannst du die Aufnahmen deinen Kollegen zeigen.«

»Super!« Marie gelang es nicht, die Euphorie in ihrer Stimme zu unterdrücken. »Ich kann es kaum erwarten, die Bilder zu sehen. Wann kommst du nach Hause?«

»In einer guten Stunde«, antwortete Felix. »Ich habe nur noch einen Termin. In Duhnen. Wegen des Wattrennens am fünfundzwanzigsten August. Der Hauptpreis wird in diesem Jahr von Kultusminister Tonne überreicht. Eine Gelegenheit für medienwirksames Auftreten von Tierschützern. Aber in diesem Jahr soll es keinen Anlass für Kritik geben. Sagen die Veranstalter. Sie wollen mir die Maßnahme erläutern, mit denen die Tierschutzbestimmungen eingehalten werden sollen. Von da aus komme ich direkt nach Hause. Bist du dann schon da?«

»Ich denke schon«, antwortete Marie. »Sobald die Mädchen friedlich im Bett liegen, mache ich mich auf den Weg.«

Sie verabschiedete sich von Felix und wählte die Nummer von Jan. Doch nach dem zweiten Rufzeichen legte sie wieder auf. Ihm und dem Lütten würde sie die gute Nachricht erst verkünden, wenn sie die Aufnahmen selbst gesehen hatte.

*

Nachdem Julia mit ihrer Tochter die Nacht bei den Eltern der Polizistin verbracht hatte, fuhr sie zu ihrer Mutter, die das verletzte Fußgelenk mit kühlenden Bandagen umwickelt und ihre Beine hochgelegt hatte.

»Wie geht's dem Knöchel?«, rief sie, als sie die Wohnung betrat. »Soll ich dir neues Eis bringen?«

»Nicht nötig«, antwortete Monika Jacobs. »Tut zwar noch weh, aber ich glaube, es ist nicht mehr ganz so dick. Kann ich aushalten.« Sie streckte die Arme aus. »Komm zu mir! Was mich wirklich schmerzt, ist die Gefahr, in die ich Leonie gebracht habe. Nicht auszudenken, wenn diese Frau das Kind einfach mitgenommen hätte.«

»Hat sie ja nicht.« Julia umarmte ihre Mutter. »Es ist nichts passiert und Leonie ist in Sicherheit. Die Eltern von Frau Janssen sind ganz reizende Menschen. Mit ihrer Enkelin Nele hat sich Leonie sofort angefreundet. Für die beiden Mädchen ist es dort wie im Paradies. Um Leonie müssen wir uns keine Sorgen machen.« Sie deutete auf den lädierten Fuß. »Wohl eher um dich.«

»Halb so wild.« Monika Jacobs machte eine wegwerfen Handbewegung. »Im Keller habe ich noch eine Gehhilfe. Wenn du mir die holen könntest. Dann komme ich bestens zurecht.« Sie sah Julia aufmerksam an. »Was sagt denn die Kommissarin zu dem Deal, den Börnsen dir vorgeschlagen hat?«

»Vorerst soll ich mich auf nichts einlassen. Sie glaubt, dass er seinen Vater umgebracht hat, und rechnet damit, ihm die Tat innerhalb der nächsten achtundvierzig Stunden nachweisen und ihn verhaften zu können.«

»Das hat sie dir gesagt?«

»Nicht direkt. Nur angedeutet. Unter vier Augen. Offiziell bin ich ja auch noch verdächtig.«

»Hoffen wir, dass sie Recht behält. Und dass der Staatsanwalt mitzieht. Ich kenne den aus meiner Arbeit in der Kanzlei.

Er trägt den schönen Namen Krebsfänger und ist mit der Börnsen-Sippschaft irgendwie verwandt. Wenn ich mich recht erinnere, ist seine Frau ...«

Julia unterbrach sie, indem sie eine Hand hob, und zog ihr Smartphone aus der Tasche, das sich summend bemerkbar gemacht hatte. »Ich glaube, das ist Erik Börnsen. Wahrscheinlich will er hören, ob ich jetzt nachgebe.«

Kapitel 20

»Ich glaube, das Mädchen ist nicht mehr bei seiner Großmutter«, berichtete Joana Santos, nachdem sie ins Hotel zurückgekehrt war. »Ich habe das Haus eine Zeit lang beobachtet. Die Frau geht an Krücken. Ist anscheinend verletzt. Sie müssen das Kind irgendwo anders untergebracht haben.«

Erik Börnsen nickte nachdenklich. »Deshalb fühlt sie sich so sicher. Ich meine Julia. Habe mit ihr telefoniert. Sie war ziemlich abweisend und sehr kurz angebunden. Hat nicht erkennen lassen, ob sie sich auf den Deal einlässt. Dabei war eigentlich alles klar. Kommt mir so vor, als ob sie Zeit gewinnen will. Weiß nur nicht, wofür. Du musst herausfinden, wo sie das Mädchen versteckt hat. Damit ich wieder mehr Druck machen kann.«

»Du darfst es aber nicht übertreiben«, wandte Joana Santos ein. »Diese Kriminalkommissarin Janssen sollten wir nicht unterschätzen. Die kann zwei und zwei zusammenzählen. Wenn sie herausfindet, dass ich der Kleinen am Spielplatz die Puppe geschenkt und im Kletterpark mit ihr Eis gegessen habe, weiß sie, dass du dahintersteckst.«

Erik hob die Schultern. »Na und? Soll sie doch. Mit der Erkenntnis kann sie nichts anfangen. Für den Sonntag, an dem mein Alter abgestürzt ist, habe ich ein Alibi. Ihr bleibt nichts anderes übrig, als die Ermittlungen einzustellen. Früher oder später. Kommt nicht so drauf an. Hauptsache ich kriege Julia Jacobs dazu, den Vertrag zu unterschreiben. Und dafür musst du herausfinden, wo sie ihre Tochter gelassen hat.«

Joana Santos seufzte. »Wir haben niemanden, bei dem wir ansetzen können. Nur die Großmutter.«

»Reicht doch«, antwortete Erik. »Bring sie zum Reden! Mach ihr irgendwie Druck! Du schaffst das schon.«

»Okay. Ich werde ihr nachher einen Besuch abstatten. Du kannst dann schon mal einen guten Wein öffnen, damit wir auf den Erfolg anstoßen können.«

*

»Damit haben wir ihn.« Jan Feddersen deutete auf das Videobild, das über den Monitor flimmerte. Der Ausschnitt aus dem Image-Film lief bereits zum dritten Mal ab. Vom linken Bildrand glitt der Küstenstreifen vor Cuxhaven langsam nach rechts. Im Osten bildeten der Grünstrand der Grimmershörn-Bucht, im Norden der weißgelbe Sandstrand von Döse und Duhnen die Grenze zur erstaunlich blauen Nordsee. Strandkörbe und Menschen erschienen als leuchtende Farbpunkte und ließen die Menge der Urlauber erahnen, die allein auf diesem Abschnitt den Sonntag verbracht hatten. Langsam schob sich das Hotel Alte Liebe ins Bild. Wie Spielfiguren in einer Spielzeuglandschaft erschienen drei Personen auf der Dachterrasse vor dem Penthouse. Der Wind bewegte die lange dunkle Haarpracht einer der Figuren. Ein bärtiger Mann, dessen Gesicht im Schatten eines Basecaps lag, eine dritte Figur, die als einzige eindeutig erkennbare Merkmale aufwies. Die kräftige Gestalt mit stark gelichtetem Haar, deren Kopfhaut in der Mittagssonne leuchtete, wies auf Ralf Börnsen hin. Er gestikulierte mit ausgebreiteten Armen und stand dicht am Geländer. Die beiden anderen Figuren bewegten sich auf ihn zu. Doch bevor sie ihn erreichten, verschwand die Szene aus dem Bildausschnitt, der weiter über den Küstenstreifen wanderte. Die am Rand eingeblendete digitale Uhr zeigte 09:56 an.

»Als Beweis reicht das nicht aus«, wandte Kriminalrat Lütjen ein. Sie saßen in seinem Büro, weil hier ein großer Bildschirm zur Verfügung stand, auf den Marie per Smartphone den Film gestreamt hatte. »Was ist mit dem Foto, von dem Sie gesprochen haben?«

»Moment.« Marie berührte das Display ihres Handys, und auf dem Monitor erschien die Aufnahme, die der Luftbild-Fotograf zur Verfügung gestellt hatte. Im Gegensatz zum Video zeigte sie Einzelheiten in bestechender Qualität. Leider war die Szene auf dem Dach nicht vollständig zu erkennen. Das Hotel Alte Liebe hatte nicht im Fokus des Fotografen gelegen, so hatte seine Kamera nur einen Teil des Daches erfasst. Zu sehen waren zwei Personen, die sich zweifelsfrei als Joana Santos und Ralf Börnsen identifizieren ließen. Von dem bärtigen Mann ragte nur ein ausgestreckter Arm ins Bild.

Marie deutete auf den Monitor. »Das muss Erik Börnsen sein.«

Der Kriminalrat verzog das Gesicht. »Eine naheliegende Schlussfolgerung, Frau Kollegin. Wahrscheinlich haben Sie Recht, aber das Fotomaterial dürfte ein Gericht kaum überzeugen. Wir brauchen einen Beweis dafür, dass der junge Börnsen zur Tatzeit auf dem Dach war.«

»Oder eine entsprechende Aussage«, meldete sich Jan Feddersen zu Wort. »Joana Santos war dabei. Sie muss gesehen haben, was sich abgespielt hat. Wir sollten sie noch einmal vernehmen und mit dem Bildmaterial konfrontieren.«

»Und ihr klarmachen«, ergänzte Marie, »dass sie sich wegen Beihilfe zum Mord verantworten muss.«

Lütjen neigte den Kopf. »Das könnte ein Hebel sein. Wenn die Dame allerdings von Anfang an Börnsens Komplizin war, wird sie ihn nicht ans Messer liefern.«

»Es käme auf einen Versuch an«, schlug Jan Feddersen vor. »Wir suchen sie nicht auf, sondern lassen sie von uniformierten Kollegen herbringen und vernehmen sie hier. Vielleicht können wir sie weichkochen.«

»Ihren letzten Satz habe ich nicht gehört«, bemerkte der Kriminalrat. »Aber der Ansatz ist richtig. Von mir haben Sie grünes Licht.« Mit einer Kopfbewegung deutete er in Richtung Tür.

Jan Feddersen stand auf und nickte Marie zu. »Also los!«

Marie erhob sich ebenfalls. Bevor sie die Bürotür erreichten, klopfte es. Im nächsten Augenblick stand eine uniformierte Polizistin im Türrahmen. Anne Lüken, die Pressesprecherin. »Moin zusammen.« Sie hielt eine bedruckte Seite hoch. »Gut, dass ihr alle hier seid. Das hier ist gerade bei mir angekommen. Dürfte euch interessieren.« Sie drückte Jan das Blatt in die Hand. »E-Mail aus Portugal.«

»Danke!«, stieß Jan hervor, der, so schien es Marie, für einen kurzen Augenblick die Kontrolle über seine Gesichtszüge verloren und Anne bewundernd angesehen hatte. War er immer noch in die Kollegin verliebt? Sie schob den Gedanken zur Seite und deutete auf die Schriftstücke. »Bringt uns das weiter?«

»Ganz bestimmt.« Anne nickte nachdrücklich. »Ich bin zwar nicht auf dem neuesten Stand, aber ich glaube, auf diese Informationen habt ihr gewartet. Und keine Sorge – ist auf Deutsch.«

»Vielen Dank, Frau Lüken«, mischte sich der Kriminalrat ein. »Gut, dass Sie gleich damit zu uns gekommen sind.«

»Ist doch selbstverständlich.« Anne zwinkerte Marie zu und verabschiedete sich.

Lütjen deutete auf die Besuchersessel. »Nehmen Sie wieder Platz! Und lesen Sie uns vor, was die portugiesischen Kollegen herausgefunden haben.«

»Das Schreiben kommt von der *Polícia Judiciária, Portimão*. Unterzeichnet ist es von einem Capitán José Cardozo.«

Sehr geehrte Kolleginnen, sehr geehrte Kollegen,
in der Angelegenheit Erik Börnsen erhalten Sie in Kürze die angeforderten Dokumente. Dabei handelt es sich um die Vernehmungsprotokolle der Personen, die Börnsen benannt hat, sowie das Ergebnis der Befragung des Rodrigo Ferreira zu jenem Flug von Faro nach Hamburg. Ich gehe davon aus, dass die Originale mit amtlich beglaubigten Übersetzungen vorgelegt werden müssen, sollte es zu einer Gerichtsverhandlung kommen. Darum bekommen Sie sie auf dem Postweg zugesandt.
Vorab möchte ich Ihnen eine Zusammenfassung sowie einige persönliche Anmerkungen übermitteln. Ein deutschsprachiger Freund, der hier seinen Ruhestand verbringt, hat mir diese Zeilen übersetzt.
Um es gleich vorwegzunehmen: Es gibt keine eindeutige Aussage. Die von B. genannten Zeugen *glauben*, ihn am fraglichen Tag in Sagres gesehen zu haben, räumen aber ein, sich irren zu können. Keinesfalls wollen sie sich festlegen. Insofern gibt es aus unserer Sicht keine Bestätigung dafür, dass er sich tatsächlich hier aufgehalten hat. Rodrigo Ferreira war viele Jahre

Angestellter von Börnsen. Er behauptet, an dem in Ihrer Anfrage genannten Tag von Faro nach Hamburg und wieder zurück geflogen zu sein. Eine schlüssige Erklärung für seinen kurzen Aufenthalt in Deutschland konnte er allerdings nicht geben. Dazu müssen Sie wissen, dass Senhor Ferreira äußerlich eine gewisse Ähnlichkeit mit Börnsen hat. Er könnte ihm seinen Ausweis geliehen und ihm damit die Möglichkeit gegeben haben, mit falscher Identität zu reisen.

Ich hoffe sehr, dass es Ihnen gelingt, Erik Börnsen der Tat zu überführen, derer sie ihn beschuldigen. Mir war es leider nicht vergönnt, ihn vor Gericht zu bringen, obwohl ich der Überzeugung war, es mit einem Mörder zu tun zu haben. Der Fall liegt etliche Jahre zurück. Im Jahr 2005 hat es hier einen spektakulären »Unfall« gegeben, bei dem die deutsche Lebensgefährtin von Börnsen getötet wurde. Sie ist mit ihrem Wagen von der Straße abgekommen und die Steilküste hinabgestürzt. Da sie stark alkoholisiert war, sind die örtlichen Kollegen – leider auch der Staatsanwalt – von einem Verkehrsunfall ausgegangen. Meine Hinweise auf Spuren, die eine andere Schlussfolgerung nahelegten, wurden als nicht ausreichend angesehen. Möglicherweise spielten dabei auch sachfremde Erwägungen eine Rolle. Ich wurde kurze Zeit später versetzt. Eine Kopie des Unfallprotokolls lasse ich Ihnen ebenfalls zusenden.

Nun, da ich vor meiner Pensionierung stehe, wünsche ich mir die späte Genugtuung, Börnsen in naher Zukunft hinter Gittern zu wissen. Für eine entsprechende Nachricht zu gegebener Zeit wäre ich sehr dankbar.

Mit freundlichen Grüßen

José Cardozo, Capitán PJ

»Wow!« Marie blies die Backen auf und ließ hörbar die Luft entweichen. »Wenn das nicht Katharina Blessing ist. Ich meine *war.*«

»Von wem sprechen Sie?« Kriminalrat Lütgen schien irritiert.

»Von der Toten, die der portugiesische Kollege erwähnt hat. 2002 ist mit Erik Börnsen eine junge Frau verschwunden. Sie galt – wie er – als Opfer des Untergangs der Yacht *Seeteufel.* Da es dieses Unglück gar nicht gegeben hat, ist sie wohl mit ihm nach Portugal gegangen. Schade, dass der Kollege ihren Namen nicht erwähnt. Aber der steht sicher im Unfallprotokoll.«

Jan Feddersen legte das Blatt auf den Tisch. »Für mich ist die Sache klar. Börnsens Alibi hat sich aufgelöst und wahrscheinlich hat er nicht nur seinen Vater, sondern auch diese Katharina Blessing auf dem Gewissen.«

»Benjamin Wedemeyer womöglich ebenfalls«, fügte Marie hinzu. »Die Version vom Unfall an Bord erscheint mir wenig glaubhaft. Aber ein Tötungsdelikt können wir ihm nicht nachweisen, weil die einzige mögliche Zeugin nicht mehr lebt.«

»Wie auch immer.« Kriminalrat Lütjen griff nach dem Ausdruck. »Mit den amtlichen Unterlagen, die dieser Capitán Cardozo ankündigt, kann die Staatsanwaltschaft Anklage erheben. Ich rufe gleich in Stade an.« Mit dem Zeigefinger deutete er auf Marie und Jan Feddersen. »Und Sie beide machen sich auf den Weg zu Erik Börnsen und nehmen ihn vorläufig fest.«

Marie erhob sich. »Mit Vergnügen. Komm, Jan! Auf zum Hotel Alte Liebe!«

*

»Er scheint zu Hause zu sein.« Jan Feddersen deutete nach vorn, während er den Dienstwagen langsam auf das Hotel zurollen ließ. »In der Einfahrt steht sein Auto beziehungsweise der seines Vaters. Das schwarze SUV.«

Marie nickte. »Und da kommt Joana Santos. Sie geht auf das Auto zu. Wir können sie gleich mitnehmen. – Warte! Halt mal an! Vielleicht ist sie in Börnsens Auftrag unterwegs. Wäre interessant zu sehen, wohin sie fährt.«

»Aber wir wollen Börnsen festnehmen«, wandte ihr Kollege ein.

»Machen wir ja auch. Später. Der läuft uns nicht weg. Lass uns erst mal der Santos folgen.«

»Was versprichst du dir davon?«

»Nichts Konkretes. Aber ich muss immer wieder an Julia Jacobs denken. Börnsen benutzt die Santos, um auf sie Druck auszuüben. In einer ganz perfiden Art. Indem die beiden den Eindruck erwecken, Leonie Jacobs jederzeit in die Hand bekommen zu können. Deshalb ist das Mädchen jetzt bei meinen Eltern. Das wissen sie aber nicht. Also müssen sie herausfinden, wo sich das Kind befindet.«

»Okay.« Jan Feddersen wendete. »Dann schauen wir mal, wohin sie fährt. Vielleicht will sie ja nur einkaufen.«

In gebührendem Abstand folgten sie dem SUV. Santos steuerte weder das Stadtzentrum noch einen Supermarkt an. »Anscheinend will sie nach Süderwisch«, stellte Marie kurze Zeit später fest. »Das ist ja interessant.«

»Warum?« fragte Jan.

»In Süderwisch wohnt Monika Jacobs, Leonies Großmutter. Im Drangstweg. Bei ihr war das Kind, bis wir es abgeholt und nach Otterndorf gebracht haben.«

Wenig später deutete Marie nach vorn. »Sie parkt vor dem Eingang. Halt an! Wir warten, bis sie reingegangen ist.«

Sobald Joana Santos geklingelt und das Haus betreten hatte, folgten ihr die Ermittler. Nachdem ihnen ein freundlicher Bewohner geöffnet hatte, hasteten sie die Treppe hinauf und fanden Monika Jacobs' Wohnungstür. Jan drückte den Klingelknopf.

»Es hat geläutet.« Monika Jacobs, die wegen ihrer Krücken nicht hatte verhindern können, dass die Besucherin in ihre Wohnung eindringen konnte, wandte sich zum Flur. »Das wird meine Nachbarin sein. Sie wollte mir ...«

Mit einer raschen Bewegung trat die Fremde gegen eine der Gehhilfen. Sie polterte zu Boden. »Hierbleiben!«

Monika Jacobs wankte. Rasch entriss die Frau ihr auch die zweite Krücke. »Wo ist Leonie?«, zischte sie. »Antworten Sie! Oder ich muss Ihnen wehtun.« Mit der Gehhilfe stieß sie gegen den verbundenen Fuß.

»Bei einer Freundin meiner Tochter«, stöhnte Monika Jacobs. »Aber ich weiß nicht, bei welcher. Und wenn ich's wüsste, würde ich es Ihnen nicht sagen. Sie arbeiten für Börnsen und haben sich an meine Enkelin herangemacht. Sie sollten sich schämen, Sie ...«

Erneutes Klingeln und Klopfen an der Wohnungstür unterbrach sie. Gedämpfte Stimmen drangen hindurch. »Aufmachen! Polizei. Wenn Sie nicht öffnen, brechen wir die Tür auf.«

Die fremde Frau sah sich hektisch um, entdeckte die offene Balkontür, ließ die Krücken fallen und rannte hinaus.

»Moment! Ich komme«, rief Monika Jacobs, bückte sich nach den Gehhilfen, humpelte zur Tür und öffnete. »Sie ist über den Balkon!«

»Feddersen, Kriminalpolizei«, sagte ein junger Mann und drängte sich an ihr vorbei. Seine Begleiterin drehte sich wortlos um und hastete die Treppe hinunter.

Als Marie aus der Haustür stürmte, öffnete Joana Santos gerade die Tür des SUV. Sie musste wie eine Katze am Fallrohr hinuntergeklettert oder aus großer Höhe gesprungen sein. »Halt! Polizei«, rief Marie und zog ihre Dienstwaffe. »Stehen bleiben!«

Joana Santos duckte sich, versuchte, in gebückter Haltung in den Wagen zu klettern. Marie senkte die Pistole, zielte auf die Reifen. Weit würde sie nicht kommen. Schon war das Geräusch des Anlassers zu hören. In dem Augenblick tauchte Jan Feddersen hinter dem Haus auf, sprintete zum Wagen und richtete seine Waffe auf die Windschutzscheibe.

Langsam hob Joana Santos beide Hände.

»Der Wagen«, flüsterte sie, nachdem Marie und Jan sie in ihr Dienstfahrzeug verfrachtet hatten. »Erik braucht ihn.«

»Kein Problem«, entgegnete Jan Feddersen. »Ich glaube zwar nicht, dass Herr Börnsen den in nächster Zeit benötigen wird, aber ich wollte schon immer mal so eine aufgeblasene Klotzkiste fahren.« Er streckte die Hand aus.

Zögernd übergab sie ihm den Schlüssel. »Und was passiert mit mir?«

»Wir nehmen Sie mit zur Vernehmung. Auf dem Weg zur Dienststelle sammeln wir noch Ihren Lebensgefährten ein. Sie begleiten uns freundlicherweise, damit wir ohne Umweg in die Wohnung kommen und ihn überraschen können.«

*

Von der Tiefgarage des Hotels fuhren sie mit dem Lift direkt ins Penthouse. Sie trafen Erik Börnsen an der Küchenzeile, wo er mit einer Flasche Wein und einem Korkenzieher neben einer offenen Schublade stand. Sichtlich verblüfft und mit offen gezeigtem Unmut musterte er die Ankömmlinge. »Was soll das?«, knurrte er. »Belästigen Sie jetzt auch meine Angestellten?«

»Wer hier wen belästigt«, erwiderte Marie, »wird sich noch herausstellen. Diese Dame ist, wie wir inzwischen wissen, nicht nur Ihre Angestellte. Aber darum geht es jetzt nicht. Auch nicht um Ihre gemeinsame Vorgeschichte in Portugal. Frau Santos war gerade in Ihrem Auftrag unterwegs, um den Aufenthaltsort von Leonie Jacobs herauszufinden. Damit Sie Frau Jacobs unter Druck setzen können. Das ist schon mal versuchte Erpressung. Aber auch darum geht es uns im Augenblick nicht. Sondern um ein Tötungsdelikt.«

Börnsen stellte die Flasche ab und ließ die Hand mit dem Korkenzieher sinken. »Wollen Sie hier jemanden beschuldigen? Sind Sie noch zu retten?«

»Nicht irgendjemanden«, warf Jan Feddersen ein, »sondern Sie! Ich nehme Sie vorläufig fest. Wegen des Verdachts, Ihren Vater getötet zu haben. Sie haben das Recht, die Aussage zu verweigern und einen Verteidiger ...«

Mit einem schrillen Lachen unterbrach Börnsen die Belehrung. Er trat auf die Gruppe zu, packte Joana Santos am Arm, riss sie zu sich heran, hatte plötzlich ein Messer in der Hand. Dessen Spitze richtete er gegen ihren Hals. »Hier wird niemand verhaftet«, schrie er. »Gehen Sie zurück! Waffen auf den Boden!«

Marie erkannte die Entschlossenheit in Börnsens Blick, zog langsam ihre Dienstwaffe aus dem Holster und legte sie auf dem Fußboden ab. Jan zögerte.

»Sie auch!«, schrie Börnsen und ritzte mit der Messerspitze die Haut seiner Geisel, sodass ein blutiges Rinnsal entstand. Joana Santos reagierte mit einem unartikulierten Laut. Marie sah ihren Kollegen an und nickte kaum merklich. Wie in Zeitlupe legte auch Jan seine Pistole nieder und trat einen Schritt zurück.

Börnsen hob die Waffen auf, steckte eine in den Gürtel und warf die andere in den Müllschlucker. »Wir verabschieden uns jetzt«, verkündete er, schob seine Geisel vor sich her in Richtung Lift. »Wenn mir einer zu nahekommt, steche ich sie ab.«

»Er hat den Wagenschlüssel«, flüsterte Joana Santos und deutete vorsichtig mit einer Kopfbewegung auf Jan Feddersen.

»Her damit!«, rief Börnsen.

Jan warf ihm den Schlüssel zu, den dieser geschickt mit der freien Hand auffing. Im nächsten Augenblick schloss sich die Tür der Kabine.

»Los! Wir nehmen die Treppe.« Im Laufen nahm Marie ihr Smartphone ans Ohr. »Brauchen dringend Verstärkung.

Schnell. Hotel Alte Liebe. Tatverdächtiger Erik Börnsen entzieht sich Festnahme durch Flucht. In Begleitung einer weiblichen Person. Vermutlich benutzt er einen dunklen SUV. Ende.«

»Ich versuche, die Ausfahrt der Tiefgarage mit dem Dienstwagen zu versperren«, rief Jan, während sie die Stufen hinunterhasteten.

Marie nickte. »Gute Idee! Ich kümmere mich um die Kollegen. Und verscheuche Passanten und andere Unbeteiligte.« Sie erreichten das Erdgeschoss, durchquerten im Laufschritt die Hotelhalle. Vor dem Haus war alles ruhig. Jan rannte zum Dienstwagen, Marie hielt Ausschau nach Einsatzfahrzeugen. Auf der Straße näherte sich langsam ein dunkelgrüner Geländewagen dem Hotel. Ihr schoss der Gedanke durch den Kopf, ein solches Fahrzeug kürzlich gesehen zu haben. Ihr Blick wanderte zwischen Jan, der sich gerade hinter das Steuer warf, und der Ausfahrt der Tiefgarage hin und her. Würde er es schaffen, die Fahrbahn zu blockieren? Kam er aus der Parklücke, bevor der Landrover ihn daran hindern konnte?

In dem Augenblick, als der Motor des Dienstwagens aufheulte, schoss Börnsens schwarzer SUV die Auffahrt herauf, stoppte vor der Schranke, die sich langsam öffnete. Marie biss sich auf die Lippen. Es kam jetzt auf Sekunden an. Wo blieb Jan? Sie stöhnte auf, als sie erkannte, dass der grüne Geländewagen mitten auf der Straße stehen geblieben war und keine Anstalten machte, den Weg freizugeben.

Die Schranke war oben, Börnsen ließ den Wagen anrollen, beschleunigte rasch, wich auf den Gehsteig aus, um den Landrover zu passieren. Vor ihrem inneren Auge sah Marie ihn durch die Stadt rasen, in den Verkehr eintauchen und verschwinden. Sie und Jan hatten versagt. In dem Augenblick fielen unmittelbar hintereinander zwei Schüsse.

Der schwarze SUV brach aus der Spur, krachte gegen einen Pfosten, kippte auf die Seite, blieb schließlich auf dem Dach liegen. Der Motor heulte auf und erstarb. Eine Qualmwolke stieg auf.

Marie lief los. Jan war aus dem Dienstwagen gesprungen und kam ebenfalls angerannt. Er riss die Fahrertür auf und zog als Erstes die Pistole aus Börnsens Gürtel. Dann zerrten sie gemeinsam die Insassen aus dem Fahrzeug. Sie waren benommen, aber äußerlich unverletzt.

»Jetzt können Sie ihn festnehmen«, rief hinter ihnen eine männliche Stimme. Neben dem Landrover stand ein Mann, in der Hand ein Jagdgewehr. Berend Börnsen.

»Das hat ein Nachspiel«, rief Marie über die Schulter. »Legen Sie die Waffe weg!«

Bereitwillig stellte Berend Börnsen das Gewehr zur Seite. »Ich habe nur auf die Reifen geschossen«, betonte er, offensichtlich gut gelaunt. »Die Folgen nehme ich gern in Kauf.« Mit zufriedenem Ausdruck sah er zu, wie sich Handschellen um die Gelenke von Erik Börnsen und Joana Santos schlossen.

Inzwischen waren mehrere Streifenwagen aufgetaucht. Zwei uniformierte Polizisten kamen auf sie zu, zwei weitere begannen, die Unfallstelle mit Flatterband abzusperren.

»Die Herrschaften bringt ihr bitte zur Vernehmung in die Dienststelle«, ordnete Hauptkommissar Feddersen an. »Setzt sie in verschiedene Räume und behaltet sie im Auge, wir kommen gleich nach. Haben hier noch was zu klären.« Er stieß Marie in die Seite.

Sie nickte. »Die Dienstwaffe«, flüsterte sie kaum vernehmbar. »Wir müssen sie aus dem Müllcontainer fischen. Ich glaube, es ist meine.«

»Egal«, erwiderte Jan. »Ich gehe da rein. Du stehst Schmiere. Wenn jemand fragt, suchen wir nach Beweismitteln. Okay?«

*

»Danke, Jan«, sagte Marie, als sie wieder im Wagen saßen und in Richtung Dienststelle fuhren. »Danke, dass du in den Abfall gekrochen bist.«

»Da nich für«, erwiderte ihr Kollege. »Hauptsache, wir haben beide unsere Waffen wieder. Wär' ja sonst oberpeinlich. Die Santos mit nach oben ins Penthouse zu nehmen, war ein fundamentaler Fehler. Hätte uns nicht passieren dürfen. Aber den müssen wir ja niemandem auf die Nase binden.«

Marie lächelte und ließ die Fensterscheibe herab. »Apropos Nase ...«

»Ich weiß«, unterbrach Jan sie. »Ich stinke wie ein Biber. Aber das müssen wir jetzt aushalten.«

Vor dem Dienstgebäude stand ein BMW mit Stader Kennzeichen. Marie deutete auf den Wagen. »Kackfrech im Halteverbot. Sieht nach Krebsfänger aus. Der muss mit Höchstgeschwindigkeit über die B 73 gefegt sein. Mich wundert, dass der Mann noch seinen Führerschein hat. So wie der fährt ...«

Jan zuckte mit den Schultern. »Hauptsache, er hat sich um einen Haftbefehl gekümmert. Oder er beantragt ihn noch. Am besten für Joana Santos gleich mit. Ich bin davon überzeugt, dass die beiden die Übernahme des Hotels gemeinsam geplant haben. Börnsen hat sie vor drei Monaten vorgeschickt, damit sie alles auskundschaften konnte. Bin gespannt, was sie aussagt. Ob sie noch zu ihrem Lebensgefährten hält oder ihn über die Klinge springen lässt.«

»Nach der Szene heute«, vermutete Marie, »dürfte ihr klar geworden sein, welche Rolle sie gespielt hat. Sie war sein Instrument.«

*

»Sie können mir nichts nachweisen«, erklärte Erik Börnsen eine gute Stunde später großspurig. »Vorhin – das war eine Panikreaktion, die Sie provoziert haben.« Er deutete auf Marie Janssen und Jan Feddersen. »Mit dem Tod meines Vaters habe ich nichts zu tun. Sie sollten sich um Julia Jacobs kümmern. Die war zu dem Zeitpunkt auf dem Dach.«

Er hockte auf einem Stuhl auf der gegenüberliegenden Seite des Tisches, seine Handgelenke waren auf dem Rücken fixiert. Neben den Ermittlern saßen Kriminalrat Lütjen und Staatsanwalt Krebsfänger. Beide zogen hin und wieder die Nase kraus und sogen unauffällig Luft ein.

»Mit dem letzten Satz haben Sie Recht«, bestätigte Marie Janssen und nahm ihr Smartphone zur Hand. »Frau Jacobs war tatsächlich dort. Weil Frau Santos sie in Ihrem Auftrag dorthin bestellt hat. Allerdings ist sie erst nach der Tat auf dem Hoteldach erschienen. Vorher hat sich das hier abgespielt«. Sie tippte auf das Display. »Erkennen Sie die Personen? Es gibt auch ein Foto. In besserer Qualität.«

Mit sichtlichem Widerwillen verfolgte Börnsen das Geschehen im Video. »Die Aufnahme«, erklärte Marie, »ist am Tattag um neun Uhr sechsundfünfzig entstanden. Sie zeigt, dass Sie zu diesem Zeitpunkt hier waren.«

Börnsen schüttelte den Kopf. »Ich bin darauf nicht zu erkennen. Außerdem war ich in Portugal. Dafür gibt es Zeugen.«

»Leider nicht«, widersprach Jan Feddersen. »Die von Ihnen benannten Personen können Ihr Alibi nicht bestätigen.« Er hielt einen Schnellhefter hoch. »Stattdessen haben wir die Aussage von Frau Joana Santos. Sie bestätigt die Szene auf dem Dach.«

Börnsen sprang auf. »Das glaube ich nicht«, schrie er.

»Hinsetzen!«, knurrte Kriminalrat Lütjen drohend.

»Nach ihrer Aussage«, fuhr Feddersen ungerührt fort, »sind Sie handgreiflich geworden und haben Ihrem Vater einen Stoß versetzt, der ihn über das Geländer stürzen ließ. Außerdem haben wir eine Analyse des Landeskriminalamts, die Ihre DNA nachweist. Sie stammt aus einem Arbeitshandschuh, den wir auf dem Dach gefunden haben.«

Bei Feddersens Worten war Börnsen blass geworden. Wütend starrte er ihn an, seine Kiefer mahlten. Er öffnete den Mund und schloss ihn wieder. »Ich will einen Anwalt«, stieß er schließlich hervor.

»Wäre wohl auch angebracht.« Der Staatsanwalt schob ein Blatt über den Tisch. »Das ist ein Haftbefehl.« Dann wandte er sich an Marie. »Sie können den Herrn jetzt abführen lassen.«

Nachdem Börnsen durch zwei uniformierte Beamte hinausgeleitet worden war, wandte sich Krebsfänger an Kriminalrat Lütjen. »Riecht das hier immer so streng?«

Der Lütte schüttelte den Kopf, trat an das vergitterte Fenster und öffnete es. »Ich kann mir das auch nicht erklären. Normalerweise …«

»Das bin ich«, gab Jan Feddersen zu. »Im Hotel … ich musste … den Müllcontainer durchsuchen. Wegen …« Er sah Marie Hilfe suchend an.

»Beweismittel«, sagte sie rasch. »Es sah so aus, als hätte Börnsen, als wir ihn festnehmen wollten, einen Gegenstand im Müllschlucker verschwinden lassen. Danach haben wir … hat Kollege Feddersen gesucht. War aber nichts.«

»Na ja.« Krebsfänger hob die Schultern. »Die Umstände der Festnahme erscheinen mir ohnehin etwas fragwürdig. Aber das klären Sie bitte mit Ihrem Vorgesetzten. Ich muss jetzt los.« Er verabschiedete sich und wandte sich zum Gehen. In der Tür drehte er sich noch einmal um. »Gute Arbeit!«

»Danke!«, rief Kriminalrat Lütjen ihm nach und wandte sich an Marie und Jan. »Das Lob gilt Ihnen. Was den Ablauf der Festnahme betrifft – die Einzelheiten besprechen wir später. Wenn Ihr Bericht vorliegt.«

Nachdem er den Raum verlassen hatte, griff Marie zu ihrem Smartphone. »Erst mal rufe ich Julia Jacobs an. Sie kann ihre Tochter abholen.«

»Und dann?«, fragte Jan.

»Dann machen wir Feierabend und treffen uns mit Klaus-Peter Christiansen und Konrad Röverkamp. Die haben sich eine Einladung zum Essen verdient.«

ENDE

Ich danke

Jutta Donsbach, Elmar Drossmann, Christine Parr und Dr. Lili Seide für die kritische Durchsicht des Manuskripts. Kriminalhauptkommissar Michael Artmann danke ich für fachliche Beratung in polizeilichen und ermittlungstechnischen Fragen und für seine Nachsicht, wenn ich die Realität der Ermittlungsarbeit ein wenig dramatisiert habe. Dankbar bin ich auch für Unterstützung durch die Cuxhavener Polizei, deren Sprecherin, Polizeihauptkommisssarin Anke Rieken, mich nun schon viele Jahre mit Informationen zu Organisationsstruktur und örtlichen Gegebenheiten unterstützt. Mein Dank gilt ebenso Klaus Wülbern, von dessen Orts- und Sachkenntnis ich erneut profitieren durfte, sowie Christoph Seidel, der mir meine Fragen zu Segelsport und -technik beantwortet hat. Nicht zuletzt danke ich dem Cuxhavener Fotografen Heina Dannemann, auf dessen Anregung die Geschichte der Yacht »Seeteufel« zurückgeht.
Ganz besonders dankbar bin ich meiner Frau Kristine, die mich bei Entwicklung und Gestaltung des Romans begleitet hat.

Wolf S. Dietrich

Vom selben Autor

Wolf S. Dietrich, Hotel Alte Liebe
246 Seiten, Paperback, ISBN 978-3-935263-73-3

Im Cuxhavener Watt kommen kurz nacheinander zwei Männer ums Leben. Sie waren einer Einladung zu einem Jahrgangstreffen gefolgt, zu dem nur sie eingeladen worden waren. Im Hotel Alte Liebe begegnen sie ihrem Mörder. Welche Rolle spielt der angesehene Hotelier und Ratsherr Christopher Hansen? Hauptkommissar Konrad Röverkamp und Kommissarin Marie Janssen bleiben in ihren Ermittlungen zunächst stecken. Als jedoch ein wegen mehrfachen Mordes verurteilter Straftäter aus der JVA entkommt und in Cuxhaven auftaucht, geraten die Tötungsdelikte in ein völlig neues Licht. Und Marie Janssen in Gefahr ...

Weitere Cuxland-Krimis von Wolf S. Dietrich

Wattläufer

Paperback, 222 Seiten, ISBN 978-3-935263-31-3

Eiskalter Sommer

Paperback, 234 Seiten, ISBN 978-3-935263-47-4

Windstille

Paperback, 235 Seiten, ISBN 978-3-95475-008-5

Krabbenkönig

Paperback, 238 Seiten, ISBN 978-3-95475-119-8

Kühle Brise

Paperback, 320 Seiten, ISBN 978-3-95475-152-5

Göttingen-Krimis von Wolf S. Dietrich:

Grobecks Grab

Paperback, 255 Seiten, ISBN 978-3-935263-05-4

Die Tote im Leinekanal

Paperback, 221 Seiten, ISBN 978-3-935263-18-4

Johannisfeuer

Paperback, 233 Seiten, ISBN 978-3-935263-40-5

Rote Straße

Paperback, 256 Seiten, ISBN 978-3-935263-63-4

Göttingen-Krimis von Wolf S. Dietrich:

Altstadtfest

Paperback, 247 Seiten, ISBN 978-3-935263-99-3

Der Dritte Patient

Paperback, 235 Seiten, ISBN 978-3-95475-102-0

Das Goldstein-Haus

Paperback, 270 Seiten, ISBN 978-3-95475-147-1

Wenn Habich kommt

Paperback, 263 Seiten, ISBN 978-3-95475-199-0

Kassel:-Krimis von Wolf S. Dietrich

Letzter Abflug Calden

Paperback, 230 Seiten, ISBN 978-3-935263-09-2

Die Tränen des Herkules

Paperback, 221 Seiten, ISBN 978-3-935263-27-6

Weinbergbunker

Paperback, 230 Seiten, ISBN 978-3-935263-57-3

Der Müritz-Krimi von Wolf S. Dietrich

Fische lügen nicht

Paperback, 232 Seiten, ISBN 978-3-935263-83-2